# LES BEIGNETS D'OSCAR

W0323756

BRIZ

FAUSTO BRIZZI

# LES BEIGNETS D'OSCAR

## ou Mes 100 jours de bonheur

*Traduit de l'italien*
*par Lise Caillat*

I40052

fleuve
ÉDITIONS

Titre original :
*Cento giorni di felicità*

MIXTE
Papier issu de sources responsables
FSC™ C003309

Fleuve Éditions, une marque d'Univers Poche,
est un éditeur qui s'engage pour
la préservation de son environnement
et qui utilise du papier fabriqué à partir
de bois provenant de forêts gérées
de manière responsable.

Le Code de la propriété intellectuelle n'autorisant, aux termes de l'article L. 122-5, 2e et 3e a, d'une part, que les « copies ou reproductions strictement réservées à l'usage privé du copiste et non destinées à une utilisation collective » et, d'autre part, que les analyses et les courtes citations dans un but d'exemple ou d'illustration, « toute représentation ou reproduction intégrale ou partielle faite sans le consentement de l'auteur ou de ses ayants droit ou ayants cause est illicite » (art. L. 122-4).
Cette représentation ou reproduction, par quelque procédé que ce soit, constituerait donc une contrefaçon sanctionnée par les articles L. 335-2 et suivants du Code de la propriété intellectuelle.

Copyright © 2013 Fausto Brizzi.
Publié avec l'accord de l'agence Kylee Doust.
© 2015, Fleuve Éditions, département d'Univers Poche,
pour la traduction française.

ISBN : 978-2-265-09867-1

*À Claudia, qui est tout pour moi*

Si j'étais riche, je passerais une bonne partie de mes journées vautré dans un fauteuil moelleux à penser à la mort. Seulement je suis pauvre, et je ne peux y penser qu'à mes heures perdues ou en cachette.

CESARE ZAVATTINI

Les jours les plus importants de ma vie sont au nombre de trois. Pour n'en léser aucun, je vais vous les présenter dans leur succession rigoureusement chronologique.

Le premier fut le vendredi 13 octobre 1972. Vendredi 13.

Ce jour-là, tandis qu'un Fokker s'écrasait dans les Andes avec à son bord quarante-cinq passagers qui allaient ensuite s'entredévorer pour survivre, Antonio et Carla, c'est-à-dire papa et maman, alors âgés de dix-huit ans, me conçurent dans une inconfortable Dyane beige. Les deux tourtereaux avaient garé la précieuse automobile, déjà vintage à l'époque, sur une esplanade en périphérie de la ville, prévue par le plan d'urbanisme de Rome pour servir d'alcôve aux amoureux. Autour d'eux, un vide cosmique : quelques frigidaires désœuvrés et transis, un lampadaire mélancolique et hoquetant, un cimetière de voitures empilées nonchalamment.

Le décor parfait pour le début d'une histoire.

Antonio et Carla s'étaient connus cet après-midi-là, à la surprise-partie organisée pour l'anniversaire d'un certain Manrico, un intello obèse et transpirant de Frascati qui faisait en vain la cour à maman depuis le collège. Elle venait de décliner son invitation à danser un slow sur les notes langoureuses d'un jeune Elton John, et quand elle vit papa qui la fixait de loin, elle manqua de s'étouffer avec un canapé thon-tomate-mayonnaise. Papa était, en

effet, le genre de type face auquel on pouvait s'étouffer avec un canapé thon-tomate-mayonnaise. Grand, mince et beau parleur, il jouait de la guitare électrique et composait des morceaux de rock grossièrement inspirés de chansons mineures des Stones. On aurait dit le frère caché de Sean Connery, mais avec une cicatrice sur la joue qui le rendait plus sombre et plus mystérieux que 007. Concernant l'origine de sa cicatrice, il pouvait captiver une assemblée pendant des heures. Selon le public, elle résultait d'une rixe sanglante sur un marché de Mexico, du coup de couteau d'un rugbyman bergamasque cocu et jaloux, ou encore d'une bouteille que Frank Sinatra, envieux de ses talents vocaux, lui avait jetée au visage.

Papa était un baratineur professionnel, tellement hors norme que, s'il avait voulu, il serait facilement devenu président du Conseil. J'étais le seul à connaître la véritable origine de cette cicatrice, grâce à une indiscrétion d'une dangereuse espionne originaire des Pouilles, je veux parler de ma tante Pina : papa était tombé de son tricycle quand il avait trois ans et sa tête avait heurté le trottoir. En tout cas, le bel Antonio avait chaque soir une nouvelle passagère dans sa Dyane. Cette fois c'était le tour de maman, séduite mais pas abandonnée, car au moment du plaisir suprême une Fiat 500 rouge tamponna la voiture de mes parents. À son bord, deux jeunes de Frosinone âgés de vingt ans à moitié ivres, ignorant qu'ils venaient d'apporter la contribution fondamentale à la rupture d'un préservatif et, par conséquent, à mon apparition sur la scène de la vie. Donc les gars, où que vous soyez aujourd'hui, à Frosinone ou sur Mars, ce qui somme toute revient au même, soyez remerciés.

Ce vendredi 13, j'avais atterri sur la planète Terre en hôte non invité, ce qui n'empêcha pas toutefois Antonio et Carla de m'aimer convenablement, au moins le temps où ils restèrent ensemble. Mais ça, c'est une autre histoire, d'une tristesse infinie d'ailleurs. Je vous la raconterai plus tard, si j'en ai envie.

Le deuxième jour important de ma vie fut le 11 septembre 2001. Tandis que le monde entier était devant sa télé les yeux rivés sur les images des Boeing 767 qui s'écrasaient sur les jumelles new-yorkaises, offrant au monde une nouvelle énigme et aux Américains un nouvel ennemi, je me trouvais dans un restaurant au bord de la mer avec tous mes amis historiques et Paola, la femme de ma vie. C'était un dîner classique de fin d'été, fixé depuis des semaines, mais en réalité il ne s'agissait pas d'une grillade de poissons parmi tant d'autres : j'allais demander sa main à Paola, ce qu'elle était loin d'imaginer. Mes amis non plus d'ailleurs.

J'avais mis au point avec un serveur chevronné une pantomime banale et romantique. Moyennant vingt euros de pourboire, il devait éteindre les lumières, mettre notre chanson (qui pour l'anecdote était et est encore *Always On My Mind* dans la version de l'indémodable Elvis), et apporter triomphalement un gâteau mimosa géant avec la bague de fiançailles posée au milieu, sur une tablette de chocolat extra-fin.

Une mise en scène millimétrée et heureuse : une nuit tellement criblée d'étoiles qu'on se serait crus dans une crèche, la chaleur des amis tellement sincère qu'elle évoquait un spot publicitaire pour un alcool fort, une petite brise tellement agréable qu'on pouvait croire à un souffle divin. Tout était parfait. Enfin presque.

Je n'avais pas pensé à Umberto.

Umberto est, hélas, mon meilleur ami, un vétérinaire dont vous entendrez longuement parler dans les pages qui vont suivre.

À l'arrivée du gâteau, il se leva de sa chaise et s'empara gaillardement de la tablette de chocolat, en criant : « Et celle-là, les gars, elle est pour moi ! »

Conséquence, le petit anneau en or lui brisa une molaire tout net.

Urgences dentaires et adieu moment de romantisme magique et inoubliable.

Malgré cette scène pitoyable, Paola me dit oui.

On se maria au début de l'année suivante dans une église gothique des environs de Milan, et c'est une des rares choses que je n'ai jamais regrettée.

Paola est le personnage central de ma vie. Et pour moi, sa prestation dans le rôle de l'épouse aimante vaut au moins un Oscar.

Si cela ne vous ennuie pas, je vous en dirai davantage sur elle un peu plus loin.

Le troisième jour inoubliable fut un dimanche, le 14 juillet 2013, une semaine précisément après mon quarantième anniversaire. J'aurais dû comprendre tout de suite que c'était un jour spécial parce que aucune grande catastrophe aérienne ne vint me voler la vedette.

C'était un dimanche inutile et tropical, durant lequel rien de notable ne se produisit. En dehors du fait qu'à 13 h 27 environ, j'ai pris une grande respiration et je suis mort.

Je sais, je vous ai déjà raconté la fin et, du coup, vous n'avez plus envie de poursuivre votre lecture. Alors, comme le suspense est gâché – de toute façon maintenant vous avez acheté ce livre et vous arrêter à la page 14 serait assez contrariant –, je vais aussi vous donner le nom de l'assassin. Eh oui, ce n'est pas un roman d'Agatha Christie, mais il y a bel et bien un assassin. Pis même, un serial killer ; vu qu'il n'a pas tué que moi, mais des millions de personnes, de quoi faire pâlir d'envie Hitler ou Hannibal Lecter. Chaque année, près d'un tiers des décès qui touchent le genre humain lui sont dus. Les statistiques disent qu'il est la première cause de mortalité dans le monde occidental. En somme, je suis en bonne compagnie.

L'assassin en question n'a pas de nom de famille, juste un prénom court, zodiacal et pas très amusant : cancer. Certains l'appellent « tumeur » (qui signifie « renflement » en latin, voilà à quoi sert le latin), les médecins, eux,

parlent de « néoplasie » (qui signifie « nouvelle formation » en grec, voilà à quoi sert le grec). Moi, en revanche, je l'ai toujours appelé « l'ami Fritz » pour me le rendre plus familier et moins agressif.

Ce livre raconte comment j'ai vécu les cent derniers jours de mon passage sur Terre en compagnie de l'ami Fritz.

Et comment, contre toute attente et toute logique, ces jours-là ont été les plus heureux de ma vie.

## Résumé des épisodes précédents

À ce stade, un petit retour en arrière s'impose, c'est-à-dire un bref résumé de mon existence jusqu'à il y a quelques mois, sinon on ne comprend pas bien ce qui se passe, un peu comme devant la sixième saison de *Lost*.

Pour ne pas être trop ennuyeux, je vais d'abord vous raconter les événements fondamentaux de ma vie, puis je vous présenterai les personnages et enfin, si vous n'y voyez pas d'inconvénient, je m'autoriserai quelques considérations et commentaires divers ; après cela, nous entrerons directement dans le vif du sujet, à savoir le jour où l'ami Fritz est venu frapper à ma porte.

Mon prénom à moi c'est Lucio, et dans le hit-parade des prénoms moches, Lucio occupe la septième place incontestée après Pino, Rocco, Furio, Ruggero, Gino et l'inégalable Gennaro. Ma mère était une fan du bon vieux Battisti qui, ces années-là, faisait vibrer les juke-box avec *La Canzone del sole*, d'où ma signature fixée pour l'éternité : Lucio Battistini. Vous comprenez ? Eh oui, parce que toute l'ironie est là, dans le nom de famille de mon père : Battistini ! Vous comprenez maintenant pourquoi dans ma vie j'ai toujours dû ramer à contre-courant ? Imaginez un petit gars des années soixante-dix, bouboule et boutonneux portant des culs-de-bouteille, quasi homonyme du plus célèbre chansonnier italien et, avouez-le, vous vous seriez foutu de ma gueule comme tout le monde.

Je l'admets, j'étais complexé, malheureux et poissard. Aujourd'hui, pour parler de moi de manière plus synthétique et presque affectueuse, on emploierait le mot *geek*. J'avais tout pour faire fuir les filles, comme ces semeurs de peste dont parle Manzoni, notamment la passion des bandes dessinées, des films gore et des chanteurs suicidés. Je n'avais qu'une seule alternative valable dans la vie : soit je devenais un génie de l'informatique et j'élaborais un système d'exploitation dans un garage pour gagner des milliards de dollars, soit j'entrais dans un supermarché avec une mitraillette et je faisais un carnage. Apprenant la nouvelle, mes voisins, parents et amis auraient commenté froidement : « Ça, pour être bizarre il était bizarre ! »

Néanmoins j'ai trouvé une troisième voie, et le vilain petit canard que j'étais s'est transformé en cygne. Pas un super cygne comme dans les contes, mais un cygne honnête et digne de respect. À quatorze ans, j'ai perdu vingt kilos, en grande partie grâce à un ouragan hormonal, et j'ai commencé à porter des lentilles de contact (élaborées, personne ne le sait, par un oculiste allemand un peu bourru, un certain Adolf Gaston Eugen Fick, génie absolu du XX^e^ siècle, mais inventées – bien quatre cents ans plus tôt – par Sa Majesté Léonard de Vinci). Trois ans après, même pas majeur, je suis devenu le plus jeune champion italien de water-polo, en première division, ce n'est pas une blague. En réalité, je n'étais que le gardien remplaçant et je me retrouvais presque toujours à chauffer le banc enveloppé dans mon peignoir ; cela dit j'ai fait quelques bouts de match cette année-là, j'ai même arrêté un penalty, donc le titre est mérité.

La natation a toujours été ma passion. Nage de prédilection : « le papillon », qu'enfants on appelle tous « le dauphin » par un sens logique inné vu que les papillons ne nagent pas. Je ne suis jamais devenu un grand joueur en raison du conflit d'intérêts lié à mon autre grand amour réciproque : la tartine pain-beurre-confiture. 110 calories pour la tranche de pain + 75 pour le beurre + 80

pour la confiture, 265 calories au total. Un combat perdu d'avance.

Non sans peine, j'ai gardé des abdominaux en tablette de chocolat pendant une petite décennie, puis vers vingt-six ans j'ai arrêté la compétition à cause d'un accident de Vespa qui m'a bousillé les ligaments du genou, faisant inexorablement augmenter mon tour de taille. Selon ma balance désobligeante, j'ai repris les vingt kilos perdus durant mon adolescence et peut-être quelques-uns en plus. Un Chewbacca d'un mètre quatre-vingt-dix pour cent dix kilos. Donc évitez de me contrarier et poursuivez votre lecture.

Bon lycée, water-polo, diplôme de l'Institut national du sport et de l'éducation physique, Insep pour les intimes. À vingt-huit ans je trouve du travail dans une salle de sport. Pas un de ces espaces rutilants et aseptisés qu'on peut voir dans les films avec John Travolta, une salle de sport de quartier, confinée au sous-sol d'un désolant complexe d'immeubles années cinquante. À l'intérieur il y a même un petit bassin avec une mosaïque bleu délavé qui rêve d'une seconde vie dans la piscine à débordement d'un Club Med des Caraïbes. Je suis – roulement de tambour, s'il vous plaît – le maître nageur, professeur d'aérobic, de CAF (comprendre « cuisses-abdominaux-fessiers ») et surtout d'aquagym. Parfois je suis aussi coach personnel, à la demande, en général pour des ménagères désespérées de forte corpulence qui ne peuvent se résoudre à l'inévitable liposuccion. Bref, j'essaie de gagner ma croûte en acceptant que mes mains sentent continuellement le chlore. À propos, vous savez que l'odeur de chlore – qu'on connaît tous depuis qu'on est petits – provient de la combinaison chimique du chlore lui-même et de l'urine des baigneurs ? Plus vous sentez cette odeur plus vite vous devriez fuir. Vous ne pourrez pas dire que je ne vous ai pas avertis.

En somme, moi qui m'imaginais en capitaine du Settebello, une médaille olympique autour du cou, l'hymne

de Mameli à plein volume jusqu'à en avoir la chair de poule, j'ai dû me résigner au métier que la vie m'avait réservé. Six heures par jour dans un gymnase souterrain où l'odeur de l'effort se mêle magiquement à celle du restaurant vietnamien attenant. Durant mon temps libre toutefois, j'ai réussi à honorer un autre petit rêve : entraîner une jeune équipe de water-polo. Des gamins qui ont tous entre quatorze et quinze ans, le pire âge. Je les ai sélectionnés dans le lycée où enseigne ma femme et les entraîne dans une piscine municipale deux après-midi par semaine, pour des résultats disons-le assez décevants. Beaucoup d'investissements l'année passée, et beaucoup de buts encaissés. Notre classement dans le championnat départemental a été une brillante avant-dernière place ; par chance, on ne peut pas rétrograder puisqu'il n'y a pas de division inférieure. Cette année en revanche, on surnage au milieu du classement, sans honte et sans gloire. Mais je ne vais pas me plaindre, enseigner l'amour du sport à la jeunesse est la plus belle chose au monde.

Voilà pour ma vie du point de vue professionnel, ensuite il y a une dimension très importante à laquelle j'ai déjà fait allusion : ma famille. J'ai rencontré Paola à l'âge de vingt ans, dans un pub, c'était l'amie d'une amie d'une de mes camarades de l'Insep. D'habitude les amies des amies de mes camarades de l'Insep étaient des sauterelles ingrates et insipides. Mais quand Paola entra dans le bar, elle était comme surlignée au marqueur jaune fluorescent se détachant de toutes les jeunes femmes présentes. Une bande jaune qui suivait la ligne de son corps, comme les choses qu'on ne doit pas oublier. Ces phrases à apprendre par cœur. Dix minutes plus tard, je l'avais déjà invitée insidieusement à assister à un match de water-polo (pour lequel j'avais supplié à genoux mon entraîneur de me faire jouer au moins deux minutes). À l'époque, j'étais encore professionnel et elle travaillait dans la petite pâtisserie de ses parents, chose qui, avec le temps, a largement contribué à la perte de mon poids de

forme et à la fonte de mes abdominaux. La spécialité de la maison était et est encore *la ciambella*, le beignet au sucre. Parfumé, moelleux, avec cette saveur d'enfance. C'est une tradition qui se perpétue depuis plus de trente ans. Oscar, le père de Paola, ouvre à demi le rideau métallique dès 2 heures du matin pour que les zonards et les oiseaux de nuit du Trastevere puissent se jeter sur les beignets encore chauds et huileux. Maintenant que sa femme n'est plus, il ne reste que lui et un apprenti sri lankais qui rit tout le temps dans la boutique. Paola a obtenu un diplôme en Lettres et philosophie puis, après quelques mois de précarité, un poste dans un lycée technique.

Après deux mois de liaison amoureuse (chacun sait que les deux premiers mois sont toujours les meilleurs), j'avais habilement réussi à me faire plaquer par Paola, comme seuls les hommes savent le faire, en flirtant avec une certaine Monica, une robuste fille originaire des Marches qui étudiait la psychologie et détestait s'épiler les aisselles.

Je l'ai perdue de vue pendant huit ans. L'amour n'est qu'une question de timing et à l'époque nous n'étions pas synchro : elle voulait déjà fonder une famille tandis que de mon côté je rêvais de m'accoupler avec toutes les femmes fertiles de la planète, épilées ou pas. Deux exigences difficiles à concilier.

Puis, un jour, le destin nous a fait nous rencontrer à nouveau dans une file d'attente au supermarché. En réalité, à cause de sa nouvelle coupe de cheveux (un carré châtain et non plus une longue chevelure blonde), je ne l'avais même pas reconnue au début et j'ai parlé dix minutes avec elle convaincu que c'était la petite-fille d'une amie de ma grand-mère. Mais ça, je ne lui ai jamais dit.

Je l'ai immédiatement invitée à dîner et j'ai dégainé ma technique éprouvée du tirage des cartes. Je vous explique.

Sur la piazza Navona travaille depuis la nuit des temps une vieille cartomancienne, tante Lorenza. Elle a un jeu

de tarot élimé, les cheveux blancs ramassés en chignon et la langue bien pendue. Le futur, ce n'est pas son fort, mais elle est capable d'embobiner n'importe qui. Je l'utilisais toujours pour impressionner mes conquêtes. Voilà en quoi consistait ladite stratégie (vous pouvez l'utiliser librement, je vous fais grâce des droits d'auteur) : promenade romantique sur la plus belle place de Rome et, en passant devant la table de la divinatrice, ni vu ni connu, je lui lance un bout de papier roulé en boule. Ma complice y trouve toutes les données biographiques de la jeune femme qui m'accompagne, ses goûts et le peu de choses que je sais d'elle. Au deuxième tour de la place, j'ai déjà habilement introduit la question du « paranormal », me montrant sceptique si elle y croit, convaincu si elle est sceptique. C'est là qu'on passe à la phase deux du plan : je l'invite à se faire tirer les cartes, comme ça, pour rire. Et voilà que tante Lorenza se livre à une incroyable reconstitution de la vie présente, passée et future de sa cliente incrédule. En somme, l'effet de surprise est garanti, surtout quand elle affirme que « le prénom de l'homme de votre vie commence par la lettre L ». L comme Lucio. Si la jeune femme cobaye croyait déjà à la cinquième dimension, la soirée devient une expérience fondamentale de sa vie spirituelle, si elle était sceptique, alors elle se retrouve en état de choc. Dans les deux cas, je profite de cette confusion émotionnelle : le fait d'avoir assisté ensemble à un événement paranormal ne peut que rapprocher nos âmes et, en général, nos corps avec. Je ne sais pas si certaines ont réussi à découvrir mon stratagème, quoi qu'il en soit je vous assure que cela fonctionne. Et Paola n'a pas fait exception à la règle. Mais, je vous le jure, ç'a été la dernière fois que j'ai eu recours à cette technique. Ce soir-là, caressés par la brise du soir, nous avons échangé notre second premier baiser. Nous nous sommes officiellement fiancés et, à peine trois mois plus tard, nous partagions déjà un studio en face de l'île Tibérine. Des retrouvailles

on ne peut plus classiques. Cette fois, cependant, nous étions enfin amoureux et synchro.

Comme je vous l'ai déjà dit, nous nous sommes mariés dans une petite église de la région de Milan consacrée à saint Roch martyr et supplicié, imposant à tous les invités romains un déplacement conséquent. Mais il y avait une motivation romantique derrière ce choix : environ cinquante ans plus tôt mes grands-parents (maternels), les glorieux concierges Alfonsina et Michele, s'étaient mariés dans la même église. Après la disparition de mes parents (pas dans le sens de mort, vraiment de disparition mais ne me posez pas de question, je vous ai déjà dit que je vous en parlerais peut-être plus tard), mes grands-parents ont été ma seule famille.

Je pense que Dieu, le septième jour, n'avait pas décidé de se reposer, il a inventé les grands-parents. Alors, s'apercevant que c'était la plus géniale de ses créations, il a pris sa journée pour pouvoir la passer avec eux.

J'ai vécu à leurs côtés durant presque quinze ans et nos dîners à trois composés de dinde panée et de purée à la mozzarella fondue restent un souvenir indélébile, au point qu'aujourd'hui encore, si je ferme les yeux, je peux sentir l'odeur de friture en provenance de la cuisine et entendre la voix lointaine de grand-mère qui crie : « À table, ça va refroidir ! » Chaque fois que je passe devant la loge où ils vivaient et travaillaient, j'ai l'impression qu'ils sont encore là, grand-père avec ses lunettes qui trie le courrier et grand-mère qui arrose amoureusement ses géraniums.

Alfonsina et Michele ont été mes témoins de mariage et je crois que ç'a été le plus beau jour de leur vie. Je n'ai jamais vu deux octogénaires pleurer autant, de joie. À un moment donné, le prêtre, don Walter, épais comme un gressin avec un fort accent calabrais, a carrément interrompu la cérémonie pour les réprimander. Tout le monde a rigolé.

Il y a quelques années, ils se sont éteints à une poignée de semaines d'intervalle. Morts dans leur sommeil,

on/off, sans déranger. Ils ne pouvaient rester l'un sans l'autre. Ils avaient à peine eu le temps de connaître mes deux enfants : Lorenzo et Eva.

Ce n'est pas juste.

Les grands-parents, c'est comme les super-héros. Ils ne devraient jamais mourir.

Quelques mois plus tard, j'ai fermé définitivement la porte de leur deux-pièces, et j'ai récupéré sur la mezzanine une valise genre valise d'émigrés. À l'intérieur il y avait des photos, plein de photos. Pas les instantanés classiques, souvenirs de vacances à la mer, anniversaires d'inconnus et autres tranches de vie. Non, grand-père avait photographié grand-mère chaque jour durant leurs soixante dernières années. Tous les jours, sans en sauter aucun. Derrière chaque cliché une date différente, en noir et blanc puis peu à peu en couleur, des polaroïds jusqu'aux impressions numériques. Chaque fois un lieu différent : dans la loge, dans la rue, à la mer, chez le boulanger, au supermarché, devant la chapelle Sixtine, piazza del Popolo, sur la grande roue du Luna Park, à Saint-Pierre, partout où le destin les avait portés au fil de leur longue vie. Je ne me lassais pas de les regarder. Grand-mère jeune d'abord, puis petit à petit les premières rides d'expression, les cheveux grisonnants, la prise de poids, seul le sourire demeurait intact. Ce n'était pas le vieillissement qui me fascinait le plus, mais les décors. Derrière grand-mère, c'était l'Italie en marche. C'était l'Histoire qui défilait. On devinait des symboles et des tendances de toutes les époques : la Fiat 1100 et la DS ; les hippies, les paninari[1] et les punks ; les posters des concerts de Paul Anka, Charles Aznavour et Robbie Williams ; les Lambretta, les Vespa et les 125 $cm^3$ ; les Big Jim, les vélos Graziella et les Rubik's Cube ; les vieilles cabines télé-

1. Mouvement né à Milan dans les années 1980 autour d'une jeunesse dorée et branchée, fascinée par l'Amérique et les vêtements de marque, prônant la consommation, le divertissement et l'insouciance. *(N.d.T.)*

phoniques, les taxis jaunes et les magasins aux enseignes peintes à la main. Un mélancolique voyage dans le temps. Quelle belle invention, les photos ! À propos, le premier photographe, presque personne ne le sait, est français et s'appelle Joseph Nicéphore Niépce, un génie absolu du XIXe siècle. Là aussi toutefois, les premiers essais ont été effectués par le grand Léonard de Vinci, marathonien de l'*ars inventandi*. Certains soutiennent même que le Saint Suaire serait une ébauche de plaque photographique réalisée par l'hyperactif Toscan. Hypothèse fascinante.

Pardon, je divague un peu. Après la mort, croyez-moi, les souvenirs deviennent confus. Revenons à nos moutons.

Les personnages, donc.

## Ma famille

Cinq des acteurs de ma vie sont déjà timidement entrés en scène, à savoir ma femme Paola, mon beau-père Oscar, mes deux enfants, Lorenzo et Eva, et mon ami Umberto, le vétérinaire gourmand qui a perdu une molaire. À cette liste j'ajouterais Corrado, mon autre grand ami, un pilote d'Alitalia, pluridivorcé et caricatural au possible – le charmant commandant de bord qui drague toutes les hôtesses.

Mais avant tout Paola. Paola. Paola.

Ma Paola.

Paola est magnifique. Pour moi elle est magnifique. Pour les autres elle est sympathique. C'est cette fille du troisième rang aux yeux noisette, avec des nattes et des hanches un peu larges qui t'aime quand toi tu as bêtement jeté ton dévolu sur la petite blonde prétentieuse du premier rang. Ignorant la vérité scientifique qui veut que les petites blondes prétentieuses du premier rang sortent avec les redoublants de dernière année. Et pas avec toi de toute façon, même si arrivé en dernière année tu t'arrangeais pour être recalé en vue d'acquérir charme et opportunités.

Paola est une Bridget Jones italienne. Rayonnante, pleine d'autodérision, tendre et dotée d'un 95C haut perché. Une femme rare comme la neige aux Maldives. Passionnée de littérature, elle avale les romans les uns après les autres avec une curiosité insatiable. Son livre

de chevet est *Le Petit Prince* dont elle collectionne les éditions dans tous les formats et toutes les langues.

Comme j'y ai déjà fait allusion, elle est professeure dans un lycée technique. C'est même la Maradona des professeurs. Elle enseigne la littérature, le latin, l'histoire-géographie, mais d'une manière géniale que même Léonard de Vinci n'aurait pu imaginer.

Et je ne le dis pas parce que c'est ma femme. Paola est vraiment une enseignante hors du commun.

Je vous explique.

Le métier le plus important du monde, celui d'enseignant, est non seulement sous-payé mais aussi très monotone. Chaque année un professeur d'histoire raconte pour la énième fois à ses élèves qui étaient les Phéniciens et pourquoi la Seconde Guerre mondiale a éclaté, un professeur de mathématiques leur explique les intégrales et les dérivées, un professeur de latin leur apprend les déclinaisons et l'art de traduire les poésies d'Horace, et ainsi de suite pour toutes les matières. Parfois ils se lassent et s'ennuient, et cela les rend moins efficaces et empathiques. En clair, ils sont moins bons. Paola, bien consciente de cette limite, s'est inventé une méthode originale pour échapper à l'ennui et à la répétition : chaque année scolaire elle « interprète » une prof différente. Dans le sens où dès le premier cours elle choisit des traits de caractère, une façon de s'habiller, de parler, et elle ne sort de son personnage qu'après le dernier conseil de classe. Une année elle a joué la prof aigrie et antipathique, une autre la prof cool et dynamique, puis il y a eu l'hyperactive caractérielle ou encore la rêveuse lunatique. Ses élèves la voient se transformer d'une année sur l'autre et s'amusent comme des fous. Cette prof « actrice » est leur idole absolue même quand elle leur colle, cela arrive, un déprimant 4/10 à un devoir. En revanche le proviseur, qui envie sa popularité, la regarde de travers. Mais Paola poursuit, imperturbable, son one woman show pédagogique depuis quinze ans, et atteint toujours le résultat auquel tout acteur aspire : l'attention et l'adhésion de

son public (en l'occurrence limité à quelques dizaines d'élèves). Moi, je ris quand je la vois rentrer à la maison en professeure sexy tout droit sortie des films des années soixante-dix ou en Mademoiselle Rougemont. Je vous l'ai dit, c'est un génie. Elle aurait fait une actrice fantastique si elle n'avait eu la passion de l'enseignement. Une passion qui nous rapproche même si, de mon côté, j'enseigne les feintes et les contre-attaques.

C'est une femme exceptionnelle, mais cela ne m'a pas empêché de la tromper il y a quelques mois. Je sais, vous étiez en train de vous attacher un peu à moi et je vous déçois déjà. Que puis-je dire pour me défendre ? Je peux peut-être vous montrer une photo du spécimen féminin qui m'a fait sortir du droit chemin. Non, je crains d'aggraver mon cas. En somme, les amis, inutile de tourner autour du pot, après onze ans de mariage je suis tombé dans le piège banal de l'infidélité. Je suis navré, cependant croyez-moi, j'ai quelques circonstances atténuantes. Mais procédons par ordre. Les personnages.

Lorenzo et Eva. Mes enfants.

Lorenzo l'ébouriffé est en CE2 et c'est le dernier de sa classe. La maîtresse est désespérée et, immanquablement, elle me répète le même refrain : « Il est intelligent mais ne fait pas d'efforts. » Et comme si cela ne suffisait pas, mon aîné est de surcroît plutôt indiscipliné. Paola dit que c'est de ma faute parce que je ne suis jamais là, débordé entre la salle de sport et le water-polo, et je ne veux surtout pas la contredire. La vérité cependant est que le petit Lorenzo a d'autres centres d'intérêt. Il se fiche complètement de savoir que les Égyptiens ont fertilisé le désert avec le limon du Nil ou ce que sont devenus les Assyriens et les Babyloniens. Il consacre l'essentiel de son temps à ses deux passions : jouer du piano et démonter des objets électroniques coûteux. Des activités assez créatives, mais parfois agaçantes.

Le piano droit appartenait à mes grands-parents sauf que personne dans la famille n'a jamais su en jouer, même

pas eux. C'était sans doute le reliquat d'un vieil héritage. Un jour, j'ai entendu des accords presque harmonieux provenir du bout du couloir dans le trois-pièces que nous habitions alors. C'était Lorenzo qui faisait ses premières expériences de concertiste autodidacte. Aujourd'hui, il est capable de reproduire à l'oreille n'importe quelle chanson entendue à la radio. Je ne suis pas en train de dire que j'ai un Wolfgang Amadeus Mozart dans mon salon, mais ce jeune musicien a de l'avenir.

La seconde passion est plus inquiétante. Depuis que ses menottes sont devenues préhensiles, Lorenzo démonte et dissèque tout ce qu'il trouve avec la précision d'un anatomopathologiste. Seulement lui, il effectue ses autopsies à cœur ouvert sur des objets encore en état de marche. De la télévision au lave-vaisselle, du moteur de mon break au distributeur de friandises à l'école, du mixeur au feu de signalisation en bas de l'immeuble. Il a un intérêt manifeste pour la mécanique et l'électronique. Jusqu'ici, son passe-temps pourrait somme toute apparaître amusant et instructif, le problème, c'est qu'il ne remonte jamais rien et laisse derrière lui des champs de ruines, chaque appareil étant réduit à l'état de meuble Ikea livré sans fiche de montage. Du coup, pas étonnant qu'il lui reste si peu de temps pour étudier. Mon épouse, en professeure aguerrie et consciencieuse, est très préoccupée. Moi non. Je suis davantage préoccupé (disons contrarié) par le fait que Lorenzo ne sache pas encore nager et pis, qu'il ait carrément peur de l'eau. Sa ligne de flottaison est pareille à celle du Titanic ; sauf qu'il n'a pas besoin de l'aide d'un iceberg pour couler immanquablement. Dommage.

En revanche, la petite Eva aux mille taches de rousseur est en cours préparatoire et sa maîtresse l'adore. C'est une militante écologiste en herbe. Elle nous a fait du chantage pour recueillir des animaux à la maison si bien que maintenant nous cohabitons avec un chien-loup boiteux et strabique (que nous avons appelé Loup par facilité), un hamster blanc incontinent et agressif (Alice), et

au moins trois chats baptisés Marie, Toulouse et Berlioz en hommage aux Aristochats.

Eva est un moulin à paroles. Elle parle, elle parle, elle parle. Avant d'arriver à l'essentiel de ce qu'elle veut dire, elle noie son discours dans une telle succession de comment et de pourquoi, de descriptions et de conjectures que même Perry Mason, lorsqu'il est en difficulté, ne parvient pas à broder autant au cours d'une plaidoirie. Je suis sûr que quand elle sera grande elle fera de la télévision ou de la politique, ce qui finalement revient au même. Sa passion écologiste est omniprésente. Elle nous contraint à un tri sélectif, tellement sélectif qu'on se retrouve avec une collection de déchets, regroupés par formes, matériaux, odeurs et couleurs. Elle est adorable mais ne se laisse pas faire. Elle exhibe son sourire et ses grands yeux azur seulement pour vous convaincre d'adhérer à son sens civique démesuré. Elle dit « Chalut » au lieu de « Salut » car elle affirme avoir été un chat dans une vie précédente.

Par moments, elle se souvient qu'elle a encore six ans et demi et vient se blottir contre moi sur le canapé devant un dessin animé. Alors le temps ralentit jusqu'à s'arrêter. On dit que l'amour qu'on éprouve pour nos enfants est le plus pur, celui qui nous fait gravir des montagnes et écrire des chansons. C'est absolument vrai. Quand Eva court vers moi, ou quand, les nuits d'orage, elle se glisse dans notre grand lit, mon cœur sourit, mes rides s'effacent et mes muscles ont à nouveau vingt ans.

Le meilleur des remèdes.

Eva est également la chouchoute d'un autre protagoniste de cette histoire. Le plus imposant. Mon beau-père Oscar.

Oscar n'est pas un personnage difficile à se représenter : c'est le sosie d'Aldo Fabrizi, la même silhouette rebondie, la même démarche, en plus il grogne et marmonne comme lui. Sa vie est divisée en un « avant l'accident » et un « après l'accident ». Il y a une dizaine d'années son épouse Vittoria, la femme la plus gentille

et la plus taciturne de tous les temps, est morte renversée par un chauffard alors qu'elle sortait Gianluca, leur labrador boulimique, pour lui faire faire ses besoins.

Oscar ne s'est jamais pardonné de ne pas être descendu, lui, ce soir-là, abruti devant un match de l'équipe d'Italie, perdu 2 à 0 face au Danemark en plus, tient-il toujours à préciser.

Depuis, mon beau-père a changé. Après l'état de choc des premiers mois, il est devenu plus sociable ; il a même commencé à lire des romans et, de simple pâtissier, il s'est transformé en philosophe, politicien et prédicateur romain. Tous les jours il harangue ses clients avec véhémence comme s'il était en campagne : « Jeunes gens, j'vais vous la donner moi, la solution pour redresser l'Italie, autre chose que les bavardages de nos dirigeants. Donnez-moi le pouvoir et j'vais vous montrer. Objectif numéro un : mettre de l'ordre dans les finances publiques. La solution est très simple : on envahit le Vatican et Saint-Marin puis on fait un coup d'État. Sans effusion de sang, de toute façon d'un côté on a quatre gardes suisses déplumés qui se courent après et de l'autre ils passent leur temps à collectionner des timbres. En deux minutes c'est réglé, tout le monde dehors et le drapeau italien flotte sur le dôme. Le pape, on lui donne un titre honorifique, on crée un ministère fantoche juste pour lui, du genre ministère de la Religion. Entretemps on récupère tout le trésor du Vatican, on en reverse une partie au Tiers-Monde pour soigner notre image en passant et, avec le reste, on remet à niveau l'économie italienne. Pareil avec Saint-Marin, on en fait une belle multipropriété et on vend le tout aux Japonais. La basilique Saint-Pierre, on la met aux enchères pour la céder au plus offrant, même si on sait déjà qui finira par se disputer le morceau... Ce qui compte c'est de ne pas ruiner le pays à nouveau. D'ailleurs que pensez-vous de rétablir la potence pour les évadés fiscaux ? Ensuite, venons-en à Rome, qui est une ville compliquée. Le problème numéro un selon moi, c'est la circulation. La solution est

sous nos yeux à tous : goudronnons le Tibre ! Voilà ce qu'il nous faut ? Une belle voie rapide intérieure, un sens giratoire autour de l'île Tibérine et fini les bouchons. »

Éclat de rire général dans la pâtisserie. Et les clients sortent sans s'apercevoir que le brave Oscar a oublié de leur rendre leur monnaie.

Il m'est impossible de ne pas me prendre le bec avec lui, même si, quand il hasarde des théories fumeuses sur le sens de la vie, il m'amuse tellement que j'en ferais bien mon gourou personnel. J'en suis sûr, un jour on étudiera ses discours dans les manuels scolaires et les étudiants le maudiront autant que ses prédécesseurs Socrate et Platon.

Son cheval de bataille, c'est « la vie après la vie ». Sa théorie repose sur le fait que la réalité que nous connaissons n'est autre que le deuxième tour de chacun d'entre nous sur le manège du monde, celui qu'on appelle communément « enfer et paradis ». Qui a été bon dans sa vie précédente naît ici fils d'industriels, beau, intelligent et en bonne santé. Qui a été mauvais naît laid, boiteux, idiot et pauvre ; sinon il meurt jeune ou il tombe malade. Une théorie qui, à l'entendre, justifierait toutes les injustices de la Terre ; en résumé si on a de la chance on l'a mérité et si on a la poisse aussi. Un principe inspiré de la Saint-Nicolas, je crois : si tu as été gentil saint Nicolas t'apporte du pain d'épice, si tu as été méchant, du charbon. Moi, je prends toujours un malin plaisir à alimenter le débat et à le charrier un peu :

— Alors il est vain d'entreprendre quoi que ce soit ? Tout est déjà écrit ?

Oscar secoue la tête et continue à sortir ses beignets du four. Il ne connaît pas la réponse, il disserte sans apporter de solutions, comme tous les philosophes, du reste.

— Finalement, mon Lucio, le sens de la vie, c'est de mordre dans un beignet tout chaud.

Je souris et savoure son beignet. Comme toujours, il a raison.

## Une chose qui n'a rien à voir

Vous avez dû remarquer que j'étais obsédé par les inventeurs, c'est pourquoi nous ne pouvons aller plus avant dans la description des personnages sans éclaircir un des plus grands mystères de l'humanité, à savoir : qui a inventé le beignet troué au milieu ?

Un italien ? L'universel Léonard de Vinci peut-être ? Non, mesdames et messieurs.

Léonard a en effet inventé un objet de forme similaire, mais qui devait servir à apprendre à nager. Malheureusement, il n'a pas inventé le plastique et la bouée comme les brassards sont restés dans son esprit.

La genèse du beignet troué est assez controversée. Il arriva à New York (alors Nouvelle-Amsterdam) après être parti de Hollande où on l'appelait *olykoek*, qui signifie « gâteau huileux ». Un nom pas très engageant. Il s'agissait d'une pâte à base de farine avec des pommes, des pruneaux ou des raisins secs. Une légende raconte qu'un jour, une vache buta par hasard contre une marmite d'huile bouillante qui se renversa sur la préparation du dessert hollandais, inventant ainsi le beignet. Un génie de bovin qui mérite un monument.

Oui, d'accord… mais le trou ?

En 1847, une certaine Elizabeth Gregory, mère d'Hanson Gregory, jeune capitaine d'un navire de la

Nouvelle-Angleterre, modifia la recette du gâteau huileux, en y ajoutant de la noix muscade, de la cannelle et du zeste de citron, glissant également dans la partie centrale, celle qui cuisait le moins vite, des noix et des noisettes. La pâtisserie devint tellement irrésistible que, quand son fils partit pour un voyage au long cours, la brave dame dut en préparer une cargaison pour tout l'équipage et l'ajout de noix entraîna aussi un changement de nom. La gourmandise fut dès lors appelée « pâte de noix », en anglais *doughnuts*. Nos bons vieux *donuts*.

Venons-en maintenant à l'essentiel, le trou.

L'invention du trou central semble due justement au fils d'Elizabeth. On raconte que le capitaine n'aimait pas les noix et les noisettes insérées au milieu du beignet par sa mère et qu'il les enlevait systématiquement, faisant du coup un trou au milieu de son gâteau. Sur ordre du capitaine, le cuisinier de bord façonna ensuite tous ses desserts en anneaux, retirant le centre avec une poivrière cylindrique.

Une invention qui ne passa évidemment pas inaperçue. À Clam Cove, dans le Maine, il y a en effet une plaque en l'honneur du capitaine Hanson Gregory, « l'inventeur du beignet troué » et, en 1934, lors de la Foire mondiale de Chicago, ce fameux beignet fut déclaré « révélation culinaire du siècle du progrès ». Le fait est que ce trou central, quelle que soit son origine, marqua le début du succès international des beignets.

Naturellement pour nous, Italiens, et en particulier pour mon beau-père Oscar, cette histoire ou cette légende, au choix, est inacceptable. Comment ça, les beignets, ou plutôt les *graffe* comme on les appelle à Naples, n'ont pas été inventés par nous ? C'est impossible.

Désolé, les amis, pour les *graffe* également, il semble que le coup de génie ne soit pas italien ; il viendrait d'une pâtissière autrichienne rougeaude, une certaine Veronica Krapf, d'où leur nom plus répandu : *krapfen*. Une version originale qui s'est ensuite déclinée en délicieuses versions à la crème, au chocolat, à la confiture mais, surtout, avec

trou central. Cette variante de la genèse du beignet rivalise évidemment avec l'histoire du capitaine américain, un peu comme il advint dans la lutte entre Meucci et Bell pour la paternité du téléphone.

Quelle que soit la vérité, je sais que vous avez l'eau à la bouche et par conséquent, avant que vous n'abandonniez votre lecture pour aller vous ravitailler, reprenons là où nous en étions restés. Les personnages.

## Mes amis

Ma passion pour les beignets, je la partage avec mes meilleurs amis : Umberto et Corrado. Nous nous sommes connus au collège et notre amitié a duré toute la vie, même si Umberto a perdu une année après un redoublement justifié en seconde. Nous passions tout notre temps ensemble, y compris les vacances et les camps scouts. Les trois mousquetaires de Rome Nord. J'étais le solide Porthos, Umberto était le pragmatique Athos, et Corrado le coureur de jupon Aramis. Un pour tous et tous pour un. Je connais vraiment tout d'eux : leur vie, leurs joies, leurs peines et leurs secrets. On s'est battus, on a ri, on s'est piqué des filles, prêté de l'argent et on s'est fait la gueule. Bref, tout ce que font les grands amis. Et vingt ans plus tard, exactement comme les trois mythiques mousquetaires de la reine, nous sommes toujours là.

Umberto, quand il n'avale pas des bagues de fiançailles, est vétérinaire. Célibataire, ses relations n'ont jamais duré plus d'un an. Bizarrement je dirais, parce que Umberto est le prototype du mari idéal. Il n'est pas beau mais prend soin de lui. Jamais de mauvaise humeur, bourré d'autodérision, il est juste un peu rustre dans ses manières et impulsif. Son principal défaut, à part son accent romain, est la ponctualité. Un défaut impardonnable dans la capitale. Vous voyez ce genre de fou qui, si vous lui donnez rendez-vous au restaurant

à 13 heures, arrive à 12 h 55 ? Ou bien celui qui vous attend devant le cinéma en ayant déjà pris les places pour tout le monde ? Ou encore, celui que vous avez invité à dîner et qui débarque chez vous alors que vous sortez à peine de la douche ?

Parfois Umberto est une fréquentation gênante vu que la population romaine vit avec un temps de retard moyen d'environ une demi-heure. Moi, je suis un retardataire chronique et Umberto me l'a toujours reproché. Il affirme avoir passé au total une année de sa vie à m'attendre. Son existence n'est qu'une succession d'attentes, si bien qu'il s'est organisé pour remplir ces temps morts. Il a choisi une solution banale mais intemporelle : la lecture. Il a toujours une bande dessinée au format poche avec lui, dont la lecture, il l'a calculé, dure le temps de mon retard moyen.

Umberto passe souvent ses soirées chez nous. Ma femme et ma fille ont un rapport privilégié avec lui. Paola le considère comme une sorte de frère qu'elle n'a jamais eu, elle se confie à lui et le bichonne avec des gratins d'aubergines et des tiramisus à se damner. La petite Eva, elle, l'appelle tonton et ensemble ils échangent autour de leur passion commune pour la nature. Inutile de dire qu'il est le vétérinaire attitré de notre ferme domestique. Parfois nous jouons les Cupidon en lui organisant des rendez-vous galants avec des collègues enseignantes de Paola, mais jusqu'ici sans grands résultats. La femme de sa vie n'est pas encore apparue à l'horizon.

Corrado, comme je l'ai évoqué plus tôt, est un pilote d'Alitalia. C'est même la caricature du pilote, l'archétype parfait : grand, beau, bouc bien taillé, gentleman, avec de belles dents blanches et alignées, musclé mais pas trop, bref, le fantasme de toutes les hôtesses. Deux fois divorcé, il n'a pas d'héritiers et possède une incroyable capacité à embraser le cœur de toutes les femmes qu'il rencontre, pour ensuite les abandonner éprises et déprimées. Il dit détester la gent féminine, à cause de ses divorces houleux

dont le souvenir est entretenu par les chèques de pension qu'il envoie à ses ex-épouses, « les parasites ».

L'important pour lui, c'est de s'amuser. Quand on le voit, on pense aux héros du film *Mes chers amis* qui font les quatre cents coups dans le Florence timoré des années soixante-dix. Il a une grande passion pour les statistiques qui remonte à nos années de lycée. Nous étions dans la même classe, moi avec une moyenne de onze/douze et lui culminant à seize/dix-sept. Une question de statistiques, disait-il. Il ne révisait jamais et parvenait à prévoir, avec la précision de Nostradamus, les dates des devoirs et même les probabilités qu'on l'interroge sur tel ou tel sujet. Il recueillait toutes les informations, faisait ses calculs et tirait ses conclusions : il ne se trompait jamais. Il appliquait cette méthode dans tous les domaines, en particulier avec les femmes qui, vous l'aurez compris, étaient et sont encore son point faible. Corrado a toujours emballé plus encore que Fonzie dans *Happy Days*. Grâce à ses statistiques. Voici son plan d'attaque personnel : dès qu'il arrivait à une soirée il commençait par classer, par ordre de beauté décroissante, les filles en présence. Il allait trouver la plus belle de toutes et lui demandait avec un air conquérant : « Ça te dirait de faire l'amour avec moi ce soir ? »

Exit l'approche romantique, droit au but.

La réponse était presque immanquablement : « Tu es fou ? »

Mais, en descendant dans le classement, quand il arrivait à la dixième ou à la quinzième candidate de cette élection improvisée de « La reine de la soirée », il finissait tout de même par arracher un : « Pourquoi pas ? »

Les deux tourtereaux s'envolaient alors dans la première alcôve disponible, sous mes grands yeux tristes. Grâce aux statistiques. Il avait calculé que sur cent filles, au moins trente étaient susceptibles de partir avec lui. Pour parvenir à ses fins, il commençait confiant avec la plus belle et se contentait au bout du compte de celle qui se prenait dans ses filets, jamais la plus laide, elle était

toujours jolie. Tout ça pendant que moi, je me démenais pour séduire la plus belle et essuyais un râteau monumental après des heures de baratin inutile, dans la tentative désespérée de paraître intéressant et sexy.

Au final, Corrado est un homme délicieux quand on le fréquente en tant qu'ami. Mais attention, je m'adresse aux lectrices : si vous le rencontrez, fuyez-le comme la peste. Vous le reconnaîtrez, il ressemble à Aramis.

## On y est presque

À présent, vous avez presque tous les ingrédients pour savourer cette histoire sans happy end et assister à l'entrée en scène imminente de l'ami Fritz. Encore quelques informations nécessaires, et ce sera bon.

Jusqu'à il y a quelques mois, mes journées ressemblaient à des photocopies ratées. Tous les matins je sortais de notre appartement à San Lorenzo vers 8 heures moins le quart, je déposais d'abord Paola au lycée, puis les enfants à l'école, et me garais sur le Lungotevere à dix minutes de la salle de sport à cause de la maudite zone à trafic limité. C'était l'occasion d'une petite promenade qui faisait office de café supplémentaire. Presque tous les jours, en traversant le Trastevere, je m'arrêtais à la pâtisserie d'Oscar qui se trouvait sur le chemin. Quelques mots sur le temps et la politique, puis mon beau-père préféré me tendait un beignet chaud et parfumé sans que je l'aie demandé. Ce n'était pas la peine.

Cette boule sucrée en main, je m'asseyais à la petite table qui m'attendait sur le trottoir devant l'entrée de la boutique. Une petite table en bois repeinte grossièrement, qui semblait être là depuis la fin de la guerre. C'étaient les cinq meilleures minutes de la journée. Le sucre qui se dépose sur mes lèvres, prêt à être léché, la croûte dorée qui résiste juste une fraction de seconde avant de céder et de laisser mes dents s'enfoncer vampi-

riquement dans la pâte onctueuse, les passants anonymes et pressés que j'observe comme des acteurs sur scène. Je ne suis jamais seul. Au bout de quelques instants, il y a toujours un petit moineau extraverti qui volette autour de la table et picore mes miettes. Toujours le même, je le reconnais maintenant. Nous ne sommes pas amis mais c'est tout comme. Disons qu'on se connaît bien. Je lui mets de côté des petits bouts de beignet et, à une ou deux reprises, l'intrépide est carrément venu les manger dans ma main. Il ne chante pas. Il respecte mon silence inspiré lié à l'émotion gustative à l'œuvre sur mon palais. Il se pose juste le temps de son petit casse-croûte, puis me lance un coup d'œil comme pour dire « dommage que tu ne voles pas, mon ami, moi je vais faire un tour », et enfin il décolle en exécutant deux savantes vrilles. Son départ est comme un deuxième réveil : ma journée peut vraiment commencer.

Ma « pause-beignet » est un secret qui reste entre moi, mon beau-père et le moineau. Je n'ai jamais rien dit à Paola qui m'exhorte quotidiennement à manger plus sain et équilibré. Elle ne me le pardonnerait pas.

Paola et moi, pendant ces dix ans, nous avons eu des hauts et des bas, et il y a quelques mois nous avons touché le fond avec un événement banal, auquel j'ai déjà fait allusion, qui tient en un seul mot gris et solitaire : trahison. J'ai eu, en effet, une petite histoire avec une nouvelle cliente de la salle de sport, madame Moroni. Une petite histoire, vraiment. Toute petite. Nous nous sommes vus deux ou trois fois. En tout cas pas plus de cinq. Allez, une dizaine de fois maximum. D'accord, douze. Mais c'était physique, purement physique. Ce qui, pour nous les hommes, est une nuance essentielle. Et une circonstance atténuante, j'espère.

Si les lectrices n'ont pas déjà fermé et jeté ce livre dans la cheminée, je vais tenter d'expliquer un peu mieux la situation.

Madame Moroni.

Trente-six ans, quatre de moins que moi.

Des mensurations de pin-up des années cinquante : 92-60-88. (Je les ai vues sur sa fiche de renseignement et immédiatement mémorisées.)

Les traits d'une madone de Raphaël avec les lèvres refaites.

Un teint opalin et un voile de taches de rousseur.

Intelligente.

Elle aussi mariée depuis plusieurs années, à un homme souvent en déplacement professionnel.

Quand elle m'a choisi comme coach personnel, je me suis tout de suite dit : « Aïe aïe aïe ! »

Les femmes séduisantes et mariées à des hommes souvent en déplacement ne devraient pas s'aventurer seules dans les salles de sport où rôdent de pauvres moniteurs qui font l'amour avec leur tendre et décennale épouse deux petites fois dans le mois. Cela devrait être interdit par la loi. Achetez un vélo d'appartement et mettez-le dans votre salon, *please* !

Au début, j'ai été très professionnel avec madame Moroni. Disons assez professionnel. Durant les premières leçons, je me suis limité à quelques effleurements de cuisse légers et involontaires rien de plus, ou à des palpations discrètes pour évaluer sa tonicité : style « vieux cochon », je sais que c'est ce que vous pensez. Puis un soir, nous sommes restés tard tous les deux dans les locaux. J'ai dit à la secrétaire que je fermerais dès que j'aurais terminé mes exercices avec madame Moroni. Et de fait, dans le dictionnaire, le terme exercice désigne « une épreuve ou série d'épreuves auxquelles on se soumet pour s'entretenir physiquement et mentalement, ou pour devenir plus compétent dans une discipline ».

Voilà, ce soir-là avec madame Moroni, nous nous sommes longuement exercés à la discipline la plus vieille du monde.

Et nous avons continué à nous exercer pendant plusieurs mois. Plusieurs mois marqués par le mensonge, le stress et la peur de se faire pincer. En général on s'exerçait chez elle, quand son mari musicien était en tournée

avec quelque chanteur intemporel, mais on a récidivé deux-trois fois avec application à la salle de sport. Jamais chez moi. Je n'aurais pas pu. Mais je sais, ça n'excuse rien.

Le problème, c'est que Paola a tout découvert. Son enquête a commencé un soir de février. Je laisse mon iPhone sur la table pendant le dîner. Je sais, c'est un comportement très naïf, d'infidèle débutant. Ce que j'étais, du reste. Tandis qu'on se régale avec un merveilleux poulet au curry, le téléphone sonne. Sur l'écran, bien visible apparaît le nom : DOCTEUR MORONI. Débutant mais pas stupide.

— Tu ne réponds pas ? me dit Paola.

— Non, c'est... c'est Moroni, le médecin de la salle de sport, j'invente embarrassé. Un type très ennuyeux qui a du temps à perdre.

— Si tu veux, je réponds et je lui dis que tu es sorti...

— Laisse tomber, mon amour. Je l'appellerai demain matin. Il est vraiment très bon ce poulet au curry.

Était-elle dupe ?

Avais-je été suffisamment crédible ?

Avait-elle des soupçons ?

Bof...

À peine quarante-huit heures plus tard, je découvrirais que les réponses étaient dans l'ordre : non-non-oui. Et que ma femme, suite à cet appel, était entrée dans la peau du lieutenant Columbo qui, quand il flaire quelque chose, même vaguement, ne lâche sa proie qu'après l'avoir débusquée et confrontée à ses responsabilités.

La soirée se poursuit malgré tout tranquillement, et cela me rassure. Je regarde *La Belle et la Bête* à la télé avec les enfants, et surtout je mets mon téléphone en mode avion. Comme ça, pas d'appels intempestifs. Cette nuit-là cependant, je n'arrive pas à dormir et, enfermé dans les toilettes, j'efface tous les messages compromettants du fantomatique « Docteur Moroni ».

Le lendemain matin, je téléphone à madame Moroni et découvre le motif de son appel importun : elle voulait que je la rejoigne après dîner, vu que son mari était parti pour un concert de dernière minute. Je lui répète encore une fois que je suis marié, que mon couple est peut-être plus heureux que le sien, et que je souhaite mettre un terme à cette relation suicide. Ce soir-là, la belle noiseuse se pointe à la salle de sport un peu avant la fermeture, dans une tenue plus qu'ajustée et nous finissons par le faire à plusieurs reprises dans les douches du vestiaire réservé aux moniteurs. Je suis un homme entier. Mais surtout, comme vous allez bientôt le comprendre, un crétin intégral.

Le jour suivant, madame Moroni m'écrit un SMS bizarre qui semble indiquer qu'elle n'a aucun souvenir de la soirée de la veille.

« Quand est-ce qu'on se voit ? Tu me manques ! Je ne peux pas rester loin de toi si longtemps. »

Je réponds sans réfléchir, sans relever l'anomalie, et tombe inconsciemment dans un gigantesque piège. Nous continuons à nous écrire et à flirter ainsi toute la journée. Des SMS amusants, excitants et surtout sans équivoque. En rentrant à la maison après le travail, je trouve Paola debout, au milieu du salon, tel un cerbère prêt à mordre. En la voyant, je comprends tout de suite. Comme s'il était inscrit sur son front : TU ES UN IMBÉCILE.

Je l'admets, j'avais sous-estimé l'intelligence de ma femme. Après l'appel suspect du mystérieux docteur Moroni en plein dîner, Paola avait téléphoné à la salle de sport et découvert, avec l'aide de la diligente secrétaire, qu'il n'y avait pas de docteur Moroni mais qu'il existait en revanche une certaine Isabella Moroni, tiens donc, et que j'étais justement son coach attitré. Une recherche rapide sur Facebook, et est apparue la fameuse Isabella qui se trouvait être plutôt pas mal, pour ne pas dire attirante. Je sais, j'aurais dû enregistrer le numéro sous un autre nom, mais c'est trop tard maintenant, et je me sentais déjà bien assez minable comme ça. Alors qu'a fait ensuite

la prof machiavélique que j'ai épousée ? Elle a remplacé dans mes contacts le numéro du docteur Moroni, donc d'Isabella, par son numéro. Ainsi quand je recevais un SMS de ma femme, je voyais apparaître à l'écran Docteur Moroni et répondais en conséquence, me noyant chaque fois un peu plus dans la mer impétueuse de mensonges où je m'étais jeté. Pendant qu'elle m'expose les étapes de son enquête – le lieutenant Columbo le fait aussi pour mieux savourer sa victoire –, je réfléchis à ce que je vais dire pour justifier tous les messages que j'ai envoyés dans la journée. J'improvise et tente d'avancer l'argument défensif suivant :

— Madame Moroni est une cliente qui me court après, et je repousse ses avances en essayant de ne pas la blesser. Je ne voulais pas t'alarmer pour rien, mon amour.

Ma vaseuse plaidoirie ne tient pas dix secondes ; alors, dans un stupide élan d'héroïsme, désormais écrasé par les preuves évidentes de mon infidélité, je décide de tout avouer et m'en remets à la clémence de la cour.

Erreur fatale.

La cour est furibonde.

En somme, la grande tragédie. Parents et amis embarqués dans le naufrage matrimonial, en particulier Umberto et Corrado, soupçonnés de m'avoir couvert durant des mois. En réalité si Corrado était au courant de tout, détails sexuels compris, j'avais été plus prudent avec Umberto, du fait de son amitié étroite avec Paola. Je lui avais simplement dit que j'avais embrassé une cliente de la salle de sport, et m'étais abstenu d'évoquer les éléments susceptibles de laisser entrevoir une situation dangereuse. Celui qui réagit le plus violemment est mon beau-père qui, en présence de Paola, me sert un sermon datant du XIX^e^ siècle sur la violation des valeurs familiales et l'honneur bafoué de sa fille. Il ne me laisse pas en placer une et acquiesce, à la façon d'un chef de clan, quand sa fille m'invite à quitter le domicile conjugal.

Cette nuit-là, j'atterris sur le canapé-lit de Corrado. Une expérience que je préfère oublier. Son studio chaotique est envahi d'objets, de restes de nourriture et de vêtements sales. On croirait la pelouse de Woodstock après le festival.

Le lendemain matin je passe devant la pâtisserie d'Oscar. J'hésite, je voudrais entrer pour essayer de m'expliquer, mais je n'ai pas le courage et poursuis mon chemin. La voix autoritaire de mon beau-père m'arrête.

Ses trois premiers mots sont explicites :

— Espèce de couillon !

Je me retourne. Il est en face de moi, dans toute son imposante romanité.

— J'ai fait une erreur… je sais que…, je tente de me défendre mais il m'interrompt tout de suite :

— Je l'avais dit à ma fille que tu étais un couillon. Maintenant le concept est très clair.

— Oui, c'est vrai…

— Parce que seuls les couillons avouent ! précise-t-il en me prenant à contrepied. Il ne faut jamais avouer. C'est la règle numéro un du mariage, le reste n'a pas d'importance. Tu peux avoir trois maîtresses, oublier les anniversaires, tout est rattrapable. Mais il ne faut jamais avouer. Le prêtre devrait le préciser pendant la cérémonie et faire signer un document devant les témoins : « Jurez-vous fidélité et, dans le cas contraire, ne vous laissez pas démasquer, même au pied du mur, n'avouez jamais ! »

Je m'attendais à une énième engueulade et, au lieu de cela, j'ai droit à une démonstration inattendue de solidarité masculine.

— Mon Lucio, la vérité est que tous les hommes ont un jour ou l'autre dormi sur un lit de camp dans leur bureau ou dans un garage.

— Toi aussi ?

— Moi aussi. Mais ne me demande pas de détails. C'est personnel. (Puis il ne résiste pas :) C'était une

apprentie pâtissière ukrainienne. Vingt-quatre ans, moi j'en avais quarante-cinq à l'époque. Elle ne parlait même pas italien, par contre y avait du monde au balcon, tu peux me croire. Elle était nulle pour les crèmes et les sablés, mais douée pour tout le reste.

Je souris en imaginant Oscar faire la cour à une Ukrainienne dans un anglais macaroni, entre un plateau de profiteroles et un plateau de chouquettes. Pendant ce temps, sa tirade sur l'infidélité se poursuit :

— L'infidélité conjugale n'est pas un défaut, c'est une anomalie génétique, inscrite dans l'ADN des hommes depuis la nuit des temps. C'est comme le fait d'avoir deux oreilles et un nez. On n'y peut rien. Nous sommes des ordinateurs de chair et d'os programmés pour tromper. Après, certains ont moins d'occasions, moins de charisme, moins de temps ou d'argent. Donc aujourd'hui, à cause de ton ADN, te voilà obligé de dormir sur un lit de camp ! Peut-être pour le restant de tes jours.

J'apprécie beaucoup cette confidence amicale, toutefois je lui précise que Paola, malgré le chaos émotionnel et mon bannissement de la maison, n'a jamais parlé de séparation. Du moins pour le moment. Elle en parle environ deux heures après, en effet, me priant de faire mes valises et de disparaître de sa vie pour toujours. Une réaction sans doute exagérée mais compréhensible. Je n'ai pas les armes pour répliquer. C'est normal, je l'ai bien cherché. Je demande juste :

— Et les enfants ?

— Les enfants, on verra plus tard, dans un premier temps, je leur dirai que tu as beaucoup de travail et que tu dors à la salle de sport.

Cela me semble raisonnable. Convaincu qu'il s'agit d'une crise passagère et comme je ne roule pas sur l'or, je projette de m'installer dans le studio d'Umberto, celui de Corrado étant impraticable. Seulement je découvre que mon ami vétérinaire ramène du travail à la maison, en l'occurrence une dizaine de chiens et chats qui envahissent régulièrement ses quarante mètres carrés. Un

appartement clairement surpeuplé. Il ne me reste plus qu'à allumer mon ordinateur portable pour chercher un petit hôtel 1 étoile près de la salle de sport.

De façon inattendue, une personne qui devrait être de l'autre côté de la barrière me vient en aide : mon beau-père justement.

Oscar accepte de m'héberger dans l'arrière-boutique de la pâtisserie, jusqu'à ce que sa fille me pardonne, chose qu'entre nous elle ne semble pas du tout prête à faire. Évidemment, Paola ne sait rien de cet accord et me croit dans un bed and breakfast désert et bon marché du Trastevere.

Je me retrouve donc calé dans un coin avec mon gros sac à tenter de trouver le sommeil, tandis que l'apprenti pâtissier sri lankais enfourne des croissants, garnit des choux et glace des gâteaux. Le matin, je me réveille farineux et huileux. Tous les jours je me promets de trouver un logement plus digne mais, finalement, du fait de la proximité avec la salle de sport et de l'affection d'Oscar qui me traite comme un fils, je reste là, entre un plateau de feuilletés et un sac de farine 00. J'arrive à voir Lorenzo et Eva un ou deux soirs par semaine et le samedi après-midi, mais j'espère que la situation va se normaliser rapidement.

C'était vraiment le moment idéal pour découvrir que j'avais un nouvel ami, je veux parler de mon ami Fritz.

# L'ami Fritz

En fait, les symptômes avant-coureurs étaient apparus presque un an avant l'histoire avec madame Moroni, mais ils avaient été largement sous-estimés. Je me souviens très bien du premier coup de semonce de l'ami Fritz. Cet après-midi-là, j'étais à la piscine avec mon équipe pour répéter des schémas tactiques. Le water-polo est un sport exigeant, viril, et il suffit de regarder une photo de mon équipe de freluquets pour comprendre que ma condition d'entraîneur est assez ingrate. On surnage, comme je vous le disais, au milieu du classement, on gagne toujours de justesse et de façon rocambolesque face aux équipes les plus faibles, et on prend des raclées mémorables face aux premiers du championnat. Mon gardien titulaire Alessio, surnommé Savonnette, est incapable d'arrêter un seul tir même par erreur, tandis que Martino, notre meilleur attaquant, est rapide mais atteint de strabisme. Mon adjoint, Giacomo, un trentenaire autiste qui a en tête tous les matchs de l'histoire du water-polo, ne contribue pas franchement à améliorer les performances de cette équipe de bras cassés. Cependant on l'aime bien et, dans cette Armée Brancaleone[1], il a toute sa place. Armée Brancaleone, ce n'est pas une

1. *L'Armée Bracaleone*, comédie du réalisateur italien Mario Monicelli sortie en 1966, raconte les aventures picaresques du chevalier Brancaleone de Norcia et de son armée de paysans qui, dans

métaphore ; c'est vraiment le nom de mon équipe. Un nom, une garantie.

Quand j'ai ressenti la première douleur à l'estomac, j'étais dans l'eau et tentais d'inculquer à Savonnette quelques notions de placement dans les actions en infériorité numérique. Je tire au but et soudain, une crampe me paralyse. J'associe cette douleur passagère à une contracture ou une déchirure et l'oublie pendant plusieurs mois. Je n'ai jamais été vraiment malade et n'imaginais pas une seconde que cela puisse être quelque chose de grave.

Combien de fois avez-vous entendu cette phrase dans votre vie ?

Le problème, c'est que je commence à me sentir mal plus souvent, les crampes épisodiques se transforment en une douleur sournoise presque constante ; je nage difficilement, me bourre d'antidouleurs et d'anti-inflammatoires, persuadé qu'il s'agit d'une mauvaise déchirure au niveau des muscles abdominaux (du moins de ce qu'il en reste). J'en parle à Paola qui insiste pour que je fasse une échographie, mais je lui assure que des petites douleurs comme ça, j'en ai eu beaucoup dans mon glorieux passé de sportif et qu'en général, elles passent toutes seules avec le temps et un peu de repos. En l'occurrence ma relation avec madame Moroni n'est pas vraiment reposante, toutefois la douleur est encore supportable pendant nos exercices. Je repense souvent à cette échographie abdominale que je n'ai pas faite en l'associant à une scène du film *Les Portes du destin.*

Que serait-il arrivé si j'avais suivi le conseil de Paola ?

Aurais-je vécu dix, vingt, trente ans de plus ?

Ou bien aurais-je été renversé par une voiture en sortant de l'hôpital et tué sur le coup ?

l'Italie de l'an mille, se lancent à la conquête du fief d'Aurocastre dans les Pouilles. *(N.d.T.)*

Ce jour-là, les portes de mon destin se sont fermées devant moi.

Sauf que je ne le savais pas.

Petit à petit, je me convaincs tout seul que ce n'est pas un problème musculaire, mais une minuscule et insidieuse hernie. Une opération très simple remettrait tout en ordre, cependant je décide d'attendre encore un peu, dans l'espoir de me réveiller un matin par miracle frais comme un gardon. Entretemps, les symptômes s'aggravent : je commence à me sentir anormalement fatigué, je vomis tout un après-midi, je traîne une vague fièvre pendant deux semaines. Et je trouve toujours une explication logique : « c'est une période de stress », « j'ai trop mangé hier soir », « j'ai pris froid à la piscine », « 37,2 ce n'est pas vraiment de la fièvre ». Je ne relie pas encore ces alertes à mon unique et mortel ennemi.

Les mois passent à toute allure et, comme vous le savez, l'effondrement de ma vie familiale m'oblige finalement à dormir dans l'arrière-boutique d'une pâtisserie. Un soir pluvieux du début du mois de mars, j'essaie de me rendre utile en aidant Oscar à enfourner un plateau de muffins au chocolat quand, soudain, une douleur plus aiguë que les autres me plie en deux. Je laisse tomber le plateau et hurle. Oscar et le Sri Lankais se précipitent affolés pour me faire asseoir. Je leur explique que cela fait presque huit mois maintenant que je souffre de ces crampes et que je vis bêtement avec cette maudite hernie. Cela n'a que trop duré.

— Prends rendez-vous avec un spécialiste, lance Oscar.

— Merci, Oscar, mais je suis sûr que d'ici une semaine ou deux ça ira mieux.

— Ce n'est pas une suggestion, précise mon beau-père. C'est un ordre : « Prends rendez-vous avec un spécialiste. » Ça pourrait bien être un ulcère. Un de mes clients est mort d'un ulcère, ce n'est pas une plaisanterie. Un jour il était là, en train de manger une brioche à la

crème et de commenter la victoire de l'AS Roma, et le lendemain il était au cimetière un mètre sous terre.

Oscar a gagné. Comme toujours, il a su être clair et persuasif. Le mot « mort » me fait l'effet d'une douche glacée qui me décide enfin, désormais convaincu qu'il s'agit d'un ulcère, à aller consulter un médecin. Je me rends donc chez mon ami Umberto. Vétérinaire, mais médecin quand même.

La salle d'attente d'Umberto est pleine.

Autour de moi : une vieille mère à chats avec une petite cage contenant un persan sur les genoux ; un gamin de treize ans accompagné de sa maman et d'un caméléon ; un austère quinquagénaire à lunettes et son colley aussi antipathique que lui ; une jolie trentenaire tatouée avec un mystérieux panier.

La mère à chats me fixe avec insistance, sa curiosité est trop forte :

— Quel animal vous avez, vous ?

— Des tiques, je réponds avec un grand sourire.

Elle se demande si c'est du lard ou du cochon. Pour finir elle se décale d'une chaise, en marmonnant à son ami félin quelque chose sur la décadence de notre société et le manque d'éducation des hommes.

Je suis le dernier à passer. J'interroge tout de suite Umberto sur le contenu du panier de la fille tatouée.

— Un python. C'est la mode de nos jours, me répond-il comme s'il s'était agi d'un chaton. Puis il me demande le motif de ma visite surprise. C'est la première fois que je viens à son cabinet pour des raisons professionnelles.

Je lui décris ma douleur abdominale qui dure depuis près de huit mois. Cela fait une vie que je n'ai pas consulté ; j'ai évité d'aller voir le médecin du travail qui est une amie de Paola, histoire de ne pas l'inquiéter. J'explique à Umberto que je suis presque sûr qu'il s'agit d'un ulcère.

Mon ami me demande de m'allonger sur le dos et me palpe minutieusement l'estomac. Je ressens une douleur très vive et le vois un peu préoccupé.

— Tu as mal là ?

La réponse se lit dans ma grimace. Oui, j'ai très mal.

Je me rhabille pendant qu'il m'explique que, selon lui, il ne s'agit pas d'une hernie, ni d'une douleur intercostale, encore moins d'un ulcère.

— Tu as un petit renflement, me dit-il, entre le foie et l'estomac. Difficile d'en dire plus à partir d'un examen aussi général. C'est peut-être un lipome qui, en deux mots, est une masse anormale mais bénigne constituée de tissus graisseux. J'irais tout de suite faire une échographie abdominale, à ta place. Aujourd'hui, on dispose d'appareils qui permettent d'établir des diagnostics rapides et fiables.

— C'est vrai, Paola me l'avait déjà conseillé il y a quelques mois.

— Et elle avait raison. Comme la plupart du temps, je dois dire.

Il me sermonne un peu, comme seuls les médecins et les enseignantes savent le faire. On est d'accord, j'aurais dû écouter ma femme pour éviter que la porte de mon destin ne se ferme sous mes yeux.

— J'ajouterais un bilan sanguin. Tu verras, je suis sûr qu'il n'y a rien de grave, conclut Umberto. Tu ne bois presque jamais, tu ne fumes pas, tu es même un ancien athlète !

Je comprends très bien qu'il ne veut pas m'alarmer.

Son sourire ne me dit rien qui vaille.

Je vous épargne les détails ennuyeux, voici le rapport de l'échographie abdominale que j'ai faite deux jours plus tard dans un centre spécialisé. Je lis les résultats en attendant le médecin qui doit me les commenter, et je consulte immédiatement Wikipédia sur mon smartphone. Je cherche les deux mots écrits en gras après « le patient présente un ». Ces deux mots sont « carcinome hépatocellulaire ».

Wikipédia est toujours aussi efficace.

Le carcinome est une tumeur maligne.

Tumeur. Maligne.

Deux mots déjà antipathiques pris indépendamment.

Hépatocellulaire précise que l'organe atteint est le foie.

Le foie.

Parfait.

Même les nouveau-nés savent que le cancer du foie est le plus redoutable.

Deux lignes plus bas apparaît la taille de l'ennemi.

Longueur : 6 cm.

J'héberge, dans mes douillettes entrailles, un carcinome hépatocellulaire d'une longueur de 6 cm, et d'un diamètre de 0,7 cm.

Plus ou moins les dimensions d'une frite.

Même les nouveau-nés savent que les frites sont mauvaises pour la santé.

J'ai une tumeur au foie de 6 cm. Les analyses de sang révèlent également un taux de marqueurs tumoraux trop élevé qui confirme la présence indésirable dans mon organisme. Aucune équivoque possible.

Je n'attends même pas le médecin qui est censé m'annoncer la nouvelle en prenant un air triste d'acteur chevronné. Je sors dans la rue.

J'ai une tumeur au foie de 6 cm.

Je marche sans but.

J'ai une tumeur au foie de 6 cm.

Je répète cette phrase à haute voix comme un mantra.

J'ai une tumeur au foie de 6 cm.

Je n'arrive plus à m'arrêter.

J'ai une tumeur au foie de 6 cm… J'ai une tumeur au foie de 6 cm… J'ai une tumeur au foie de 6 cm… J'ai une tumeur au foie de 6 cm… J'ai une tumeur au foie de 6 cm… J'ai une tumeur au foie de 6 cm… J'ai une tumeur au foie de 6 cm… J'ai une tumeur au foie de 6 cm… J'ai une tumeur au foie de 6 cm… J'ai une tumeur au foie de 6 cm… J'ai une tumeur au foie de 6 cm… J'ai une tumeur au foie de 6 cm… J'ai une tumeur au foie de 6 cm… J'ai une tumeur au foie de 6 cm… J'ai

une tumeur au foie de 6 cm… J'ai une tumeur au foie de 6 cm… J'ai une tumeur au foie de 6 cm… J'ai une tumeur au foie de 6 cm… J'ai une tumeur au foie de 6 cm… J'ai une tumeur au foie de 6 cm… J'ai une tumeur au foie de 6 cm… J'ai une tumeur au foie de 6 cm… J'ai une tumeur au foie de 6 cm… J'ai une tumeur au foie de 6 cm… J'ai une tumeur au foie de 6 cm… J'ai une tumeur au foie de 6 cm… J'ai une tumeur au foie de 6 cm… J'ai une tumeur au foie de 6 cm… J'ai une tumeur au foie de 6 cm… J'ai une tumeur au foie de 6 cm… J'ai une tumeur au foie de 6 cm… J'ai une tumeur au foie de 6 cm… J'ai une tumeur au foie de 6 cm… J'ai une tumeur au foie de 6 cm… J'ai une tumeur au foie de 6 cm… J'ai une tumeur au foie de 6 cm… J'ai une tumeur au foie de 6 cm… J'ai une tumeur au foie de 6 cm… J'ai une tumeur au foie de 6 cm… J'ai une tumeur au foie de 6 cm… J'ai une tumeur au foie de 6 cm… J'ai une tumeur au foie de 6 cm… J'ai une tumeur au foie de 6 cm… J'ai une tumeur au foie de 6 cm… J'ai une tumeur au foie de 6 cm… J'ai une tumeur au foie de 6 cm… J'ai une tumeur au foie de 6 cm… J'ai une tumeur au foie de 6 cm… J'ai une tumeur au foie de 6 cm… J'ai une tumeur au foie de 6 cm… J'ai une tumeur au foie de 6 cm… J'ai une tumeur au foie de 6 cm… J'ai une tumeur au foie de 6 cm… J'ai une tumeur au foie de 6 cm… J'ai une tumeur au foie de 6 cm… J'ai une tumeur au foie de 6 cm… J'ai une tumeur au foie de 6 cm… J'ai une tumeur au foie de 6 cm… J'ai une tumeur au foie de 6 cm… J'ai une tumeur au foie de 6 cm… J'ai une tumeur au foie de 6 cm… J'ai une tumeur au foie de 6 cm… J'ai une tumeur au foie de 6 cm… J'ai une tumeur au foie de 6 cm… J'ai une tumeur au foie de 6 cm… J'ai une tumeur au foie de 6 cm…

J'arrête de jouer les Jack Nicholson dans *Shining* et j'ai soudain une illumination : « C'est beaucoup, 6 cm pour une tumeur au foie ? »

Si ça se trouve, cela représente un stade initial et insignifiant. Mais oui, il s'agit sûrement d'un bébé tumeur totalement inoffensif. Cette illusion dure 0,14 seconde, le temps d'une recherche sur Google. La réponse est oui, c'est beaucoup. Pas énorme, mais beaucoup. Même pour l'oncologue qui scrute gravement les images de mon échographie, c'est une taille conséquente. Une belle tumeur robuste et vigoureuse. Il me conseille, ou plutôt m'impose, de faire tout de suite une TEP (ou tomographie par émission de positrons) thoracique.

Je prends rendez-vous et, en attendant, je passe la nuit sur Internet. Je me remets à faire une chose que j'ai toujours détestée. Des recherches. Je ne veux rien faire d'autre, ni manger, ni boire, ni dormir… je ne pense qu'à saisir frénétiquement dans Google les mots « tumeur », « foie », « guérison » *et cetera*.

En l'espace de quelques heures, je suis le plus grand expert mondial en carcinomes. Je découvre même que les premières exérèses de masses tumorales ont été réalisées par le savant égyptien Imhotep, une sorte de Léonard de Vinci des bords du Nil, qui a non seulement imaginé des pyramides éternelles mais également posé les bases de la médecine occidentale, au point d'être divinisé. À l'époque, presque tous ses patients, opérés sans anesthésie, perdaient la vie durant l'intervention ou tout de suite après, victimes d'hémorragie. Je fais un saut de quatre mille ans dans l'histoire de la médecine pour me concentrer sur des recherches plus récentes autour de l'ami Fritz.

Sur une page Web consacrée au sujet, je lis : « Le carcinome hépatocellulaire est la plus fréquente des tumeurs primaires du foie. »

Je ne souffre même pas d'une maladie un peu originale.

« Il se développe dans le tissu hépatique en altérant les cellules saines. »

Bien.

« La prolifération continue des cellules tumorales peut déboucher sur une forme maligne de tumeur. »

Très bien.

« Au début, ces tumeurs ne causent pas de troubles particuliers et sont donc difficiles à déceler. »

Saloperie.

« Quand la tumeur grossit, des symptômes peuvent apparaître comme des douleurs à l'abdomen, des ballonnements, une perte de poids, des nausées, des vomissements, de la fatigue et un jaunissement de la peau et des yeux. »

Je les ai tous.

« Les hommes ont plus de risque de développer cette pathologie. Selon le type et le stade, différents traitements peuvent être prescrits. La chirurgie ou la greffe sont des alternatives valables seulement si la tumeur est petite et contenue à l'intérieur du foie. Si elle est plus développée, la chimiothérapie ou la radiothérapie peuvent prolonger la durée de vie, mais ne permettent pas de guérir la pathologie. »

Ne permettent pas de guérir la pathologie.

La phrase résonne comme un do de poitrine de Pavarotti. Je reste en arrêt sur image devant mon ordinateur.

Ne permettent pas de guérir la pathologie.

Ne… permettent… pas… de… guérir… la… pathologie.

Le résultat de ma recherche est implacable.

Rien n'a changé depuis l'époque d'Imhotep.

Je vais mourir.

Mourir est un verbe que nous connaissons depuis l'enfance. Nous allons tous mourir. Mais moi, je vais mourir plus tôt que prévu.

Plus tôt que j'aurais voulu.

Injustement tôt.

Je vais mourir tôt. Point.

Je n'ai encore rien dit à Paola. D'abord par pudeur, ensuite parce qu'elle ne me répond jamais au téléphone,

mais surtout parce que je n'y crois pas vraiment. Je ne veux pas et ne peux pas y croire.

Au petit-déjeuner, je me confie aux deux autres mousquetaires : Umberto et Corrado. On se retrouve dans un petit café qu'on fréquente depuis le lycée et dans lequel la décoration et les viennoiseries n'ont jamais changé. Je reconnais même, derrière la vitre du comptoir, une réplique de la Luisona de Stefano Benni, une brioche rassie mais toujours appétissante qui traîne là depuis au moins 1979.

C'est un petit-déjeuner compliqué. Très compliqué.

On devrait publier de toute urgence un manuel intitulé : *Comment se comporter quand un ami proche vous annonce au petit-déjeuner qu'il a un cancer du foie ?* Parmi les milliards de conversations possibles, ce doit être la plus difficile. L'écueil principal est de trouver le bon style de dialogue.

DIALOGUE AVEC GAFFE

— Les amis, j'ai un cancer du foie...

— C'est vrai ? Mon oncle aussi en a eu un l'année passée...

— Et comment va-t-il ?

— Il est mort !

DIALOGUE ABSURDE

— Les amis, j'ai un cancer du foie.

— Ah, tu me rassures, je m'attendais à quelque chose de pire !

— Quelque chose de pire ? Qu'y a-t-il de pire selon toi ?

— Ben par exemple... laisse-moi réfléchir... devenir paraplégique c'est pire, je crois.

— Merci. Je me sens mieux maintenant.

DIALOGUE EMBARRASSANT

— Les amis, j'ai un cancer du foie...

— Oh non ! Tu étais mon mousquetaire préféré !

— Pourquoi parles-tu au passé ?

DIALOGUE ENCOURAGEANT

— Les amis, j'ai un cancer du foie...

— Ne t'en fais pas, tu es fort, tu vas t'en sortir !

— Et si je ne m'en sors pas ?

— Cette hypothèse, tu ne dois pas l'envisager.

À ce stade du dialogue encourageant, il y en a forcément un qui ne parvient pas à retenir ses larmes, et alors on pleure tous ensemble passionnément pendant une demi-heure.

Pour détendre l'atmosphère, j'essaie d'ironiser sur ma propre maladie. C'est là que je décide de donner un nom à la charmante petite frite qui loge dans mon foie. Je la baptise « l'ami Fritz », comme une de ces lointaines connaissances qu'on a du mal à nommer. Dès lors, le mot « cancer » disparaît de mon vocabulaire.

Je raconte à Athos et Aramis que, dans l'après-midi, je dois aller faire une TEP et que les résultats me seront communiqués presque en direct. Il y a des gens qui, atteints du même mal que moi, ont survécu quatre, voire cinq ans. Désormais je sais tout sur le carcinome hépatocellulaire. Je suis une autorité en la matière.

Mes deux amis sont très touchés, ils n'arrivent pas à faire des phrases sensées. Moi non plus d'ailleurs. Ça se termine par une partie de baby-foot. Je fais équipe avec le fils boutonneux du barman âgé de quatorze ans, et on n'aborde plus le sujet. Mais le sujet est là avec nous, il nous regarde jouer et ne me quitte pas des yeux. C'est nous qui gagnons 6 à 4, le gamin est un phénomène.

Cet après-midi-là, je vais faire ma TEP. Trois mots compliqués pour signifier que des rayons découpent mon buste en tranches fines, façon toastinettes, pour le photographier couche par couche.

Le résultat de ce découpage est le mot le plus laid du monde après « guerre ».

C'est presque un synonyme de mort.

Métastases.

Mes poumons sont envahis de métastases.

Je l'avais lu : les premières métastases d'un cancer du foie se développent généralement dans les poumons.

Je suis un cas d'école.

## Combien ?

Ma première question est : combien ?

Combien de temps me reste-t-il ?

Puis viennent les autres questions.

Parmi elles, celle qui m'intéresse le plus est : comment ?

Comment vais-je mourir ?

Serai-je conscient ?

Souffrirai-je ?

Aurai-je une longue agonie ?

Je réalise à cet instant que le mot « agonie » est encore plus désagréable que son voisin « mort » déjà abhorré.

Pourquoi est-ce que ce cauchemar me tombe dessus ? Je ne suis pas sûr de trouver une réponse et donc, pour l'heure, je décide de ne plus me poser la question.

D'abord, je dois savoir combien.

Je reprends rendez-vous avec l'oncologue. Je lui voue désormais une haine enfantine, comme s'il avait crevé le ballon avec lequel j'étais en train de jouer. Et en attendant, je me décide enfin à parler à Paola. On se retrouve près de l'école des enfants. Le dialogue s'ouvre à hauteur d'un feu rouge, à côté de sa Twingo.

— J'ai un cancer du foie avec des métastases aux poumons.

Paola me regarde : je sais qu'elle pense que je plaisante. Mais je n'ai pas le regard de quelqu'un qui plaisante et de nous deux, c'est elle la meilleure actrice.

— Quand l'as-tu appris ?

— Il y a dix jours. J'ai fait toutes les analyses imaginables. Malheureusement il n'y a pas d'erreur possible.

La guerrière que j'ai épousée suspend les hostilités et décide de m'accompagner chez l'oncologue. Je ne parlerais pas d'amour retrouvé, ni de pardon, j'ai plutôt la sensation qu'il s'agit d'un mélange d'effarement et de pitié. Mais c'est peut-être juste une sensation. Elle me demande même de revenir à l'appartement. J'hésite. Ce n'est pas comme ça que j'entendais réintégrer le domicile conjugal. Paola lit dans mes pensées et me précise qu'elle est loin d'avoir oublié ce qui s'est passé. Elle m'autorise simplement, étant donné que je suis malade, à dormir à la maison. On n'en est pas encore au pardon. Pour le moment il faut agir et, avant cela même, savoir.

Paola me tient la main tandis que l'odieux oncologue ne laisse aucune place à l'optimisme. Il détaille ma TEP et mes bilans sanguins avant de décréter :

— Monsieur Battistini, votre néoplasie est une des plus agressives, et malheureusement elle a été décelée à un stade plutôt avancé. Les marqueurs tumoraux sont très élevés. C'est cette valeur-là, la choriogonadotrophine.

À cet instant, je sens le regard de Paola intitulé « je te l'avais dit » me transpercer comme mille poignards.

— Votre TEP montre des métastases nombreuses et diffuses au niveau des poumons.

Là, je m'énerve :

— Oui. Ça, je le sais… venez-en au fait…

— En d'autres circonstances j'aurais proposé une exérèse chirurgicale de la néoplasie primaire, mais dans votre situation cela ne serait qu'un palliatif, assez risqué de surcroît. Même chose pour la greffe. Le taux de réussite d'une greffe de foie est faible, la liste d'attente est très longue et, dans votre cas, les métastases ont déjà compromis une éventuelle rémission. Pardonnez-moi, mais je préfère être franc avec vous : aucune thérapie ne peut véritablement vous aider.

Silence.

Je regarde Paola qui n'a pas la force de lever les yeux.

La question me démange depuis dix minutes alors je me lance :

— Combien ?

— Difficile de vous répondre, monsieur Battistini...

Il hésite, le con. Prends tes responsabilités, putain ! Tu as crevé mon ballon, alors maintenant dis-moi dans combien de temps les lumières du terrain vont s'éteindre.

— Combien ?

— Il faut voir comment votre...

— Combien ???

— Quatre ou cinq mois. Cela dépend de la résistance de votre organisme. Et des traitements que vous allez subir.

Silence.

— Il existe une infinité de cas, m'explique-t-il, certaines personnes parviennent à survivre jusqu'à cinq ans.

— Certaines ? Combien ?

— À vrai dire... très peu.

Très peu, une donnée rassurante.

Je lâche la deuxième question :

— Il me reste combien de temps avant d'aller mal ?

— Qu'entendez-vous par aller mal ? Vous êtes déjà malade.

— Vous m'avez parfaitement compris. Jusqu'à quand vais-je pouvoir mener une vie normale ?

— Là encore, cela dépend de...

— Plus ou moins ? je le presse, agressif.

— Un peu plus de trois mois. Ensuite la dose d'antidouleurs que vous devrez prendre vous étourdira un peu et vous entrerez dans la phase terminale.

Trois mois de vie. De vraie vie, j'entends. Peut-être un peu plus.

— Cent jours, je murmure.

— Comment ? dit le médecin.

— Il me reste cent jours.

— Je vous ai dit que cela pouvait être plus si...

Je ne l'écoute pas. Cent jours. Ce nombre résonne dans ma tête.

Paola intervient :

— Y a-t-il quelque chose qu'on puisse faire pour repousser l'échéance ? N'importe quoi.

— La chimiothérapie, madame, peut aider à ralentir la prolifération des cellules pathogènes, mais elle s'accompagne de nombreux effets secondaires qui rendent la vie quotidienne assez difficile.

J'essaie de me concentrer sur la consultation en cours.

— Quels sont ces effets secondaires ?

Je sais très bien que la chimio fait tomber les cheveux, provoque des nausées, des vomissements et de la fatigue. Tout le monde le sait, on l'a vu dans plein de films et de documentaires. En outre, on l'a presque tous vécu indirectement en assistant à la lente disparition d'un oncle ou d'un grand-père. Mais la vérité est bien différente et plus agressive.

— La chimio, monsieur Battistini, n'est pas un traitement intelligent, elle tue aussi les cellules saines. C'est tout bonnement un venin qu'on injecte dans le corps pour tenter d'éliminer l'ennemi principal ; le problème, c'est qu'en se diffusant il fait un carnage. Il y a beaucoup d'autres effets secondaires en plus de ceux que vous connaissez. On constate des cas d'anémie, des troubles digestifs, une diminution de l'appétit et une altération du goût, de la fièvre, de la toux, des maux de gorge ou de tête, des douleurs musculaires, de la nervosité, une perte de l'audition et de la libido ainsi que des troubles de la fertilité.

C'est tout ?

Si je ne fais rien, je meurs d'ici quelques mois, en recourant à la médecine douce pour ne pas souffrir sur la fin. Si je me soumets au plus célèbre traitement anticancéreux, je meurs aussi, moins vite probablement, mais je subis en même temps une métamorphose : je ne suis plus Lucio Battistini mais une larve de cent kilos, abrutie et vautrée sur un canapé, prisonnière d'un zapping sans fin.

L'oncologue me demande si je souhaite commencer un premier cycle de chimiothérapie. Je ne réponds pas. Je n'en sais rien, tout simplement.

En sortant, je dis au revoir à Paola en la serrant longuement dans mes bras et me dirige vers la pâtisserie pour récupérer mes quelques affaires. Je la rejoindrai plus tard à la maison pour dîner avec les enfants.

Lorenzo et Eva.

Le seul fait de les nommer me donne envie de pleurer.

J'essaie de ne pas y penser. Pas maintenant.

Mon beau-père écoute en silence le compte rendu de la consultation. Je conclus de la façon la plus radicale. Il me reste cent jours à vivre. Peut-être un peu plus, peut-être un peu moins. Après commencera ce que l'oncologue appelle la « phase terminale » que je ne veux même pas imaginer.

La question que me pose Oscar est angoissante mais légitime :

— Et comment les vois-tu, ces cent jours ?

À cette question non plus, je n'ai pas de réponse.

Cent jours.

Pour des vacances, c'est beaucoup.

Seuls de rares privilégiés ont déjà pu s'offrir cent jours de vacances.

Dans mon cas, hélas, ce ne sont pas des vacances.

Cent jours.

Je n'y ai pas pensé.

Personne n'y a jamais pensé.

Que feriez-vous s'il vous restait une centaine de jours avant de mourir ?

Pause. Je répète la question.

Que feriez-vous s'il vous restait une centaine de jours avant de mourir ?

Voici quelques suggestions.

Vous iriez au bureau ou en cours tous les matins ?

Vous feriez l'amour toutes les heures avec la personne que vous aimez ?

Vous vendriez tous vos biens pour partir sous les tropiques ?

Vous invoqueriez le Dieu auquel vous croyez ?

Vous invoqueriez un Dieu auquel vous n'avez jamais cru ?

Vous hurleriez jusqu'à perdre haleine ?

Vous fixeriez indéfiniment le plafond dans l'espoir qu'il s'écroule et vous tue ?

Je vous laisse une ou deux pages blanches pour prendre des notes avant de commencer mon compte à rebours. N'ayez pas peur d'abîmer le livre en écrivant dessus. Ce n'est qu'un objet. Gribouillez donc, je ne m'offusquerai pas.

# – 100

Mon horloge biologique me réveille à 4 heures du matin.

Paola dort. Elle m'accepte à nouveau dans le lit conjugal, mais refuse tout contact physique.

Cent jours.

C'est ma première pensée de la journée.

Cent jours.

Plus ou moins. Une question de statistiques.

Ce n'est pas rien. 2 400 heures, dont 800 qui seront perdues en sommeil.

8 640 000 secondes. Huit millions. Exprimé en secondes, cela semble énorme.

Mais je préfère dire cent jours, c'est plus joyeux. Cela revêt un je-ne-sais-quoi d'espiègle et de rebelle.

« Les cent jours avant le bac. »

Quelle belle période. Je sortais avec mon déguisement de carnaval (inutile de préciser que j'étais toujours en mousquetaire), une boîte à chaussures trouée dans les mains pour demander des pièces aux passants. Puis c'était le traditionnel repas à la pizzeria avec la classe, payé par les gens qu'on avait réussi à attendrir en leur rappelant le bon vieux temps où ils étaient à notre place.

Cent jours nous séparaient alors du futur.

Cent jours.

Je vais m'asseoir à mon bureau. Au fond du tiroir, je trouve un vieux cahier avec en couverture Dino Zoff qui brandit la Coupe du monde. Un grossier dessin en couleurs, même pas une photographie. Je me le suis procuré en 1982, en échange d'un album Panini-Football presque complet. Je me suis fait avoir, je crois. J'avais neuf ans. Je n'ai jamais osé l'utiliser, persuadé que c'était un cahier de collection que les années rendraient rare et précieux. Je me suis trompé. Peu importe.

Je l'ouvre et numérote les pages à la main.

De cent à zéro.

Je n'écris plus à la main depuis la nuit des temps. Je réalise qu'il n'y a que ma signature que je maîtrise encore à peu près. On n'écrit plus les chiffres à la main, mais sur l'écran de notre téléphone portable. Je suis désalphabétisé. Je tente de recopier quelques phrases, prises au hasard dans un magazine traînant à proximité. Ma graphie est embarrassante, presque cunéiforme, comme celle des médecins.

Je pourrais peut-être tenir un journal.

Ou pas.

À quoi ça sert de tenir un journal ?

Avez-vous déjà lu un journal intime ? À part celui d'Anne Frank ou celui de Bridget Jones, je ne vois pas de journaux mémorables. Dieu sait combien de chefs-d'œuvre de la littérature se cachent dans les cahiers et les agendas Hello Kitty des adolescentes qui, statistiquement, représentent la catégorie la plus « diariste ». Les femmes sont davantage versées dans cet art. On se demande pourquoi.

Je n'ai jamais tenu un journal.

Je pose mon stylo sur la page.

Je réfléchis.

Alors, qu'est-ce que je voudrais faire durant ces cent jours qu'il me reste ?

Je sèche.

La hantise de l'écrivain, le syndrome de la page blanche.

J'observe le stylo-bille dans ma main. Un Bic bleu. Un des derniers modèles, avec le grip, pour qu'on le tienne bien.

Je ne résiste pas.

Google.

« Qui a inventé le stylo-bille ? »

Le stylo à bille, plus communément appelé Bic, a été inventé par le journaliste hongrois László Bíró en 1938. La légende raconte qu'il eut une première intuition en voyant des enfants jouer à la balle dans une rue pleine de flaques d'eau. La balle laissait des traînées humides en roulant sur la partie sèche du pavé. Idée simple mais géniale. En quelques années, grâce à sa fiabilité, à sa facilité d'entretien et à son faible coût de production, le Bic remplaça le stylographe. Aujourd'hui on peut dire avec certitude qu'il s'agit de la plus grande invention de tous les temps après la roue. Dans tous les foyers du monde, il y en a au moins un. Dommage que le pauvre Bíró, du fait d'une situation économique précaire, ait dû céder son brevet à la société américaine Parker qui, comme vous le savez, a fait un bon investissement.

Mais qui a vraiment inventé le stylo à bille ?

Qui a été le premier à le concevoir, presque cinq cents ans avant l'intuition de Bíró ?

La réponse est évidente. Banale. Courue d'avance.

Léonard.

Vous croyez que l'Archimède pythagoricien toscan aurait laissé une des inventions les plus importantes de l'humanité lui échapper ? Soyons sérieux.

Ce fut bel et bien l'enfant prodige natif de Vinci qui élabora les premiers projets de stylo à bille. Le dessin, qui figure dans un de ses manuscrits, représente un simple tube rétréci à son extrémité avec des espèces de cannelures guidant de l'encre vers la bille qui ferme le tout et permet l'écriture.

Désolé, cher Bíró, tu n'es arrivé qu'en deuxième position.

J'ai trouvé la première chose que je veux faire durant ces cent jours.

Ignorer l'ami Fritz.

Je m'habille et me rends à la salle de sport comme n'importe quel jour. Je n'attends même pas que Paola se réveille. Je ne saurais pas quoi lui dire, je déteste son regard désorienté et un peu effrayé. Je passe à la pâtisserie de mon beau-père. J'ai presque deux heures d'avance sur mon horaire habituel. Mon beignet matinal est encore chaud. Je me poste à ma table et observe l'ouverture des magasins. Je ne suis jamais arrivé aussi tôt. Le film de 6 heures du matin n'est pas le même que celui de 8 heures. Sauf pour mon ami moineau qui se pose à côté de mon assiette. Il me regarde. S'il parlait ma langue, il me demanderait : « Que fais-tu ici de si bonne heure ? Tout va bien ? »

Et je lui répondrais, en mentant : « Tout va bien. Et toi ? »

« J'ai un problème, ma compagne a perdu son travail et on a encore quatre petits dans le nid à nourrir. Ça t'ennuie si je te prends un bout de beignet ? »

« Vas-y. »

Il arrache avec son bec un petit bout un peu brûlé et l'avale.

« Quel travail faisait ta compagne ? » je demande, curieux.

« Elle tenait compagnie à un dentiste veuf et retraité de Prati. Ils se retrouvaient sur les berges du Tibre où l'homme se promenait tous les matins. Ils partageaient leur petit-déjeuner, un peu comme nous le faisons toi et moi. »

« Et que s'est-il passé ? »

« Le petit vieux s'est fiancé avec une Ukrainienne de dix-neuf ans et maintenant, le matin, il petit-déjeune chez lui. Ma femme s'est retrouvée au chômage du jour au lendemain ».

« Je suis désolé… »

« C'est la vie. Je peux en reprendre un morceau ? Pour mes petits. »

« Je t'en prie… »

Il attrape un morceau plus gros que d'habitude, me regarde avec reconnaissance et s'envole, disparaissant gracieusement au coin de la rue.

Je termine mon beignet et lèche le sucre sur mes lèvres. Je lance un mot à Oscar qui a déjà le nez dans ses fourneaux et me dirige vers la salle de sport.

Dans ma poche j'ai le cahier Zoff.

Encore vierge.

## – 99

J'ai déjà perdu un jour.

J'ignore pourquoi, mais le fait d'avoir établi un compte à rebours précis m'aide à ne pas sombrer dans l'apathie totale. En réalité c'est juste une sentence statistique et aujourd'hui je n'arrive pas à penser à ce qui se produira exactement après le jour zéro. Nous sommes incapables d'imaginer notre propre mort. Nous nions même son existence, persuadés que nous ferons l'objet d'une exception.

Je sors et monte dans mon monospace. Je n'aime pas ma voiture.

Les automobiles suivent symboliquement les grandes étapes de notre vie : d'abord on utilise celle de papa pour apprendre à conduire (dans mon cas la Renault 4 de grand-père, la plus belle voiture de tous les temps), ensuite on en prend une d'occasion un peu plus sportive avec éventuellement les quatre roues motrices, puis on se trouve une fiancée alors on choisit un petit modèle pratique avec un grand coffre pour les week-ends en amoureux, et quand arrivent les enfants on se résout au monospace, la tristesse absolue en matière d'automobile. J'en suis à cette phase, je n'atteindrai pas, je le crains, les deux dernières : quand à cinquante ans on s'achète une Porsche d'occasion pour se donner des airs de playboy de vingt ans fils à papa, et quand, à l'approche des soixante-dix, on revient à la voiture avec laquelle on a

appris à conduire, désormais vintage et hors de prix. On remonte dedans tout ému et on découvre qu'elle n'a pas la direction assistée, qu'elle accélère comme une vache dans un rallye montagnard, qu'elle n'a pas l'autoradio, pas plus que le GPS, la climatisation, les vitres électriques, qu'elle consomme autant qu'un camion, qu'elle crache plus de fumée qu'une locomotive du Far West et que les ressorts des sièges manquent de nous briser la colonne vertébrale à chaque nid-de-poule. En général on fait un tour avec, puis on la remise définitivement au garage. Par chance, j'échapperai à cette malédiction. Je me rends compte qu'il m'est impossible de penser à autre chose qu'au passé ou au futur. C'est comme si le présent n'avait plus d'importance à mes yeux. Pourtant le passé et le futur n'existent pas, et le présent est tout ce qu'il me reste réellement. Mais c'est plus fort que moi, mes neurones vont et viennent dans le temps, entre souvenirs et projections, telles les boules d'un flipper déglingué. Je les laisse aller, sans trop secouer la machine, si mon cerveau fait tilt je suis mort. Mes pensées flottent dans la piscine de ma vie et je ne cherche pas à prendre le contrôle. Je manque de lucidité ces jours-ci. Je n'ai pas un cancer du cerveau mais celui-ci s'enraye comme un vieil ordinateur. Si vous l'observez bien, il y a même le petit symbole de la bombe qui clignote. *System error.*

Chaque jour je rêve que je vais me réveiller et découvrir que tout cela n'est qu'un cauchemar, détaillé et bien ficelé, un cauchemar dû à un repas trop pimenté (les plus redoutables), mais ce n'est pas pour aujourd'hui non plus.

Je gare le monospace avec soin. J'ai déjà pris trois amendes ici dans le Trastevere, je crois que le policier du secteur me déteste. Je fais ma pause habituelle à la pâtisserie, un brin de causette avec mon beau-père sans évoquer l'ami Fritz, je mange mon beignet chéri, retrouve mon ami moineau ce jour-là particulièrement jovial et entame la promenade machinale jusqu'à la salle de sport.

Je connais la moindre fissure dans le trottoir et tous les parterres de fleurs. Je sais à l'avance où un chien va aboyer et de quelle maison s'échapperont des cris. J'essaie de réfléchir aux choses que j'ai envie de faire durant ces quatre-vingt-dix-neuf jours. Une seule me vient à l'esprit, très importante : faire la paix avec Paola.

Je m'arrête pour l'écrire dans le cahier Zoff :

*Faire la paix avec Paola.*

Puis j'efface et récris :

*Me faire pardonner par Paola.*

C'est mieux.

J'arrive au travail et trouve mes « élèves » du matin, six quadragénaires agressives. Ce n'est pas une faute de frappe, elles sont réellement agressives, je crois que cela rend bien l'idée. Une demi-douzaine de cadres plantureuses et fuchsiatisées qui, avant d'aller au bureau, viennent ici pour mon célèbre cours d'abdos-fessiers. Elles se sont résolues depuis longtemps au fait d'avoir non pas un de ces coachs bodybuildés qu'on voit à la télévision, mais un ancien athlète joufflu et sympathique. Je crois même qu'elles me trouvent sexy. Moi je les trouve admirables pour la volonté dont elles font preuve dans leur combat contre le temps qui passe. Elles suent tant et plus mais n'abandonnent jamais. Les résultats sont ce qu'ils sont, mais l'effort est louable. Certaines m'ont carrément laissé entendre que si je voulais... mais j'ai déjà commis assez de frasques dans cette salle de sport. Je me limite donc, avec une application digne de Michel-Ange, à sculpter leurs fessiers. Je comprends ce matin-là, un peu abruptement, que mon travail est peut-être encore plus triste que mon monospace. Le seul point gratifiant, ce sont les seize cents euros que je gagne chaque mois ; pour le reste je pousse des dos transpirants en essayant de vaincre les articulations rouillées et la gravité, je remplis des fiches d'exercices qui ne sont jamais suivies, je parle de régimes sans glucides et écoute les ragots de vestiaire. Bref, un travail socialement utile.

Je vais voir le directeur de la salle, monsieur Ernesto Berruti, un ex-culturiste bourré d'anabolisants et saturé de rayons UV qui cherche vainement sa place dans ce monde, et je l'informe qu'à la fin du mois je mettrai un terme à ma collaboration avec la glorieuse salle de gym Arc-en-ciel. Il tente de me faire changer d'avis en me promettant une augmentation de trente euros brut par mois. Fin psychologue. J'observe les faux tatouages maoris sur ses biceps, ses longs cheveux gris (je propose une loi pour interdire les cheveux longs quand on a dépassé la quarantaine et qu'on est de surcroît atteint d'une calvitie dévastatrice), son débardeur moulant Iron Maiden déjà démodé il y a vingt ans. Je l'ai toujours détesté. Maintenant c'est une évidence. Un caïd de cent kilos, avec toute la panoplie. Il deale des drogues douces dans le quartier et règne sur un petit périmètre qui va de Porta Portese au Tibre. Jusqu'alors j'ai fait semblant de ne pas entendre, de ne pas voir, de ne pas savoir. Aujourd'hui je ne résiste pas.

— Mais ça te plaît à toi de travailler dans cette cave ?

Il ne comprend pas.

— Je veux dire, quand tu étais petit, dans tes rédactions tu écrivais : quand je serai grand j'aimerais être le pauvre gérant d'une salle de sport de Monteverde ?

Il commence à soupçonner que je me moque de lui. Je continue :

— Tu n'as pas l'impression d'être un personnage de la commedia dell'arte romaine ?

Là, pour le coup, il ne comprend pas. La référence est un peu trop savante. Je descends d'un cran :

— Tu es toujours moulé dans les mêmes débardeurs trop petits, tu portes un catogan, ce qui est interdit par l'Union européenne pour atteinte à l'esthétisme, tu parles un italien surréaliste en faisant des fautes de grammaire improbables, tu te gaves de médicaments qui d'ici quelques années te rendront impuissant, et quand on te pose des questions le délai de réponse est tel qu'il oblige ton interlocuteur à se répéter !

— Mais t'es en train d'me traiter d'impuissant ?

Il n'a compris que le mot « impuissant ». Je l'ai également surestimé dans le domaine des insultes.

— Non, je te dis juste que j'ai bien réfléchi et que je ne vais même pas finir le mois. Salue tout le monde de ma part, au revoir et merci.

Je me dirige vers mon casier tel un boxeur qui vient de mettre son adversaire K.-O. au dernier round, alors qu'il allait perdre aux points.

Il crie dans mon dos :

— Espèce de minable ! Prends tes affaires et va te faire foutre !

Manière élégante et raffinée de me dire que je suis licencié. Question de point de vue : en réalité, c'est moi qui m'en vais. Je ne supporte plus cette odeur de sueur et d'eau de Javel.

Je ne sais pas pourquoi j'ai fait ça. Si, en fait, je sais. J'ai toujours rêvé de le faire. Depuis le jour qui a suivi mon embauche. Parfois les difficultés te confèrent une force insoupçonnée. Quand je sors avec mon baluchon la secrétaire me regarde, pour la première fois, avec respect. À cet instant je suis son héros. Je franchis le seuil tandis qu'elle reste prisonnière. J'espère qu'un de ces jours elle parviendra à s'évader.

Je regagne ma voiture qui s'étonne de me voir revenir aussi tôt. Je lui souris et l'emmène à la station de lavage. Aujourd'hui elle doit se faire plaisir elle aussi. Pendant que les brosses rotatives font leur travail, je relis la phrase dans mon petit cahier.

*Me faire pardonner par Paola.*

Cela ne va pas être facile.

## – 98

Je ne crois pas en Dieu.

En aucun Dieu, d'aucune religion.

Je hais les religions. Elles sont inutiles, et même contre-productives. Une société évoluée ne peut pas être esclave de superstitions surannées.

Je suis baptisé, j'ai fait ma communion et ma confirmation, non par conviction mais par convention. Il y a quelques années, je me suis renseigné en vue de me faire débaptiser. J'ai découvert que c'était très facile ; il suffit de faire inscrire sa décision sur le registre de la paroisse où a été donné le premier sacrement. En te débaptisant, tu annules automatiquement tous les autres sacrements. Finalement je ne l'ai pas fait, par paresse.

La religion est sans doute le sujet sur lequel j'ai eu le plus d'accrochages dans ma vie. Je ne supporte pas les rituels, les croyances et le fanatisme. Mais je supporte encore moins le marketing qui entoure les religions officielles et l'incohérence qui les caractérise. Mon grand-père Michele était sans pitié avec les croyants – il les appelait « les crétins » – et j'imagine qu'il m'a transmis ce sentiment d'hostilité. Grand-mère Alfonsina, en revanche, croyait en Dieu ; c'était en particulier une fan inconditionnelle de saint Paul et de Padre Pio. Elle était habitée par un incroyable optimisme religieux. C'est à cause ou grâce à elle que j'ai poursuivi ma brillante carrière de fidèle jusqu'à la confirmation. Les deux concierges se

disputaient comme des chiffonniers sur la question et me demandaient de prendre position en faveur de l'un ou de l'autre. Je souriais et changeais de sujet.

La religion n'a jamais eu aucun poids dans ma vie. Jusqu'à aujourd'hui. Aujourd'hui une religion quelle qu'elle soit, même mineure, marginale ou ridicule, me rendrait bien service. La foi vous tient tellement compagnie. Plus qu'un labrador. Seulement le destin ne m'a pas fait ce cadeau. Je ne suis pas croyant. Pour autant je ne suis pas athée, mais plutôt agnostique ce qui, selon le dictionnaire, signifie que, n'ayant pas les éléments suffisants pour y répondre de manière sensée, je ne me pose pas de questions. Cela reviendrait à essayer de résoudre une équation avec trop d'inconnues. Mon ami Léonard de Vinci aussi était agnostique, mais à l'époque on parlait de mécréant ou d'hérétique. Aussi cachait-il autant que possible ses convictions afin de ne pas s'exposer aux terribles bûchers publics ou à l'annulation de toutes les commandes d'œuvres sacrées qui lui permettaient de vivre. Dans tous ses écrits, on trouve des paroles sévères envers l'Église catholique, les prêtres et les religions en général. Je suis en bonne compagnie.

Lorenzo et Eva vont à l'école tous les jours, il reste un mois et demi avant les grandes vacances. Paola aussi est très prise avec ses élèves, comme toujours à partir de la fin avril quand commence le rush final dont dépendent les redoublements et les passages dans la classe supérieure.

Je ne lui ai pas encore dit que j'ai démissionné. Nous ne nous parlons pas beaucoup. C'est une période difficile, inutile de vous le cacher. Le soir, se glisse avec nous dans le lit un mélange de regret, de rancœur, de tendresse, de lassitude et d'embarras. Nous ne sommes jamais seuls. Je ne sais vraiment pas comment m'y prendre pour atteindre mon premier et, pour l'heure, unique objectif.

## – 97

C'est banal de perdre un match contre les premiers du classement. Banal et largement prévisible. Mais parfois on peut se réjouir même quand on perd. Aujourd'hui, mon Armée Brancaleone a été battue 8 à 6 par les premiers du classement, les terribles Real Tufello, une équipe de torpilleurs sous-marins. Jusqu'à deux minutes du coup de sifflet final on était à 6 partout et on tenait tête aux leaders incontestés du championnat. À sept journées de la fin, ils sont invaincus et voguent tranquillement vers un passage assuré dans la division supérieure. Nous en revanche, on lutte pour jouer les play-off, le mini-tournoi auquel participent les équipes classées entre la troisième et la dixième place pour arracher leur promotion dans des matchs à élimination directe. On est douzièmes, il y a donc encore un léger espoir. Il faut toujours qu'on joue comme aujourd'hui en se battant jusqu'à la dernière minute.

Se battre jusqu'à la dernière minute. Mon premier entraîneur le répétait sans cesse, un ancien attaquant qui ressemblait à Bud Spencer sans barbe, mais avec un fol accent lucanien.

« Mes enfants, tant que le match n'est pas fini, il n'est pas fini. »

Simple mais imparable. Bon, quand tu perds avec cinq buts d'écart à une minute de la fin, seul un miracle est susceptible de retourner la situation. Mais les miracles

existent dans le sport. Jamais dans la vie. Malgré tous les efforts promotionnels de l'Église catholique et la prolifération des bienheureux et des saints, aucun miracle n'a jamais été reconnu par la science. Je serai l'exception qui confirme la règle. Et on me citera dans les manuels de médecine, de religion et d'ésotérisme : « Les miracles n'existent pas, sauf dans le cas de Lucio Battistini, qui a guéri d'un carcinome hépatocellulaire avec métastases pulmonaires à un stade très avancé. »

Dans mon cahier Zoff, j'efface la phrase « me faire pardonner par Paola ». Je le ferai. Mais plus tard. D'abord j'ai une chose plus importante à faire.

La première chose à faire dans ma situation.

J'écris :

*Ne pas baisser les bras.*

– 96

Le seul médecin avec lequel j'arrive à parler librement est Umberto. Nous sommes dans notre café habituel. L'humeur est on ne peut plus maussade. Le thème, c'est la chimiothérapie. J'ai lu tout et son contraire sur ce traitement controversé et ne parviens pas à me faire une opinion pour prendre une décision.

— Aujourd'hui, commence Umberto, tout le monde s'accorde à dire que les bénéfices de la chimio ne suffisent pas à contrebalancer les inconvénients. L'affaiblissement physique et immunitaire qu'elle impose à l'organisme est à mon sens dévastateur. C'est comme si pour éliminer un cor au pied on tirait dessus avec un fusil. Le cor disparaîtrait, en effet. Le pied aussi sans doute. Je ne conseille jamais à mes patients, donc à leurs maîtres, de commencer une cure de chimio car le seul résultat qu'on est sûr d'obtenir, c'est que leur animal, celui qu'ils connaissent et qu'ils aiment, chien, chat ou lapin, ne sera plus le même ; il somnolera tapi au fond d'un canapé, incapable de bouger ou de s'alimenter. Vivant mais déjà mort.

— Mais je suis en forme moi, je peux le faire. Le reste de mon organisme est sain, je réplique avec un aplomb qui ne me ressemble pas.

— Tu as l'impression d'être en forme, mon ami, sauf que tes résultats d'analyses ne sont pas bons. La maladie continue d'évoluer.

— Demain après-midi j'ai rendez-vous pour une autre TEP.

— Mais tu en as fait une il y a deux semaines !

— Elle n'était peut-être pas fiable.

— Tu ne peux pas passer ton temps à faire des TEP, ce sont des rayons X. C'est mauvais.

Je ne veux rien entendre. Mon cerveau borné et désespérément optimiste souhaite que tout cela se révèle être une erreur, une bévue retentissante.

« Monsieur Battistini, veuillez accepter toutes nos excuses ainsi que celles du laboratoire. Cela fait deux mois que nous nous trompons dans l'interprétation de vos analyses. Vous allez très bien. Tenez, voici une mallette avec un million d'euros en liquide pour nous faire pardonner. »

Umberto me presse :

— Tu veux commencer la chimio ? Essayer d'autres traitements ?

— Je ne sais pas..., dis-je comme un boxeur sonné par une droite inattendue.

Je crois que le premier symptôme du cancer est un ralentissement des fonctions cérébrales. Je voudrais réagir mais impossible de mettre en place une argumentation qui tienne debout.

— Tu ferais quoi, toi ? je demande à Umberto, plein d'espoir.

— Je suis ton ami, et un médecin n'est pas censé être ami avec son patient.

— Ça va, je sais, mais tu ferais quoi ? J'ai besoin que quelqu'un décide pour moi.

— Attendons les résultats de la prochaine TEP, puis on en discutera avec un oncologue.

— Je hais les oncologues.

— J'imagine, seulement moi je ne peux que te donner des conseils, je ne peux pas être ton référent. N'oublie pas que je suis un vétérinaire spécialisé dans les animaux exotiques. Et toi, tu n'es pas un iguane.

— Que fais-tu ce soir ? je lui demande, ignorant son argumentation.

— Je sors avec une dentiste de Prati. Deuxième rendez-vous.

— Tu as déjà couché avec elle ?

— Non. Justement, je pensais m'y atteler ce soir.

— Annule. Les dentistes ne sont pas des bons coups. Allons manger une pizza avec Corrado.

Quand je lance ces injonctions dictatoriales, Umberto capitule toujours.

— Au risque de te décevoir, Corrado est à Tokyo ce soir, il rentre dans deux jours. Si cela ne te fait pas peur, on peut y aller tous les deux.

J'ai déjà changé d'avis. Nous autres, malades en phase terminale, sommes souvent imprévisibles.

— Écoute, cela ne fait rien, profite de ta dentiste, je vais aller au cinéma voir le dernier Woody Allen.

— Il n'est pas encore sorti.

Décidément, je n'y arriverai pas.

— Alors je rentre à la maison…

— À propos, comment va Paola ?

— Mal. Elle ne me parle que par monosyllabes.

— Tu l'as un peu mérité.

— Non, s'il te plaît, ne m'emmerde pas avec ça ce soir. Allez, merci pour la consultation. Combien je vous dois, docteur ?

— Pour les gros animaux d'habitude c'est cent euros.

— Imbécile.

— Toi-même.

Dans nos discussions, nous sommes capables de revenir très vite au niveau école primaire.

Je lui dis au revoir avec une tape sur l'épaule et m'apprête à sortir, quand il m'arrête en me posant une question qui lui brûle les lèvres depuis quelques minutes :

— Pourquoi dis-tu que les dentistes ne sont pas des bons coups ? Tu es sorti avec une dentiste ? Peut-être que c'était juste cette fille qui était ennuyeuse.

— Je ne suis jamais sorti avec une dentiste. Mais c'est connu, non ? « Dentiste au lit, ennui garanti. » Tout le monde le dit.

— Qui ça tout le monde ? Je ne l'ai jamais entendu.

— Ceux qui sont sortis avec une dentiste ! Tout le monde.

Je sors du bar, le laissant méditer et payer l'addition. Je mentais, naturellement. Et comment que je suis sorti avec une dentiste, elle s'appelait Caroline, une fougueuse amazone piémontaise que je recommande à tous comme amante mais pas comme dentiste. Quand je repense à cette période lointaine, j'ai l'impression qu'il s'agit de la vie d'un autre, un passé noyé sous un mètre de sable.

Je rentre à la maison et joue pendant deux heures avec les enfants sous le regard attentif de Loup. C'est le seul traitement qui me fait vraiment du bien.

– 95

— J'ai démissionné.

Je ne vois pas la tête de Paola qui prend sa douche, mais je l'imagine très bien.

Je reste trois minutes assis sur le lit silencieux. Puis mon épouse apparaît en peignoir sur le seuil de la salle de bains. À contre-jour, j'ai du mal à distinguer l'expression sur son visage. Mais là aussi, je l'imagine très bien.

— De quel travail ?

— Le seul qui était rémunéré, si j'ai bien compris le sous-titre.

— Donc tu continues d'entraîner ton équipe gratuitement et tu as renoncé au salaire de la salle de sport ?

— Exactement.

— Et je peux savoir pourquoi, vu que tu sais très bien qu'on a du mal à arriver jusqu'au 20 du mois ?

Je pourrais tenir une conférence sur la « psychologie du malade », mais je me sentirais un peu seul.

— J'ai décidé que, durant le temps qu'il me reste, je ferais uniquement ce que j'ai envie de faire. Cela me semble être la seule décision sensée.

— Sensée pour toi.

— Tu veux te disputer ? Sache que je suis déjà énervé, alors je te déconseille de me provoquer.

— Qui te provoque ? Tu m'as donné une information, je réagis. Point.

— Ce n'est pas une décision préméditée. Ça m'est venu comme ça.

— C'est bon, ne te fâche pas… Comment tu te sens aujourd'hui ?

— C'est gentil de me poser la question. À part le fait que j'ai une douleur lancinante à l'estomac, que je respire difficilement et que je suis de très mauvaise humeur, je dirais que ça va bien.

— Tu veux qu'on aille prendre l'avis d'un autre oncologue ?

Je savais qu'elle le proposerait tôt ou tard. Cela s'appelle la « spirale médicale » : on commence à consulter plusieurs spécialistes qui te font des diagnostics et te prescrivent des soins qui sont aux antipodes les uns des autres. Tu n'en sors plus, comme si tu étais sur l'échelle d'un tableau d'Escher.

Presque toutes les familles du monde ont expérimenté l'inutilité et le caractère humiliant de la spirale médicale. Une cascade de soins qui enrichit les cliniques et accompagne doucement le patient dans l'au-delà, mais seulement après l'avoir bien dépouillé. Je ne tomberai pas dans ce piège. Je m'en fais la promesse.

— Cet après-midi je fais une autre TEP, on verra après.

Je dis « on » pour lui montrer que la valeur de notre couple est encore fondamentale pour moi. Paola ne réagit pas. De toute évidence, je l'ai blessée au-delà de l'imaginable.

Je prends mon cahier Zoff et écris à nouveau en rouge : *Me faire pardonner par Paola*.

J'aurai donc deux objectifs principaux. Si je guéris et que Paola ne me pardonne pas, je serai mort quand même.

## – 94

J'ai reçu les résultats de ma nouvelle TEP.

Je n'ai pas le courage d'ouvrir l'enveloppe.

Je sors.

Je décide d'aller voir Roberto, un ami libraire. Ami non, c'est peut-être beaucoup dire. Une connaissance, disons. Une bonne connaissance. Je ne lui ai pas rendu visite depuis des mois, aux prises avec mille tourments qui ne vous sont pas étrangers.

Roberto, cinquante-cinq ans bien portés, a une boutique de livres et de bandes dessinées dans une petite rue derrière le Campo dei Fiori. Un trou, une vitrine poussiéreuse dans laquelle on devine les derniers best-sellers, de Giorgio Faletti à Dan Brown, mélangés à de vieilles éditions jaunies de grands classiques. Au fil des ans, j'ai pu compléter, un peu grâce à lui, ma collection de *Diabolik*, ma bande dessinée préférée. Il vend tout au prix indiqué en couverture. Même si les ouvrages ont été imprimés il y a cinquante ans et que le prix est en lires, Roberto le convertit en euros et te rend la monnaie au centime près. Il y a surtout une étagère dans un coin avec des livres très spéciaux. Il s'agit des romans que Roberto a écrits ces trente dernières années entre un client et l'autre. Des dizaines. Scrupuleusement reliés avec des spirales et tapés à la machine. Ce sont tous des exemplaires uniques. Vingt euros, prix fixe. S'il en vend un, le contenu est défini-

tivement perdu. Quand il me l'a dit la première fois, j'étais sûr qu'il plaisantait.

— Vraiment, tu as écrit des romans et tu les laisses s'envoler comme ça sans même en faire une copie ?

— Et pourquoi devrais-je en faire des copies ?

— Ben, je ne sais pas... pour ne pas les perdre ? Pour gagner plus d'argent ?

— Qu'est-ce que ça peut faire ! J'étais heureux au moment où je les ai écrits. J'étais ailleurs. Cela me suffit. Les vingt euros, c'est juste pour rentrer dans mes frais, l'encre et le papier.

J'ai toujours pensé que c'était une folie incroyablement poétique. Écrire pour le plaisir d'écrire, sans rêves de gloire, de classement ou de prix.

Aujourd'hui j'en ai feuilleté un avec une couverture bleue, un roman d'aventure style Jules Verne. Puis un autre, une histoire à l'eau de rose sur fond de Première Guerre mondiale, façon Liala. Durant sa carrière, Roberto s'est essayé à tous les genres, au gré de ses humeurs et de ses envies. Des textes que personne ne connaît et qui ne deviendront jamais des classiques. Seul un nombre restreint d'élus ont pu les apprécier après avoir eu la chance de les acheter. J'en ai moi-même acheté une dizaine ces dernières années, et je les ai tous dévorés avec plaisir. Ce ne sont pas des chefs-d'œuvre, soyons réalistes, mais les pages se tournent facilement, et puis la magie de lire (et de posséder) un roman tiré à un seul exemplaire n'a pas de prix.

Aujourd'hui, Roberto était en train d'en écrire un nouveau, le récit d'un naufrage sur une île non signalée sur les cartes et habitée par des cannibales. Seule variante par rapport à *Robinson Crusoé* : c'est un jeune couple plutôt querelleur qui a fait naufrage, en plein voyage de noces. Pas très original, mais qu'importe.

J'ai écouté sa machine Olivetti cliqueter durant plusieurs minutes, aussi fasciné que si j'assistais en direct à un concert de Chopin. Puis j'ai réservé son prochain

best-seller. Le tirage entier épuisé instantanément, un gros succès.

Après cette promenade, je suis rentré à la maison et j'ai finalement ouvert l'enveloppe contenant les résultats de ma TEP, sans que Paola me voie.

Mauvaises nouvelles.

Très mauvaises.

Les métastases prolifèrent allègrement. Comme un Blob assassin qui m'envahit et me consume tout doucement. J'observe ces petites taches noires en moi et un sourire absurde m'échappe. Je me dis que mes poumons ressemblent à un jeu de points à relier. Ma maladie altère peut-être aussi le sens de l'humour.

– 93

— Je suis en train d'envisager l'hypothèse de la chimio. Une cure d'essai. Qu'en penses-tu ? je demande à Paola de but en blanc, alors qu'elle égoutte les spaghettis.

— Qu'est-ce qui t'a fait changer d'avis ?

— Je ne sais pas. J'ai du mal à rester sans rien faire.

— Tu te souviens du père de Gigi ?

Gigi, ou Gianluigi, est un bon ami de Paola, un œnologue réputé dont le père est décédé d'un cancer du côlon il y a deux ans. C'était un présentateur télé très populaire, relégué en fin de carrière à des émissions de télé-achat. Un homme drôle, plein d'énergie, un ouragan d'enthousiasme. Nous l'avons vu s'éteindre lentement, comme si la chimio consumait petit à petit toutes ses batteries. Quand il est mort, il ne ressemblait plus du tout à la vedette souriante qui avait fait battre le cœur des ménagères italiennes dans les années soixante-dix.

— Ce n'est pas un bon exemple, je rétorque fermement, le père de Gigi avait plus de soixante-dix ans, il buvait, fumait et son organisme était déjà fragilisé par une vie d'excès. Moi, je suis un athlète. Enfin, je l'étais. Merde, ce n'est pas la même chose !

— Ne sois pas grossier en présence des enfants.

— Ils en savent plus que moi dans ce domaine, Lorenzo pourrait décrocher un master en grossièretés.

— Évidemment, tu lui as tout appris, m'accuse-t-elle.

— Trésor, il les entend partout autour de lui, à la télévision. Aujourd'hui, éviter les gros mots équivaut à dribbler les gouttes de pluie pendant un orage. Allons, je t'en prie.

— Tu as toujours une bonne excuse.

Comme vous avez pu vous en apercevoir, nos disputes démarraient souvent de cette manière. Pour des raisons imaginaires. Sans véritable enjeu. Tout à coup la discussion achoppe sur un détail sans importance et la guerre éclate, inévitable.

Par chance, Paola a inventé la solution miracle pour interrompre cette joute verbale. À un moment donné, elle met ses mains sur sa tête comme pour se faire des oreilles et dit : « Je suis un chat, je ne comprends pas ta langue. » En général, ça me donne envie de rire. Une méthode géniale pour mettre fin aux hostilités. Dommage que depuis mon aventure avec madame Moroni elle ne le fasse plus. Nos accrochages se transforment en véritables scènes de ménage, agrémentées de hurlements et, quelquefois, du banal carillon des assiettes cassées. Un bel exemple pour les enfants. Chacun de nous a, en cette période, de bonnes raisons d'être tendu et le résultat est imparable.

Cette fois c'est moi qui mets un terme à la discussion. Je sors et téléphone à mon oncologue.

— Ma décision est prise. Je commence la chimio.

## – 92

Mon chien ne m’aime pas. Il ne m’aime pas du tout.

J’ignore pourquoi, mais Loup n’a jamais pu me supporter. Quand Paola, Lorenzo et Eva rentrent à la maison, il est là à sautiller et à frétiller de la queue joyeusement. Quand je passe la porte, c’est tout juste s’il décolle la tête du canapé. Pourtant c’est moi qui lui ai permis d’échapper au chenil et moi qui l’emmène faire ses besoins aux heures les plus ingrates, tôt le matin et tard le soir. Même quand je remplis sa gamelle de nourriture (la grande classe en plus : poulet élevé en plein air avec petits légumes achetés chez un producteur local) il m’ignore, ne me gratifie jamais d’un geste de la patte, d’un aboiement, d’une caresse du museau. Rien. Pour Loup je suis un parfait étranger qui vit sous son toit, à son service. Un majordome, ou plutôt non, un esclave. À mon avis il est persuadé d’être le propriétaire légitime de l’appartement sur le cadastre. Le maître de maison, mari officiel de Paola et père biologique des enfants. Moi, je ne suis qu’un pauvre serviteur toléré pour son utilité, mais traité avec le plus grand détachement.

Depuis que je ne vais pas bien, cependant, Loup a changé d’attitude à mon égard. Il vient de temps en temps se blottir à côté de moi sur le canapé, il se frotte contre mes jambes comme un chat, me réveille dans le lit d’un habile coup de langue sur le visage. On dirait

qu'un sixième sens canin lui a indiqué que mon « esclavage » allait bientôt prendre fin ; et qu'il se rend compte seulement maintenant combien je suis fondamental dans sa vie quotidienne. Ce matin il a levé les yeux vers moi, un long moment. Il fixait mes pupilles comme s'il voulait communiquer par télépathie.

« Je sais que tu vas nous quitter, et je le regrette sincèrement. Tu n'es pas le meilleur serviteur du monde, tu tires un peu trop sur la laisse quand je tente de séduire des petites chiennes au parc, tu mets trop d'huile dans mon riz, tu laves rarement ma couverture et ne m'achètes jamais ces petites balles qui font du bruit et que j'aime tant, mais au fond tu fais bien l'affaire. Tu m'amuses, surtout quand tu feins d'être le mâle dominant de la maison – à ma place – et que tu joues avec mes enfants ou tentes une approche avec Paola, ma compagne. Durant ces cinq années passées ensemble, j'ai souvent eu envie de t'abandonner sur une aire d'autoroute, puis je voyais bien que Lorenzo et Eva s'étaient attachés à toi alors je renonçais. Aujourd'hui tu es malade, je le sais. Tu veux que je te fasse abattre comme l'a fait un type que je connaissais un jour avec son cheval ? »

Ces dernières paroles télépathiques me font l'effet d'un coup de poing.

« Tu veux que je te fasse abattre ? »

On abat les chevaux très malades et voués à une mort certaine pour éviter qu'ils ne souffrent trop, c'est une chose qu'on sait depuis tout petit. On n'abat pas les hommes. On les soigne avec acharnement pour entretenir la petite flamme de la vie, et pour qu'ils souffrent ainsi jusqu'au bout. Comme s'ils méritaient une punition. Cette question me hantera pendant de nombreux jours.

« Tu veux que je te fasse abattre ? »

Abattre est un verbe plus doux que tuer. On a des scrupules à dire « Mario a tué son cheval malade », mieux vaut dire « il a dû l'abattre ».

J'observe Loup qui ne me lâche pas des yeux et je lui souris. Il m'ignore et s'éloigne, ce qui semble signifier : « Pas d'excès de familiarité, esclave ! »

Sa tendresse retenue et ses pensées m'ont fait du bien.

Si j'étais un cheval on m'aurait déjà abattu.

Cela s'appelle voir le verre à moitié plein.

## – 91

Je suis allé chercher Corrado à l'aéroport. Il est arrivé au bras d'une hôtesse particulièrement affriolante qui a dû réchauffer ses nuits japonaises. À chaque voyage, il rentre avec une nouvelle victime. Mais il n'est pas heureux. Je le lis dans ses yeux.

On s'arrête à Fiumicino pour manger un bon plat de poisson à l'*Incannucciata*. C'est un de nos petits rituels, on y déjeune au moins une fois par an. Rien que nous deux, sans Umberto. Comme ça on peut tout se confier, sans craindre le jugement moralo-moralisateur de notre vétérinaire préféré. Je lui fais part du démarrage imminent de ma cure de chimiothérapie et il me raconte le moment où la charmante hôtesse évoquée plus haut lui a révélé qu'elle était enceinte.

— Enceinte de qui ?

— Comment ça de qui ? De moi ! On dînait dans l'hôtel de *Lost in Translation*. Tu te souviens de ce film ?

— Oui, ennuyeux au possible mais génial sur la fin. Continue.

— Les meilleurs sushis que j'aie jamais mangés. Et les tempuras, je te dis pas, ils fondaient dans la bouche.

— Arrête avec les détails superflus, viens-en au fait.

— On avait presque fini de manger quand elle m'annonce, l'air de rien : « Je suis enceinte. »

— Et toi, tu réponds quoi ?

— Je m'étouffe avec mon tempura et prends dix ans d'un coup. Ensuite je lui pose la même question que tu

m'as posée : « De qui ? » Et elle : « Comment ça de qui ? De toi ! » À ce moment-là mon cœur part en fibrillation et je demande l'addition, plutôt salée d'ailleurs.

— Donc tu vas être papa ?

— Laisse-moi finir. Elle me parle pendant deux heures du lieu où naîtra le bébé et du lieu où on ira vivre, du fait qu'elle demandera à rejoindre le personnel au sol. Moi, je ne dis presque rien, je suis anéanti par la nouvelle.

— Mais elle te plaît, cette hôtesse ou pas ?

— Tu l'as vue. C'est Miss Alitalia, le rêve de tous les pilotes, en plus elle est intelligente. Malheureusement elle est complètement folle.

— Vous vous êtes bien trouvés.

— Je ne relève pas. Le lendemain matin, au petit-déjeuner, elle m'avoue que c'était une plaisanterie et qu'elle voulait juste voir ma réaction face à une éventuelle paternité.

— Joueuse, en plus.

— Bref, heureusement que je n'avais pas prévenu ma mère. La fausse joie l'aurait fait se jeter du balcon.

On commande deux portions de friture. Aujourd'hui on se fait plaisir.

— Et tu sais ce qu'il y a de plus étrange ? J'étais évidemment assommé par la nouvelle, mais pas mécontent. Un an plus tôt, j'aurais couru à l'aéroport et pris le premier vol pour l'Australie.

— Voilà qui me paraît extrêmement positif. On dirait qu'Aramis est en train de grandir.

Il sourit.

— Ne l'ébruite pas trop, chuchote-t-il, sinon tu vas ruiner ma réputation. Je dois te faire un aveu : je ne t'ai jamais rien envié, sauf Lorenzo et Eva. Quand je te vois avec eux je me dis toujours que tu as plus assuré que moi.

Je lui souris à mon tour.

— Toi aussi tu te trouveras bientôt une Paola.

Un de mes vœux les plus chers est de voir mes amis mariés. Enfin non, mariés est un terme trop conven-

tionnel et inadapté, le terme approprié est : posés. Voilà, je ne les ai jamais vus posés. Umberto sans cesse victime de son caractère introverti, empêtré dans ses bonnes manières, et Corrado toujours en quête de nouveaux défis amoureux. Tellement différents et tellement semblables dans leur instabilité. Je comprends à cet instant que notre amitié a passé un cap. Nous ne sommes plus amis. Nous sommes frères.

# – 90

Je hais les aiguilles. Pas toutes, je n'ai rien contre les aiguilles de pin, je ne supporte pas celles qu'on glisse sous ma peau. Les piqûres, disait ma grand-mère. J'ai toujours eu du mal avec les prises de sang, les vaccins et même les banales injections intramusculaires d'antibiotiques.

La chimio que l'odieux oncologue a choisie pour moi est administrée par voie intraveineuse. Dix minutes, pas plus, dans une petite pièce, relié à ce qu'on appelle une perfusion. Un cocktail de substances qui fait irruption dans mes veines et se lance à l'attaque de toutes les formes de vie, bonnes ou mauvaises. Ça me fait penser à ce vieux film de Joe Dante, *L'Aventure intérieure*, où on injecte par accident un vaisseau miniaturisé dans le corps de Martin Short. Le vaisseau qui voyage dans mes veines ne fait pas de bruit et ne communique pas avec l'extérieur. Je repose ma tête contre le dossier du fauteuil dans lequel je suis installé et ferme les yeux. Ils pourraient mettre une télé, des magazines comme dans les cabinets médicaux ou chez le coiffeur, un fond de musique pop. Je commence à me dire que quand tu as un cancer, tu es considéré un peu comme un champion en fin de carrière, quelqu'un à qui on donne des tapes dans le dos en évoquant la grande époque, mais qui n'a plus droit à aucun privilège ou entrée V.I.P.

Dix minutes avec une aiguille dans le bras, c'est interminable. Pensées dérivatives. Je me déconnecte. Et j'atterris dans un monde que je connais bien.

— Qui a fait ça ?

La voix tonitruante de Mangefeu résonne dans toute la roulotte. Une douzaine de marionnettes suspendues en deux rangs face à face restent immobiles et silencieuses.

Mangefeu avance, les secoue au hasard et envoie valdinguer Arlequin contre la paroi. L'homme colossal se plante au beau milieu de sa famille de marionnettes.

— Alors, qui a fait ça ? dit-il en riboulant des yeux rouge feu.

Arlequin cesse de se balancer et retient son souffle. Tous les autres échangent des regards interrogateurs, essayant de ne pas trop attirer l'attention.

Mangefeu agite nerveusement sa main dans laquelle il sert un énorme morceau de gigot.

— Si le coupable se dénonce… je lui f'rai rien…

*C'est ça…*, pense Polichinelle, *comme si on ne te connaissait pas…*

— Quoi ?

Mangefeu se retourne d'un bond faisant tanguer dangereusement la roulotte.

*Mais vous lisez dans les pensées maintenant ?* Polichinelle tremble de tous ses membres.

— Z'avez pas encore compris qu'vos pensées sont mes pensées, puisque j'vous ai fabriqués… z'êtes des bouts de bois assemblés entre eux… vous pouvez pas penser… t'entends c'que j'te dis, Polichinelle ?

Le gros barbu s'approche du pantin vêtu de blanc qui demeure immobile et silencieux.

— Mais apparemment mes pensées me trompent… et l'un d'vous le sait bien.

Polichinelle tremble de peur.

— N'aie crainte, mon p'tit pantin… c'est pas après toi que j'en ai…

Silence.

— Je l'ai dit et je l'répète. Si le coupable se dénonce, je lui f'rai rien…

Par prudence, Polichinelle se retient de penser.

Mangefeu recule lentement dans le peu d'espace qu'il reste entre les malles, les pans de tissu et les décors poussiéreux. Il fixe les marionnettes dans les yeux, une par une : Polichinelle, Brighella...

— Il y a deux minutes, en revenant du p'tit coin... Pantalon... Gianduia...

— ... je m'suis assis là... à ma table... et vous savez ce qui y avait d'ssus ?

... Docteur Balanzone... Colombine...

— ... vous pouvez pas l'savoir... mais z'avez qu'à imaginer... Y avait mon gigot... et il était déjà joliment entamé !

Sur ces mots il approche son visage de celui d'Arlequin jusqu'à l'effleurer avec sa barbe, tout en nettoyant de sa main gauche une tache de gras au coin de la bouche peinte.

— Ce gigot, j'l'avais pas encore touché ! dit-il en fixant les yeux marron de la marionnette.

— C'est que j'avais faim..., murmure le pantin bariolé dans un filet de voix et avec un accent vénitien prononcé.

Les autres marionnettes se regardent stupéfaites : Arlequin parle !

— Je l'savais..., dit Mangefeu en décrochant le personnage pour le poser sur une malle,... je savais qu'c'était toi... tu crois que je me suis pas aperçu qu'à peine j'ai l'dos tourné t'en profites pour partir en vadrouille ?

Arlequin reste immobile, emmêlé dans ses fils.

— Et maintenant, tu fais quoi ? Tu dis plus rien ? (Il s'assied face à lui, soulevant un nuage de poussière.) N'aie crainte... je suis pas fâché du tout... y a vraiment pas d'quoi être fâché... j'aurais dû m'y attendre... depuis que j'ai libéré ce Pinocchio le mois dernier, z'êtes plus les mêmes... Mes chers amis... p'têt que l'temps des marionnettes est fini... et des marionnettistes aussi. Toi, Arlequin, tu n'es que l'premier... je l'ai bien compris... z'allez tous m'abandonner les uns après les autres... *atchoum*... maudit rhume... depuis qu'j'ai éternué à cause

de ce Pinocchio, j'arrête plus… c'est la vieillesse ? Qu'en penses-tu, mon Arlequin ?

Arlequin fait non de la tête.

— Quand j'ai vu qu'on avait mordu dans mon gigot, j'ai tout d'suite compris que c'était fini… c'est p'têt à cause de cette Fée bleue dont Pinocchio m'a parlé… en tout cas, z'allez tous devenir des enfants… mes pantins chéris. C'est une épidémie.

Polichinelle croit entrevoir une larmichette au coin de l'œil de Mangefeu mais, encore un peu méfiant, il se dit qu'il se trompe.

— T'as raison, Polichinelle…, murmure l'imposant marionnettiste en se passant une main sur le visage, vous pensiez pas que j'pouvais pleurer moi aussi… mais j'fais pas exprès… les larmes coulent toutes seules… *atchoum…*

Arlequin lui tend un bout de tissu multicolore. En le prenant, Mangefeu effleure la main du pantin : elle est chaude.

Il lève les yeux et découvre devant lui, entre les fils et les bouts de tissu, un bel enfant robuste aux traits polissons.

— Qu'est-ce que je disais…, lance-t-il en essuyant ses larmes, c'est une épidémie d'humanité… encore quelques jours et mon *Grand Théâtre de marionnettes* disparaîtra… et moi avec… on n'a jamais vu un marionnettiste sans marionnettes… c'est comme une voiture sans roues… ça fonctionne pas.

Mangefeu se lève et commence à décrocher délicatement ses marionnettes.

— Les gens ont payé leur billet ce soir aussi, on peut pas les décevoir… tant qu'on arrive à donner le spectacle, faisons comme si de rien n'était…

Mangefeu se dirige vers la sortie, toutes ses marionnettes dans les bras. Sur le point de descendre les marches de la roulotte, il se tourne vers Arlequin qui est resté assis sur sa malle.

— Je t'ai laissé un peu d'gigot sur la table… prends-en autant qu'tu veux, j'en f'rai cuire un autre après… et t'éloigne pas d'la roulotte… je reviens dans une petite

heure... si t'as sommeil, t'as qu'à te coucher là, par terre... mais oublie pas d'te couvrir parce que t'es plus en bois et tu pourrais prendr' froid.

Sur ces mots, sans attendre de réponse, l'homme descend de la roulotte en faisant grincer les marches et s'éloigne dans la brume qui enveloppe les baraques voisines.

Arlequin demeure assis encore un moment.

Il hésite entre manger un morceau et aller se coucher.

Ce n'est pas un choix difficile.

Mais il n'a pas l'habitude de choisir.

— Monsieur Battistini ?

Je crains un instant que ce soit Mangefeu.

— Monsieur Battistini ? Réveillez-vous !

Ce n'est pas Mangefeu. Mais pas loin. C'est l'infirmière gaillarde qui m'a accueilli à l'entrée. Elle a déjà retiré l'aiguille de mon bras. J'ai rêvé. Un rêve d'enfant. Je n'avais plus fait de rêve d'enfant depuis une éternité.

— Restez assis quelques minutes, me dit-elle, vous risquez d'avoir la tête qui tourne.

J'obéis.

Je continue à rêvasser les yeux ouverts.

*Pinocchio* est mon histoire préférée. C'est le premier livre que j'ai lu. Seul *L'Île au trésor* avec ses pirates a pu le détrôner dans mon cœur. Allez savoir pourquoi il m'est revenu à l'esprit précisément maintenant. Et allez savoir si Collodi approuverait mon rêve inspiré de son œuvre.

J'ai toujours aimé Collodi, le roi des monoécrivains, ces auteurs célèbres pour un seul livre. Ils peuvent en avoir écrit des dizaines mais dans le lot, il y a un texte qui par son succès et sa renommée écrase tous les autres.

Dante ? *La Divine Comédie.*

Swift ? *Les Voyages de Gulliver.*

Defoe ? *Robinson Crusoé.*

Manzoni ? *Les Fiancés.*

Antoine de Saint-Exupéry ? *Le Petit Prince.*

Collodi ? *Pinocchio*, évidemment.

Ce dernier offre l'incipit le plus mémorable de tous les temps.

Un chef-d'œuvre de synthèse, de fantaisie et de métalittérature.

Il était une fois…

— Un roi ! vont dire mes petits lecteurs.

Eh bien non, les enfants, vous vous trompez. Il était une fois… un morceau de bois.

« À la moitié du chemin de notre vie » ou « Ce bras du lac de Côme qui se dirige vers le midi » sont des amorces de débutants en comparaison, de poètes du dimanche.

Collodi : 1, Dante et Manzoni : 0. Balle au centre.

Effet inattendu de la chimio : mon cerveau fait du zapping.

Je pense à des choses futiles, je rêve de chapitres apocryphes de *Pinocchio*, je compare des génies de la littérature comme si je jouais à Football Fantasy. Pas mal pour un début de cure.

Je sors de la clinique et décide de marcher un peu. Je me sens ni mieux ni pire. Je voudrais encore une fois me réveiller et découvrir que ça aussi, ce n'est qu'un rêve. Un horrible rêve, d'adulte.

# – 89

J'attends les effets secondaires de la chimiothérapie comme on attend un invité en retard. Un invité pas vraiment désiré. La table est dressée, le risotto est sur le feu, les chandelles sont allumées, mais l'invité n'arrive pas, il ne répond même pas quand vous l'appelez sur son portable. Vous commencez à vous dire qu'il ne viendra pas. Et finalement, quand le risotto a brûlé, quand les chandelles sont consumées, quand vous découvrez que du vin a giclé sur votre chemise blanche et que le lait que vous avez utilisé pour cuisiner est périmé depuis une semaine, voilà que retentit le coup de sonnette fatal.

« Navré du retard, mon ami. Je sais, c'est inexcusable, mais quel cauchemar de se garer dans le coin ! »

Soyez patients, je divague plus que de coutume, nous disions donc effets secondaires. Je les connais par cœur, comme une poésie apprise à l'école primaire.

« Fatigue, troubles digestifs, nausées et vomissements, perte de l'appétit et altération du goût, fièvre, toux, maux de gorge, maux de tête, douleurs musculaires, nervosité, chute des cheveux et diminution de la libido. »

Peu à peu, les uns après les autres, ils apparaissent tous, ou presque.

Perte de l'appétit.

Je réalise soudain que je n'ai pas mangé depuis hier midi. Moi qui n'ai jamais sauté un repas.

Je l'ai !

Altération du goût.

Je me force à manger une pomme. Je la trouve un peu amère. Mais ce sont mes papilles qui ne la reconnaissent pas.

Je l'ai !

Toux.

Ce n'est pas juste, je l'avais déjà avant. En tout cas, je l'ai !

Troubles digestifs.

La pomme est déjà en train de remonter.

Je l'ai !

Mal de gorge.

Tu sais, ce picotement qui t'annonce que demain tu n'auras plus de voix ?

Je l'ai !

Mal de tête.

Un ibuprofène 600 l'a balayé. Mais il va revenir.

Je l'ai !

Diminution de la libido.

En effet, je ne pense plus au sexe de façon obsessionnelle. Avant j'y pensais un million de fois par jour, comme tous les hommes.

Je l'ai !

Douleurs musculaires.

Je m'aperçois seulement maintenant, en faisant l'inventaire, que ma sciatique est revenue. C'est terrible la sciatique. C'est comme un interphone qui se met à sonner sans raison à 3 heures du matin.

Je l'ai !

Nervosité.

Je suis un volcan au bord de l'éruption.

Je l'ai !

Nausées.

Je l'ai !

Vomissements.

La pomme.

Je l'ai !

Fatigue.

Je ne me sens pas tellement différent d'hier.

Celui-là, on dirait que je ne l'ai pas.

Chute des cheveux.

J'ai une crinière de lion et pas un seul cheveu blanc.

Je ne l'ai pas.

La panoplie des effets secondaires est encore incomplète. Je passe la journée assis sur le balcon. Je n'arrive même pas à aller entraîner mon équipe. Je mens carrément à Oscar.

— Comment ça va, mon Lucio ?

— Bien, jusqu'ici tout va bien. La chimio passe comme du petit-lait.

— Parfait. Allez, tu vas y arriver.

« Allez, tu vas y arriver. »

Une phrase aux relents de pitié et de commisération. On dirait un encouragement, en réalité c'est une épitaphe. Allez, tu vas y arriver. En plus ça rime.

On conclut la conversation téléphonique en parlant de la pluie et du beau temps. Puis j'essaie de faire un peu de gymnastique. J'en suis sûr : demain ça ira mieux.

## – 88

Demain, c'est aujourd'hui.

Inventaire des effets secondaires.

Je n'arrive même pas à me lever. Je suis un homme anéanti qui se traîne sur son lit, sans aucune coordination. Ce n'est pas difficile, jambe gauche à terre, allez, on redresse le buste, jambe droite à terre, on pousse avec ses bras et hop, debout. Je ressemble à un robot aux piles déchargées.

Fatigue.

Je l'ai.

Je titube jusqu'à la salle de bains, et me rince le visage.

Je découvre quelques cheveux éparpillés dans le lavabo. Je passe une main sur ma tête et toute une mèche se détache, comme par magie.

Chute des cheveux.

Je l'ai.

La panoplie est complète.

Maintenant, je ne saurais vous dire combien parmi ces symptômes sont réels ou psychosomatiques. Ces jours-ci je suis collé à l'ordinateur pour étudier ma maladie, c'est plus fort que moi ; du coup, je suis devenu un homme ennuyeux, je ne parle que de ça, comme les jeunes mamans qui torturent leurs amies avec des histoires détaillées de petits pots et de couches-culottes.

Il faut se rendre à l'évidence, je ne vais pas bien.

Paola le remarque et, pour la première fois depuis que j'ai réintégré la maison, elle a un geste affectueux à mon

égard. Elle m'aide à m'installer sur le canapé devant une rediffusion de la finale légendaire de Wimbledon 1980, prépare un couscous aux légumes et me l'apporte sur un plateau. Puis elle s'installe à côté de moi pour regarder le cinquième set dans lequel le percutant Borg écrase le génial McEnroe. Elle n'aime pas le tennis et je sais que, si elle reste là, c'est une manière de me dire qu'elle tient à moi. J'ai à peine terminé mon couscous quand l'arbitre s'exclame : « Jeu, set et match Borg ! » Je m'aperçois que Paola s'est endormie. Je me lève pour aller voir ce qui se passe dans la chambre de Lorenzo et Eva : c'est trop silencieux à mon goût.

Lorenzo a démonté un ventilateur et tente de le remonter avec l'aide de sa petite sœur. Je les observe un moment sans me montrer. J'ai un petit pincement au cœur quand Eva dit tout bas :

— Vite, avant que papa arrive !

Dieu sait quelle image ils ont de moi. J'ai toujours pensé que, dans notre schéma familial, j'étais le gentil policier, mais ils voient peut-être les choses autrement. Je fais du bruit pour annoncer ma présence et les deux conspirateurs se retournent, pris en flagrant délit. La première réaction de Lorenzo est extraordinaire :

— Papa, promis, je t'en rachète un !

— Et avec quel argent ? je demande, curieux et déjà radouci.

— Avec mon argent de poche ! me répond-il, sérieux.

— Ce ventilateur coûte au moins cinquante euros, avec cinq euros par semaine tu vas devoir économiser tout l'été.

— Je l'aiderai, intervient Eva.

J'adore quand ils font cause commune. Il n'y a rien de plus émouvant pour un père que de voir ses enfants faire bloc.

— Avec tes trois euros par semaine, c'est sûr que vous atteindrez la somme bien plus rapidement.

Ils sont rassurés, conscients d'avoir brillamment dribblé la punition. Pour cette fois.

Quelques secondes plus tard je découvre qu'en plus du ventilateur, Lorenzo a démonté le plateau de mon vieux tourne-disque. Je respire un grand coup, compte jusqu'à trois et retourne dans le salon. Je ne veux pas qu'ils gardent le souvenir d'un père tape-dur réprimant leur créativité. Mais je tenais à ce tourne-disque. C'était un cadeau de grand-père pour mon dix-septième anniversaire qui a miraculeusement fonctionné jusqu'à aujourd'hui même si, depuis quelque temps, il faisait un peu couiner les vinyles. J'ignore pourquoi me revient à l'esprit une référence poussiéreuse, une nouvelle de Giovanni Verga que plus personne ne lit passé trente ans : *La Terre*. Interrompez votre lecture et allez tout de suite lire cette nouvelle, avec un œil d'adulte. Vous la trouverez facilement sur Internet. L'écrivain sicilien raconte l'histoire d'un paysan, un certain Mazzarò, riche comme Crésus et tellement attaché à ses terres qu'au moment de mourir, il souffre plus à l'idée que ces dernières ne pourront pas le suivre dans l'au-delà qu'à l'idée de devoir disparaître. Une leçon de vie simple et surprenante qui tient en quelques pages, des pages qui à elles seules valent tous *Les Malavoglia*.

J'ai été Mazzarò pendant une grande partie de ma vie, j'ai acheté un tas d'objets inutiles, collectionné disques et bandes dessinées, tee-shirts et maillots de bain. Je suis peut-être encore un peu Mazzarò, j'ai du mal à me séparer de mes effets personnels. Toutefois je sens déjà poindre un détachement progressif, une lente désaffection vis-à-vis des choses matérielles. J'en prends conscience quand je lis une bande dessinée et que je casse la reliure sans ce respect religieux que j'avais jusqu'alors pour ce type d'objets. Je comprends soudain que les hommes ne sont pas ou bons ou mauvais, méridionaux ou septentrionaux, intelligents ou stupides, que toutes ces distinctions qu'on invente pour animer l'existence ne veulent rien dire. Il y a d'un côté les « casseurs de livres » et de l'autre les « non-casseurs de livres ». Les premiers sont heureux. Les seconds peuvent le devenir.

## – 87

J'ai rêvé de mes parents. Depuis que je prends de l'ibuprofène à haute dose pour soulager les douleurs, je dors plus profondément. Je rêve souvent, et me souviens toujours de ce qui a traversé mon esprit pendant que mon corps était en stand by. Ce ne sont que des rêves d'enfant.

Cette fois nous étions à bord d'un pédalo rouge, au large de Ladispoli. J'avais deux ans, papa soixante et maman seize. Un chaos chronologique et onirique, je ne les ai jamais connus à ces âges-là.

Tout à coup un gigantesque requin blanc nous frôle, il file tel un hors-bord à trois mètres de nous et les vagues qu'il provoque manquent de nous faire tomber à l'eau. Même si c'est un rêve, un requin blanc monstrueux à cinquante mètres des côtes de Ladispoli est une chose assez improbable. Et il n'est pas seul, il y a tout un banc. Ils sont une vingtaine à nous encercler, puis à nous attaquer : ils ont l'intention de nous dévorer ! Leur mâchoire, tel un hachoir affûté, s'ouvre sur une énorme caverne tueuse prête à nous aspirer, à nous broyer et à nous digérer. Papa se défend héroïquement à coups de rame mais il est avalé en premier, avec sa rame. Maman m'abandonne sans hésitation, se jette à l'eau et tente de s'enfuir à la nage. Elle n'a pas fait dix brasses qu'un requin la gobe comme un cachet d'aspirine à forme humaine. Je reste seul, on dirait le remake de *L'Odyssée de Pi*. Je suis Pi et,

à la place du tigre, pour multiplier les effets spéciaux, il y a une vingtaine de requins blancs de la taille de Godzilla. Je hurle de peur. Le son de ma terreur se propage, limpide et strident, presque supersonique, et devient une arme meurtrière. Je vois les dents des requins se briser comme du cristal entre les mains d'un Hulk en colère. C'est la débandade, ils fuient tous devant les assauts déflagrateurs de ma voix comme sous les bordées d'un vaisseau pirate. J'ai gagné ! Deux secondes plus tard, alors que j'exulte, je perds l'équilibre, tombe à l'eau et suis immédiatement attaqué par des piranhas qui, dans les rêves, s'aventurent aussi dans l'eau salée, au large de Ladispoli. Quand je me réveille, ils ont déjà déchiqueté toute ma jambe droite.

Je n'avais pas rêvé de mes parents depuis des années. Ils me manquent beaucoup. Même si je les hais profondément. Je vous ai dit que je vous parlerais d'eux quand j'en aurais envie. Aujourd'hui j'en ai envie. Comme ça, après, vous les haïrez aussi.

Suite à mon arrivée non désirée, maman et papa ont vécu pendant deux ans chez mes grands-parents que vous connaissez. Puis mon père a commencé à travailler en tant que disc-jockey (même si à l'époque cela ne s'appelait pas comme ça) dans un dancing d'Ostie, et il est parvenu à s'assurer un salaire suffisant pour louer un appartement où emménager avec maman. C'est ainsi qu'à l'âge tendre de deux ans et trois mois, je suis allé vivre avec ces deux pauvres âmes de vingt ans dans un studio d'Ostie, ce qui en été peut avoir un sens, mais pas en hiver. Maman arrondissait nos fins de mois en faisant des heures de ménage dans les villas du bord de mer, pendant la période estivale. Le soir elle était tellement fatiguée qu'elle s'endormait presque toujours en même temps que moi, juste quand papa partait travailler au dancing.

J'avais à peu près trois ans quand j'ai découvert brutalement la pire chose qu'un enfant puisse découvrir : papa et maman ne s'aimaient pas. Ils étaient restés ensemble

pour moi, mais n'avaient aucune affinité ou estime réciproque. Entre eux, il n'y avait jamais eu d'étincelle amoureuse. Le droit à l'avortement a été approuvé en 1978 et, par conséquent, ils n'avaient pas eu d'autre choix que d'accepter ma présence non désirée. Comprendre à trois ans qu'on est « non désiré » n'a rien d'agréable, croyez-moi. J'étais au cœur de toutes les disputes, le bouc émissaire dans toutes les crises. Si j'avais eu quinze ans j'aurais fui la maison, mais j'en avais douze de moins et, en outre, je n'étais pas franchement un aventurier.

Un jour, papa a annoncé qu'il avait trouvé du travail sur un bateau de croisière. Six mois aux Caraïbes en tant qu'animateur. Nous ne l'avons même pas accompagné à l'aéroport. Les adieux hâtifs se sont faits dans la cuisine. Je l'ai vu monter dans un taxi depuis la fenêtre de notre premier étage. Il n'est jamais revenu. Maman a pleuré pendant six mois. Nous sommes retournés vivre chez ses parents, à ma grande joie. Mes grands-parents étaient le seul repère stable de ma vie. L'été suivant, ma mère – qui entretemps avait basculé dans le style « baba dépressive » – est partie en Inde avec une amie à la recherche de son karma. Je ne sais pas si elle l'a trouvé, mais je sais avec certitude qu'on ne l'a plus revue. L'amour filial n'était clairement pas son fort. Depuis ce jour, mes grands-parents sont devenus ma famille à part entière. Ils ont été tout pour moi. Vous comprenez maintenant pourquoi je ne parle pas volontiers de mes affectueux parents ?

## – 86

Le dimanche la pâtisserie d'Oscar est fermée, il rouvre vers 2 heures du matin pour préparer les réjouissances du lendemain. Mon beau-père s'ennuie le dimanche. Depuis qu'il est veuf, ou « célibataire sur le retour » comme il aime à dire, il ne rentre chez lui que pour dormir. Avant, quand sa femme était encore en vie, ils venaient souvent manger chez nous et vice versa. Maintenant, il campe dans le Trastevere, s'assoit dans un bar pour regarder jouer l'AS Roma, taille le bout de gras avec n'importe qui du moment qu'il puisse passer un quart d'heure chaleureux.

— Tu sais ce que j'ai fait dimanche dernier ? me demande-t-il avec un entrain insolite.

— Non, quoi ?

— Pendant la promenade du soir j'ai vu sortir des flots de touristes du métro Ottaviano : un ou deux groupes d'écoliers nordiques, une délégation de photographes japonais de tous âges et un bataillon de retraités allemands en short. Et tu sais ce que j'ai manigancé ?

— Non, qu'as-tu manigancé ?

Je déteste quand il pose des questions juste pour capter l'attention du public, qui en l'occurrence se limite à moi.

— J'ai suivi les Allemands. La visite prévoyait le Colisée, la basilique Saint-Pierre et les musées du Vatican. La guide, une certaine Martina, était italienne mais elle leur parlait en allemand et je ne comprenais rien. Alors quelle idée j'ai eue ?

— Quelle idée tu as eue ? je demande, résigné.

— J'ai fait semblant d'être muet ! Comme ça, j'ai même réussi à gagner la sympathie de tout le groupe.

Je souris en l'imaginant en train de manger des sandwichs au chou offerts par de solides octogénaires bavaroises, de ricaner à des blagues qu'il ne comprend pas, de gravir les marches de la basilique et de prendre des photos souvenirs avec la joyeuse bande.

— Et la guide n'a rien remarqué ?

— Rien du tout. C'était une femme intéressante cependant. Je l'ai entendue parler au téléphone en italien, à sa fille je crois. Elle est veuve et fait ce travail de guide pour le plaisir.

— Elle t'a plu ?

— J'lui ai pas parlé. J'étais un Allemand muet.

— Ah, c'est vrai.

— Enfin oui, quand même. Sinon je ne serais pas resté toute la journée, me dit-il avec un clin d'œil.

— Tu es resté toute la journée ?

— J'ai carrément dîné avec eux dans un restaurant derrière le Campo dei Fiori. Ensuite, quand le car nous a ramenés à l'hôtel, j'ai fait semblant de monter dans ma chambre et je me suis éclipsé. J'ai suivi Martina jusque sur le parking. Je voulais lui parler et ôter mon masque. Éventuellement l'inviter à prendre un verre.

— Mais ?

— Comment sais-tu qu'il y a un mais ?

— Il y a toujours un mais. Continue.

— Mais un jeune homme est venu la chercher. Son petit-fils, je crois. Elle est montée en voiture avec lui et je l'ai perdue dans la nuit.

— Et tu voudrais la retrouver ?

— J'ai contacté l'agence qui organisait la visite, mais ils ne connaissaient aucune Martina. En plus, ils m'ont fait tout un plat par rapport au respect de la vie privée.

— Martina, c'est peut-être un pseudo.

— On a besoin d'un pseudo pour être guide touristique ?

— Quels autres indices tu as ?
— Ça.
Il me montre une photo où il pose devant le Colisée à côté d'une pimpante septuagénaire aux airs de Miss Marple.
— Belle femme, hein ?
J'acquiesce à sa question rhétorique. Depuis le décès de son épouse, je n'ai jamais vu mon beau-père s'intéresser autant à une femme, à l'exception de cette fois où Catherine Deneuve est entrée dans sa pâtisserie pour demander un renseignement. Ce jour-là figure désormais au répertoire de ses histoires préférées qui commencent toujours par « Catherine et moi ». Il est donc crucial de retrouver cette Martina ou Dieu sait comment elle s'appelle.
Je me fais envoyer par mail une copie de la photo, rentre chez moi, prends mon petit cahier Dino Zoff et ajoute :
*Retrouver Miss Marple.*

# – 85

Comment retrouver une personne à partir d'une simple photo ?

La première suggestion me vient d'Umberto.

— Je mettrais la photo sur Facebook en disant que c'est ma mémé Martina et qu'elle s'est perdue. Pour les chiens, ça marche toujours.

Nous ajoutons la photo sur le profil surpeuplé de mon ami et, une heure plus tard, les réactions pleuvent. Quelqu'un l'a vue au Janicule, quelqu'un d'autre piazza Trilussa, on l'a également vue dans un supermarché de Prati, ou encore aux îles Fidji, on l'a même vue dans un karaoké de Tokyo. Pour vérifier toutes ces pistes, une vie entière et le soutien logistique d'Interpol ne suffiraient pas.

« Allô, Interpol, bonjour ! Je vous appelle de Rome. Mon beau-père est veuf et j'aimerais bien qu'il ait une nouvelle compagne, vous pourriez m'aider à retrouver cette femme dont je ne connais pas le nom ? »

C'est l'échec assuré. Il ne nous reste qu'à croiser les doigts pour avoir un coup de chance. Je fais des copies de la photo que j'accroche dans les cafés du quartier, dont notre bistrot préféré. En dessous du portrait, on peut lire un vague : « Pour toute communication urgente, composer ce numéro. » Nous verrons bien.

En attendant, cette investigation a déjà donné un premier résultat : elle m'a changé les idées. Demain après-midi, j'ai

mon deuxième rendez-vous avec la chimiothérapie. Les effets secondaires se sont estompés mais, comme je suis désormais une autorité en la matière, je sais qu'ils reviendront chaque fois plus agressifs et tenaces. Je décide de rejoindre Paola à la sortie des cours, oubliant que c'est sa journée libre. Je l'attends comme un idiot, jusqu'à ce que débouche de l'édifice la dernière prof qui me reconnaît.

— Monsieur Battistini !

Je ne me souviens pas de son nom, mais fais comme si je la connaissais depuis toujours.

— Professeur !

— Votre femme ne travaille pas aujourd'hui, qu'est-ce que vous faites là ?

— Ce que je fais là ? Il y a une excellente pâtisserie juste derrière, j'allais acheter quelques gâteaux.

— Votre beau-père n'est pas pâtissier ?

Je déteste les profs pointilleuses.

— Si, en effet, mais il ne fait pas de *cannoli* siciliens parce que sa femme l'a trompé un jour avec un pêcheur de Caltanissetta ; et aujourd'hui j'ai justement envie de *cannoli*, alors me voilà.

— Un pêcheur de Caltanissetta ? Caltanissetta n'est pas au bord de la mer !

Je vais l'étrangler à mains nues sur le trottoir.

— C'est bien le problème, il était au chômage et a dû très vite se reconvertir.

Elle ne semble pas convaincue. J'essaie de me dérober mais elle me relance :

— J'ai appris pour votre maladie...

Je déteste les profs qui savent pour ma maladie.

— Oui, mais c'est déjà derrière moi, je suis presque guéri..., je minimise avec une aisance insolite.

— Ah, tant mieux, parce que mon frère et mon oncle sont tous les deux morts d'un cancer, et un collègue professeur de mathématiques aussi.

Je déteste cette conversation.

— Professeur, je discuterais volontiers plus longuement avec vous, mais malheureusement je vais devoir y aller

si je ne veux pas rentrer bredouille, les *cannoli* partent comme des petits pains vous savez. Ce fut un plaisir.

Message reçu, terminé, je disparais.

J'ai compris à présent qu'avoir une tumeur, c'est un peu comme être en deuil. Les gens viennent présenter leurs condoléances sauf que, le décès n'étant pas encore survenu, au lieu de les présenter à la veuve ou aux proches, ils s'adressent directement au futur défunt. La prochaine fois que j'ai un cancer, je dirai à tout le monde que j'ai chopé une angine.

Chemin faisant, je téléphone à Paola.

— Où es-tu, mon amour ?

— Chez le coiffeur.

— Tu veux que je passe te chercher ?

— J'ai pris la voiture.

— Ah, bon. Alors je vais récupérer les enfants à l'école ?

Ils font journée continue, une brillante invention pour la survie des couples.

— D'accord, merci.

— Sinon… demain j'ai ma deuxième séance de chimio.

— Je t'accompagnerai. À tout à l'heure.

Fin de la conversation. Je vous en prie, dites-moi que dans cet échange aride vous avez décelé ne serait-ce qu'une petite marque de son affection perdue.

Moi non, hélas.

## – 84

Deuxième séance de chimio. Dans la salle d'attente je croise un type de mon âge, logorrhéique, qui me raconte avec une fierté non dissimulée qu'il en est à sa troisième cure. Au bout de vingt secondes, il me le répète. Ce traitement ne lui fait pas du bien. De la salle de soins sort un autre patient, soutenu par celle qui doit être sa femme. Il n'a pas cinquante ans mais peine à marcher, il est très maigre et a le regard éteint.

C'est mon tour. L'infirmière qui ressemble à Mangefeu passe sa tête dans l'encadrement de la porte pour m'appeler. Paola reste dans la salle d'attente et moi j'entre dans la petite pièce que je connais désormais bien. Deux minutes plus tard, me voilà à nouveau avec une aiguille dans le bras et mille pensées dans la tête.

Petit, j'étais fasciné par trois métiers.

Le premier, comme en témoigne ma mémorable rédaction sur le thème « Que feras-tu quand tu seras grand ? » que grand-mère avait conservée jalousement dans le premier tiroir de sa commode, était testeur de manèges dans un parc d'attractions. Petit malin que j'étais, j'entendais joindre l'utile à l'agréable. Après tout, il doit bien exister quelqu'un qui dit : « Ce manège fonctionne bien, il est amusant et sûr, vous pouvez l'ouvrir au public. » J'ai toujours pensé que ce type-là avait une carte d'accès gratuite pour revenir au parc d'attractions quand il voulait.

Le deuxième métier, attention nous entrons dans le domaine pénal, était bandit. Du fait de ma passion pour *Diabolik* sans doute, j'ai souvent caressé l'idée d'entrer la nuit dans une bijouterie pour tout rafler. Je n'ai finalement pas concrétisé cette vocation, même si j'admets avoir indûment pris possession de quelques peignoirs dans des hôtels à droite à gauche.

Le troisième métier, et là j'avais anticipé une tendance actuelle, était *life coach* ou, comme je l'appelais alors, usant d'un mot plus naïf mais précis, *conseilleur*. J'imaginais une personne qui, comme le cardinal Mazarin ou Richelieu le faisaient pour le roi de France, épaulerait ses clients dans les choix les plus compliqués de leur vie.

« Elle est bien pour moi, cette fille que je fréquente ? »

*Tac*, le conseilleur arrive et répond avec clairvoyance.

« Qu'est-ce que je fais, je l'accepte, ce travail ? »

*Tac*, le conseilleur est là, prêt à donner son avis.

Au final je n'ai exercé aucun de ces métiers : je ne teste pas de manèges, je ne vole pas et suis incapable de donner des conseils à qui que ce soit, ne serait-ce qu'à moi-même.

J'ai soudain le sentiment d'être un perdant.

L'aiguille pendant ce temps a fait son sale boulot et m'a injecté la dose de venin prescrite. Je ne suis plus très sûr d'avoir fait le bon choix.

— Comment ça va, monsieur Battistini ? me demande l'infirmière.

Je donne toujours la même réponse maintenant.

— Mal, merci.

Je sors de la petite pièce claustrophobique et croise dans la salle d'attente le patient logorrhéique qui me répète encore qu'il attaque sa troisième cure. À sa place, j'éviterais d'en faire une quatrième. Je prends le bras que me tend Paola et nous sortons à l'air libre. J'ai envie de pleurer.

## – 83

Ne plus aller à la salle de sport me procure une sensation étrange. Je me promène dans les jardins de la Villa Borghèse à une heure inhabituelle, il est 11 h 30. J'ai presque l'impression d'être un privilégié. Il me vient à l'esprit un mot latin souvent associé au Colisée et à ses jeux félino-sportifs sanglants : *morituro* (celui qui va mourir). C'est pas mal. Plus précis, plus évocateur, avec une saveur nostalgique de livre d'école. *Morituro.* Je suis un *morituro.* Ça me plaît. Je m'imagine en héroïque gladiateur prêt à livrer sa dernière bataille devant le public en liesse. Le tigre en face de moi s'appelle Fritz. Un tigre avec un nom pareil ne peut pas être dangereux. Un gros matou inoffensif, tout au plus.

Je me sens déjà mieux.

*Morituro.*

Je suis un *morituro.*

Sur une carte de visite, ça fait son effet : Lucio Battistini, *morituro.*

Je descends vers l'esplanade Flaminio, traverse la zone piétonne de piazza del Popolo avec ses amas de touristes en short. Je m'arrête pour regarder une fille déguisée en statue de la Liberté, le visage peint en blanc et un chapeau à pointes sur la tête. Elle se tient immobile sous l'obélisque, le blanc sur son visage a un peu coulé. Je m'assieds à côté d'elle, sur les marches. Je suis un parfait glandeur.

Ensuite je me dirige vers piazza Venezia en zigzaguant un peu dans les petites rues. Je remarque une boutique que je n'ai jamais vue. L'enseigne est flambant neuve. J'entre, attiré par le nom : Bavardages. Je suis accueilli par Massimiliano, un policier à la retraite. À l'intérieur de la boutique, une cheminée éteinte, deux canapés et un fauteuil dépareillés face à une télé écran plat, un frigo, un coin cuisine avec du thé en préparation et une table basse. On se croirait dans le salon d'un appartement privé, décoré avec des meubles vintage. En fait, c'est vraiment un appartement privé.

Massimiliano porte fièrement ses soixante-dix ans, il ne s'est jamais marié et n'a plus aucun parent en ce bas monde. Il est intelligent et cultivé. Il m'explique que, quand il s'est retrouvé à la retraite, il a rapidement commencé à s'ennuyer ; il passait ses journées à regarder des vieux films et à cultiver sa vieille passion pour la cuisine. Mais cela ne lui suffisait pas. Il se sentait terriblement seul et sa petite pension ne lui permettait pas d'aller courir le monde. Aussi a-t-il fabriqué l'enseigne BAVARDAGES qu'il a placée au-dessus de sa porte d'entrée donnant sur la rue, après avoir remplacé la porte d'origine par une porte vitrée de magasin. Puis il a attendu que quelqu'un morde à l'hameçon.

— L'idée est simple, m'explique-t-il, j'accueille chez moi de parfaits inconnus, je leur sers un bon thé avec des gâteaux, on bavarde un peu, on regarde la télé, ce genre de choses. En somme, on se tient compagnie.

Un magasin de bavardages. Simple mais génial. Même Léonard de Vinci n'y avait pas pensé. Un distributeur d'amitié.

Il ajoute qu'avant de s'en aller les clients peuvent laisser une participation libre, en général cinq euros.

— Et comment vont les affaires ?

— Très bien. Aujourd'hui les gens n'ont pas besoin de grand-chose à part d'une oreille attentive. Je n'ai presque plus une heure de libre.

— Quel type de clients avez-vous ?

— Il y a de tout. Des amoureux éconduits, des retraités comme moi, même des managers en pause-déjeuner désireux de passer une heure tranquille avec un « grand-père improvisé ».

Il sourit.

Massimiliano qui amuse tout le monde, avec son franc-parler et ses petits gâteaux, est parvenu à fidéliser une importante clientèle dans le quartier. Passer deux heures avec lui est très salutaire, je vous le recommande, cela vaut tous les massages shiatsu et tous les antidépresseurs. Je suis sûr que tôt ou tard une multinationale va lui piquer son idée et ouvrir une chaîne de *fast-friends* avec un slogan du genre : « Toi aussi, achète un ami ! »

Je reste avec lui environ deux heures. On regarde un épisode de *Happy Days* sur une chaîne satellite et je lui raconte ma maladie, le traitement que j'ai commencé. Je comprends en lui parlant que j'ai décidé de ne plus retourner me faire planter des aiguilles dans le bras pour qu'on m'assomme progressivement. Au revoir, chimio. À cette seule pensée, je vais déjà mieux.

Massimiliano m'explique qu'il est végétarien depuis des années et que son régime alimentaire aide à lutter contre le cancer. Ce n'est pas un expert mais il me suggère de chercher une thérapie alternative, en me méfiant toutefois des charlatans et en privilégiant les méthodes naturelles.

— Je te conseille d'aller discuter avec un naturopathe.

— C'est quoi, un naturopathe ?

— C'est quelqu'un qui t'aide à mener une vie plus saine. Disons que c'est un intermédiaire entre le diététicien et le psychologue.

Je retiens le conseil, puis on continue à bavarder de tout et de rien pendant une petite heure.

En partant, je laisse dix euros sur sa table.

Je me sens mieux. Je reviendrai.

## – 82

— Il y a deux types de traitement différents pour combattre une tumeur, monsieur Battistini : le traitement oncologique conventionnel et celui qu'on appelle « alternatif », terme que je n'aime pas trop... Alternatif à quoi ? Je préfère dire naturel, parce qu'il suit les règles de la nature.

J'écoute sans l'interrompre le docteur Zanella, une naturopathe d'une cinquantaine d'années qui ressemble terriblement à Madonna.

— Le premier se concentre essentiellement sur la maladie, affirme la pop star, le second a une approche plus holistique, c'est-à-dire qu'il s'adresse à la personne dans sa totalité.

Je ne sais pas encore si j'ai affaire à une arnaqueuse, à la vraie Madonna ou à une sorte de gourou illuminée.

— L'approche conventionnelle, poursuit-elle, tente de guérir à l'aide de médicaments, de chimiothérapie et de radiothérapie, en s'intéressant peu au mode de vie et à l'alimentation du patient. En droguant ainsi le malade déjà affaibli, comment espèrent-ils le sauver ? En l'empoisonnant encore un peu plus ? Ce n'est pas un hasard si le mot pharmacie vient du grec *pharmakon* qui signifie précisément « poison ».

Si j'avais été plus attentif en cours de grec au lycée, je n'aurais jamais mis les pieds dans une pharmacie.

— La tumeur consiste presque toujours en une prolifération de cellules due à une quantité trop élevée de poi-

sons dans l'organisme : air pollué, alcool, tabac, aliments contaminés par des pesticides ou autres, aliments mauvais pour l'être humain comme les laitages, la viande, les sucres blancs *et cetera.*

— Excusez-moi, je n'ai pas bien compris... les laitages, la viande et le sucre... sont mauvais ?

— Très mauvais, pour plusieurs raisons. Que mangez-vous au quotidien ?

— Je mange normalement. Genre régime méditerranéen... pâtes, tomates, viande grillée, fromage.

— Une catastrophe, donc. Et au petit-déjeuner ?

J'hésite.

— Au petit-déjeuner, en général, je prends... un beignet.

— Frit ?

— Oui, frit, le beignet classique avec du sucre dessus. Mon beau-père est pâtissier.

La chanteuse me regarde comme si j'avais avoué manger un enfant rôti tous les matins.

— Je vous explique, monsieur Battistini. Votre beignet est composé de : farine de type 00 qui aujourd'hui ne contient plus aucune vitamine puisqu'elle est blanchie et raffinée industriellement. La farine 00 – comme tous les produits raffinés – entraîne une augmentation de la glycémie et donc du taux d'insuline, ce qui affaiblit considérablement l'organisme de plus en plus exposé à toute forme de maladie, tumeurs incluses.

Je me demande si elle parle sérieusement ou si elle plaisante. Elle persiste à faire tomber un par un tous les piliers de mon alimentation.

— Ensuite il y a l'œuf cuit. Les œufs cuits, à haute température, c'est le cas pour votre cher beignet, peuvent carrément devenir toxiques. Sans compter que, dans les pâtisseries, les œufs utilisés proviennent de pauvres poules élevées en batterie, donc bourrées d'antibiotiques et autres substances chimiques.

Je suis déjà écœuré mais la chanteuse ne s'arrête plus.

— Puis il y a le lait. Le lait de vache qu'on utilise couramment n'est pas fait pour l'organisme humain, mais

pour celui des petits veaux. Il contient trop de caséine, une protéine inflammatoire ; par ailleurs nous avons tous une intolérance de base au lactose, vu qu'en vieillissant nous sécrétons de moins en moins de lactase, l'enzyme qui nous aide à le digérer.

— Le lait a quand même des bienfaits, il est riche en calcium par exemple.

Que n'ai-je pas dit là. Madonna sort les griffes.

— Monsieur Battistini, le lait appauvrit nos réserves en calcium, contrairement à ce que l'on croit. C'est une protéine animale, il augmente donc le taux d'acidité de notre organisme qui, pour compenser, pompe les minéraux contenus dans nos os. Il est en outre riche en acides gras saturés, donc néfastes, fait grimper le mauvais cholestérol et affaiblit les défenses immunitaires. Je continue ?

Exit le lait.

— Enfin nous avons le sucre blanc qui est très toxique, car blanchi chimiquement, c'est-à-dire épuré au lait de chaux avant d'être traité avec de l'anhydride carbonique et d'autres composés chimiques. Une fois dans notre corps, il détruit la vitamine B. Pour aggraver le tout, le beignet est frit dans de l'huile de tournesol. Toutes les huiles, portées à très haute température, génèrent des niveaux élevés d'aldéhydes toxiques, substances cancérigènes par excellence. Can-cé-ri-gè-nes.

Elle répète le mot avec un plaisir pervers.

— Votre beignet du matin est votre pire ennemi !

Je suis en état de choc. Peut-être le choc le plus violent de ma vie après l'abandon de mes parents et la défaite de l'Italie en finale de la Coupe du monde 1994. Le beignet est mauvais pour la santé. Je demande à aller aux toilettes. En réalité, j'en profite pour faire discrètement une rapide recherche sur mon smartphone. Je dois en avoir le cœur net. Je suis pris d'une soif soudaine de connaissance.

Fidèle au poste, mon ami Google vole à mon secours. La naturopathe a raison. Tout ce qu'elle affirme repose

sur une solide base scientifique. Mais presque personne ne le sait.

Je retourne dans le bureau du docteur Zanella et demande à approfondir la question. Ma préoccupation première est toujours la même :

— Est-il encore temps ?

— Peut-être. Un organisme tombe malade parce qu'il a été empoisonné progressivement au fil du temps. Par des aliments toxiques, des médicaments, des drogues, de l'alcool et des émotions contenues.

— Je ne bois pas, je ne fume pas et ne me drogue pas, à l'exception d'un joint semestriel.

— Mais vous mangez des beignets. Et Dieu sait quelles autres cochonneries.

J'ai l'impression d'être un élève qui n'a pas appris sa leçon.

— Voyez-vous, le traitement du cancer requiert un changement de vie et d'habitudes alimentaires privilégiant les crudités, les jus de légumes, l'exposition à la lumière solaire, la respiration yogique et l'abandon total des produits et des médicaments cancérigènes. Si la tumeur est peu évoluée, il est possible de la stabiliser ou de la faire régresser.

— Que dois-je faire ?

— Commençons par deux jours de jeûne complet. Le cancer est un parasite qui vit en vous. Si vous ne mangez pas, il ne mange pas non plus. Mais vous avez plus de réserves que lui.

Une question me vient naturellement :

— Pourquoi tout le monde ne le fait pas ?

— À cause des laboratoires pharmaceutiques. Ça vous va comme réponse ? S'il était de notoriété publique qu'une décoction d'ortie est la chose la plus purifiante qui soit, que nous vendraient les pharmaciens ? Quand on sait qu'ils ont inventé l'homéopathie pour nous refourguer un produit hors de prix qui n'a aucun effet thérapeutique.

— Donc deux jours de régime ?

Je suis épouvanté.

— Pas de régime, de jeûne. Après ces deux jours de repos digestif, je commencerais le régime à proprement parler. Un régime visant à faire régresser la tumeur est un semi-jeûne à base de légumes frais, biologiques et crus.

Elle continue à me dresser la liste des choses que je dois et ne dois pas manger. En pratique, il s'agit d'un régime végétarien.

— Le soir, avant d'aller dormir, je vous recommande un cataplasme de feuilles de chou ou de boue thermale à appliquer au niveau du foie et sur le thorax, à hauteur des poumons.

Je l'interromps. Dans toute cette austérité gastronomique qu'elle me propose, il y a un point que j'ai besoin d'éclaircir.

— Quelles sont mes chances de guérison ?

— Je vais être sincère. Vous seriez venu me voir un an plus tôt, avec une tumeur à l'état embryonnaire, et sans avoir fait de chimiothérapie, je vous aurais dit 99 %. Au stade actuel de votre maladie, les chances de guérison sont faibles, mais vous avez la possibilité de mieux vivre le temps qu'il vous reste, en conservant votre énergie… et puis on ne sait jamais. Notre corps est une machine complexe et imprévisible, programmée pour guérir. Il peut toujours nous étonner.

Ces dernières phrases semblent jetées là juste pour me remonter le moral.

— Vous allez essayer ? me demande le sosie de Madonna, exhibant enfin un sourire.

— Ai-je d'autres options ?

Le silence qui suit est un non.

## – 81

Premier jour de jeûne.

À midi, j'ai la tête qui tourne et l'estomac qui gronde. Heureusement la crise est passagère. Dès que mon organisme comprend que la nourriture n'arrivera pas, il s'apaise et cesse de m'envoyer des signaux de détresse.

Je retourne au magasin de bavardages. Il faut que je dise à Massimiliano que j'ai suivi son conseil.

— Bien, ça me fait plaisir, répond-il en me préparant une tisane.

— Même s'il est trop tard, j'ai décidé de tout tenter.

— Je pense que c'est la bonne décision.

Je lorgne avec avidité les biscuits que nous trempions dans le thé lors de notre rencontre précédente. Mes glandes salivaires sont en ébullition, je suis comme le grand méchant loup devant la maison des trois petits cochons. Je lui demande de ranger les sablés dans le placard. Ce que l'œil ne voit pas, le cœur ne le ressent pas.

— Crois-moi, me console Massimiliano en ôtant de ma vue les précieuses douceurs, manger moins et mieux va te donner chaque jour un peu plus d'énergie.

— J'espère, je suis déjà fatigué en me réveillant le matin.

À cet instant, un nouveau client sonne à la porte ; un grand échalas proche de la cinquantaine avec un air désespéré. J'ai oublié que j'étais dans un lieu public et non chez un ami.

— Tu peux repasser d'ici une petite demi-heure ? demande Massimiliano au nouveau venu. Sauf si ça te dit de regarder la télé avec nous.

Le grand échalas accepte la proposition. On se retrouve donc tous les trois devant un épisode de *Happy Days*. Celui mémorable dans lequel Fonzie, sur un pari, fait du ski nautique et saute par-dessus un requin blanc.

— Cette scène est tellement absurde, m'explique Massimiliano, qu'aux États-Unis on utilise l'expression *jumping the shark* pour parler d'une série télévisée qui a perdu en popularité.

— Pourtant il m'avait plu, cet épisode, précise l'échalas dont j'ai entretemps découvert le prénom : Giannandrea.

Son air triste vient peut-être de là.

— Je l'avais bien aimé aussi, dis-je.

— Tout le monde l'avait bien aimé. En fait, nous avions à l'époque un regard différent.

À la fin de l'épisode, je dois admettre que l'expression américaine prend tout son sens : le scénario, malgré la scène mythique de Fonzie qui fait du ski nautique avec sa veste en cuir, est vraiment mauvais et peu crédible. Il a toutefois le mérite de m'avoir fait oublier, pendant une demi-heure, la faim qui me tenaille. Je salue Massimiliano et Giannandrea puis me dirige vers la maison.

Le coup de fil d'Umberto me prend au dépourvu.

— Elle m'a écrit sur Facebook !

— Qui ça ?

— Comment qui ça ? Martina, la guide touristique. Miss Marple !

Je cours chez lui. J'ai hâte d'annoncer la nouvelle à mon beau-père. Cependant nous devons d'abord répondre au message tout sauf cordial de cette femme.

« Bonjour, je suis la dame de la photo. J'ignore quel est ce jeu stupide, mais je ne suis pas votre grand-mère et, si vous ne me retirez pas tout de suite de votre profil, je porte plainte. »

Voilà ce qu'on appelle une histoire d'amour mal embarquée.

Je décide de lui dire la vérité. Je lui écris que mon beau-père est l'Allemand muet un peu enveloppé de la visite guidée d'il y a deux semaines et qu'il voudrait la revoir. « Nous avons essayé de vous retrouver en passant par le tour opérateur mais ils ne connaissaient aucune Martina. » La femme est connectée et répond dans la foulée.

« Ils ne connaissent pas mon nom parce que je remplace ma petite-fille de temps en temps. Ils ne sont pas au courant. Vous pouvez dire à votre beau-père que j'avais très bien compris qu'il n'était pas muet et que j'accepterais avec plaisir une invitation à dîner. Je vous laisse mon mail. Merci. »

Deux heures plus tard, le rendez-vous est fixé au surlendemain soir dans un petit restaurant du Trastevere. Oscar n'en finit pas de me remercier et de me demander des conseils vestimentaires.

Dans le rôle de Cupidon, je suis vraiment au poil.

– 80

Savonnette, notre improbable gardien, s'approche de moi dans les vestiaires de la piscine et me demande, tout de go :

— Comment ça va, coach ?

— Dans quel sens ?

Personne dans l'équipe ne m'a jamais demandé comment j'allais ; c'est une question que je leur pose moi, éventuellement, après les entraînements ou avant une rencontre.

— Dans le sens où… j'ai vu que vous toussiez.

J'ai craint un instant qu'il ait deviné pour ma maladie. L'équipe n'est pas au courant. J'ai informé uniquement Giacomo, mon adjoint, en lui demandant la plus grande discrétion. Son autisme particl l'aide à garder le secret.

— Je vais bien, merci. C'est juste une petite bronchite.

— Vous avez dû prendre froid. Des consignes pour le match d'aujourd'hui ?

— Une seule : arrête tous les tirs adverses. Facile, non ?

Aujourd'hui on joue contre les derniers du classement qu'on appelle Atletico Branquignol au lieu d'Atletico Cecchignola, en référence à leur niveau de performance. Ils tournent à une moyenne de quinze buts encaissés par rencontre. Ils n'ont jamais réussi ne serait-ce qu'à égaliser.

On entre dans l'eau détendus, sûrs de notre supériorité. Et comme par hasard, à la fin du troisième quart-temps,

on est menés d'un but, huit à sept par les branquignols. Je suis comme un fou sur le banc. Je hurle et somme mes gars de se bouger le cul. Si on perd, on peut dire adieu à nos chances de qualification pour les play-off. Même Giacomo, d'ordinaire discret et mesuré, affiche une colère insolite et va jusqu'à lâcher quelques grossièretés.

On attaque le dernier quart-temps avec une rage qui ne nous ressemble pas. On arrache la victoire d'un but à la dernière seconde, mais personne n'exulte. Je suis furibond. On a sous-estimé notre adversaire et risqué de compromettre toute la saison. Dans les vestiaires je leur passe un savon mémorable. Puis soudain ma vue se trouble et je perds connaissance.

Je me réveille dans l'infirmerie minuscule de la piscine. À mes côtés il y a Giacomo et une jeune maître nageuse.

— Ne t'inquiète pas, me dit cette dernière, on a appelé une ambulance. Tu as juste perdu connaissance quelques minutes.

Je ne veux pas d'ambulance.

— C'est une chute de tension, dis-je en quittant le petit lit.

En réalité, je crains que ce ne soit à cause du jeûne ou de la dernière chimio. Ou les deux.

Je sors de l'infirmerie et trouve mes gars qui traînent dans le hall de la piscine. Ils me fixent avec un air bizarre. Il n'y a rien de pire pour un entraîneur, ou plutôt pour un chevalier, que d'apparaître affaibli aux yeux de son armée. Aujourd'hui, ma carrière d'entraîneur sans peur et sans reproche est terminée. À moins qu'il ne s'agisse seulement d'un nouveau départ.

## – 79

Tandis que Rome se pare des premières ombres du soir, mon beau-père se prépare pour son rendez-vous galant et moi je me rends, tel un condamné à l'échafaud, à une réunion de copropriété.

Je me pose la question suivante : pourquoi un homme qui n'a plus que soixante-dix-neuf jours à vivre doit-il perdre son temps en assistant à des réunions de copropriété ?

En fait, la vraie question est : qui a inventé la copropriété ?

Étant donné que cette fois Léonard de Vinci ne peut être mis en cause, je lancerais un mandat d'arrêt international pour retrouver le coupable, l'emprisonner et le guillotiner en place publique sous les applaudissements des copropriétaires en liesse. Je salue mes voisins, devinant déjà dans leurs yeux les étincelles qui, d'ici peu, mettront le feu aux poudres. Une seconde plus tard, j'opte pour une autre soirée. J'appelle Umberto et Corrado. Et c'est parti pour un restaurant. Le restaurant où, d'ici une demi-heure, se retrouveront Oscar et Miss Marple.

Quand il entre dans la salle, précédant avec une galanterie inhabituelle sa Martina plus toute jeune, nous l'attendons assis à côté de la table qui leur a été réservée. Il nous toise haineusement.

« Que faites-vous là, oiseaux de malheur ? » est la traduction de sa pensée.

J'esquisse un petit sourire. Pour rien au monde je n'aurais manqué le spectacle.

Je commande des légumes, sous les yeux dégoûtés de mes amis qui se jettent comme des fauves sur une grillade mixte, et nous passons toute la soirée à essayer de capter les bêtises qu'Oscar invente pour impressionner sa dame, qui semble du reste plutôt sympathique. Il y a de grands moments, quand il se vante par exemple d'avoir fait deux années de coopération en Afrique ou quand il affirme que son embonpoint est une question d'image : « Un pâtissier ne peut pas être maigre, sinon les clients pensent qu'il est mauvais. »

Quand arrivent les plats de résistance, je sens déjà que la frétillante retraitée a mordu à l'hameçon et que mon beau-père a vraisemblablement trouvé, par des moyens quelque peu rocambolesques, une nouvelle compagne. L'addition payée, il se dirige vers la sortie avec Martina et nous décidons de les laisser tranquilles. Oscar me fait un clin d'œil avant de disparaître et je reste à rire et plaisanter avec mes amis.

De retour à la maison, je réveille avec un baiser Paola qui s'est endormie devant la télé. Oscar m'a demandé de la laisser en dehors de cette histoire pour le moment. Je sors mon cahier du tiroir et raye les mots « Retrouver Miss Marple ». Je vais prendre une douche. Aujourd'hui je n'ai mangé que des légumes et, en effet, je me sens un peu mieux. J'ai plus d'énergie et d'optimisme. Mais surtout, j'ai envie de faire l'amour. Nous ne l'avons pas fait avec Paola depuis au moins trois mois. Notre record. Même pendant ses grossesses nous n'avons pas été aussi éloignés sexuellement. Ma femme vient se glisser dans le lit dix minutes après moi, une tisane à la main. Je fais semblant de dormir. Puis je tente d'effleurer son bras. Elle esquive.

— Lucio, par pitié.

Lucio, par pitié.

Analyse logique.

« Lucio » est un vocatif. Le fait qu'elle ne m'appelle pas mon amour ou chéri marque la distance et la froideur. Elle ne m'a jamais appelé Lucio.

« Par » est une préposition très éclectique. On l'utilise pour indiquer une multiplication ou une division (sept multiplié par huit), ou un mouvement à travers un lieu (je marche par le monde) et mille autres choses. Associée au substantif « pitié », elle revêt une signification précise qui traduit l'impatience et la lassitude (arrête, par pitié !) ou la prière (je te le demande, par pitié). C'est le premier cas qui me concerne. Ma femme en a marre de moi. S'il n'y avait pas l'ami Fritz ces jours-ci, nous ne serions sans doute pas en train de courir les hôpitaux mais les tribunaux.

Je me tourne de l'autre côté du lit et rêve du jour où nous ferons à nouveau l'amour.

Je l'ajouterai tout de suite à la liste des jours les plus importants de ma vie.

## – 78

— Lucio, je suis amoureux.

C'est Oscar qui parle, naturellement. Sur scène, à part moi, il y a aussi le Sri Lankais qui écoute tout en confectionnant habilement des mini-tiramisus.

— Ça, c'est une bonne nouvelle.

— Oui, mais il y en a aussi une mauvaise.

— C'est-à-dire ?

— Elle est fiancée.

Le mot « fiancée » appliqué à Martina/Miss Marple me fait sourire.

— Fiancée ? Elle n'était pas veuve ?

— Veuve *et* fiancée. Avec un ingénieur milanais à la retraite. Ils se voient une fois par mois.

— Donc ?

— Donc hier soir on s'est embrassés et elle s'est enfuie. Ce matin elle m'a envoyé un message. Elle dit que je lui plais beaucoup mais qu'elle est un peu perdue.

L'histoire se complique. On dirait une love story d'adolescents.

— Un classique. Et qu'est-ce que tu lui as répondu ?

— J'ai été un peu direct. Je lui ai écrit : JE T'AIME. LARGUE LE MILANAIS

— Bravo, c'est comme ça qu'il faut la jouer, viril et décidé. Elle a répondu ?

— Non, parce qu'elle n'avait plus de crédit, mais après elle m'a rappelé avec le portable de sa petite-fille.

La capacité d'Oscar à créer du suspense dans ses récits est bien connue. Je comprends que ça va être long.

— Oscar, abrège.

— Et donc je me retrouve au banc d'essai, en ballottage avec l'ingénieur.

— En ballottage ?

— Oui. Elle dit qu'elle n'arrive pas à prendre une décision, qu'elle ne me connaît pas assez, qu'elle appréhende de quitter un homme avec lequel elle est depuis deux ans pour une relation occasionnelle. Et qu'elle ne sait même pas si on est compatibles sexuellement.

— Elle a vraiment dit ça, la dame ? demande le Sri Lankais, seulement intéressé par la partie croustillante de l'histoire.

— Occupe-toi de tes affaires, toi, et travaille, le rembarre Oscar. Elle dit qu'elle voudrait vraiment faire l'amour avec moi, mais qu'elle ne se sent pas de trahir le Milanais.

— J'entends cette excuse depuis que j'ai quinze ans. Mais en réalité si tu insistes un peu, elles finissent toutes par craquer.

— Tu crois que je ne le sais pas ? Samedi soir on va au cinéma. On verra s'il se passe quelque chose. Tu n'as rien dit à Paola ?

— Rien.

— Attendons de voir comment ça évolue avant de l'informer. Elle pourrait mal le prendre.

— La connaissant, elle sera très heureuse pour toi.

— J'espère, mon Lucio. Bon, et de ton côté ?

— Je survis, dis-je en affichant un sourire forcé.

— Je peux faire quelque chose ?

— Hélas non.

Nous nous regardons fixement.

— Ce n'est pas juste, Lucio. C'est sur moi que ça aurait dû tomber, j'ai passé les soixante-dix balais, j'ai

fait mon temps, ça devrait être mon tour. Je te jure que si je pouvais je prendrais ta place.

Je sens que c'est sincère. On tombe dans les bras l'un de l'autre. Je n'ai jamais serré mon beau-père dans mes bras. Je me laisse aller contre lui, et je suis chez moi.

## – 77

Mon cœur a récemment passé le seuil d'un milliard et demi de battements. Une étape importante vu que, d'après les statistiques, notre précieux organe est censé effectuer trois milliards de battements avant de ralentir et de s'arrêter. Il a une durée de vie précise, comme les piles alcalines, et c'est la raison pour laquelle les sportifs vivent moins longtemps : leur nombre de pulsations par minute est plus élevé et ils consomment ainsi plus d'énergie. Mon cœur a déjà près de quarante ans de métier, soit 14 540 jours (années bissextiles comprises), donc pas mal de kilomètres au compteur.

Ces dernières années j'ai dormi 116 320 heures, regardé la télé 31 410 heures, mangé 2 243 kilos de pain, 9 452 bananes et, hélas, 11 234 beignets.

J'ai eu 4 voitures, 6 vélos et 7 mobylettes.

J'ai 342 livres, un millier de bandes dessinées, 58 disques vinyle et 153 CD.

J'ai passé environ 25 000 appels téléphoniques.

Je me suis fait couper les cheveux 327 fois (j'ai eu une fois la boule à zéro).

J'ai vu 2 316 films et 288 pièces de théâtre.

J'ai été ivre seulement 4 fois, dont une à Paris.

J'ai désiré les femmes des autres tous les jours de ma vie.

J'ai fait l'amour avec 43 femmes différentes. Six cents fois avec Paola, championne incontestable et incontestée.

J'ai assisté à 9 enterrements de parents proches et amis, ainsi qu'à 31 mariages.

Tous ces calculs m'ont pris un après-midi entier. J'ignore ce qui m'a poussé à les faire. J'étais parti de l'idée « si je faisais le bilan de ma vie ? », et je me suis laissé prendre à ce jeu enfantin. Pour finir, j'ai découvert que résumer ma vie à une série de nombres froids me rendait un peu triste.

Il me reste 77 jours à vivre et, aujourd'hui, je n'ai fait que perdre du temps. À cet instant, 77 est le seul nombre qui compte. Mon régime me fait maigrir à vue d'œil et je me sens fort comme un lion. Un lion blessé, mais toujours un lion.

## – 76

— Lucio ! J'ai gagné le ballottage ! hurle Oscar dans le téléphone. Martina a décidé de quitter le Milanais pour moi.

— Elle ne devait pas d'abord vérifier votre compatibilité sexuelle ?

— On l'a vérifiée hier soir. C'est bon, répond mon beau-père, tout excité.

Je souris. Je suis content pour lui. Vraiment.

— Dis-moi, poursuit-il, et si on venait dîner ce soir avec Martina ? À minuit on trinquera pour l'anniversaire de Paola et comme ça vous ferez sa connaissance.

Demain c'est l'anniversaire de ma femme. Je lui ai toujours organisé quelque chose. Cette fois cependant, je ne sais pas quoi faire.

— Très volontiers. Que dois-je dire à Paola ?

— Que je viens avec une amie. Reste un peu vague.

— Martina a des habitudes alimentaires particulières ?

— Dieu merci, elle est omnivore !

— Parfait. Venez vers 21 heures.

Je raccroche et soumets le projet à Paola. Je reste vague, mais elle comprend tout de suite et me mitraille de questions :

— Et qui est cette Martina ? Que fait-elle ? Elle est sympa ? Tu la connais ?

On dirait une maman inquiète pour son fils alors qu'il s'agit de son vieux père. Le point positif, c'est qu'elle

semble avoir bien pris le fait qu'Oscar ait une amie femme. Ce n'était pas gagné, malgré les dix années écoulées depuis la mort de sa mère.

À 21 heures, nous attendons de pied ferme les deux tourtereaux. La table est mise, avec le service des grandes occasions et nos plus belles serviettes en tissu. J'ai cuisiné un poulet au curry digne de *MasterChef* et un wok de légumes en accompagnement. Un dîner léger pour ménager mon estomac et, surtout, celui de mon beau-père qui est capable de tomber en léthargie au moment du dessert. Les enfants – qui, malheureusement pour eux, n'ont jamais connu leur vraie grand-mère – sont très agités. Nous leur avons annoncé que grand-père venait avec « sa fiancée » et, sans même l'avoir encore vue, ils l'ont déjà adoptée. Eva cherche à savoir si elle aime les animaux et Lorenzo si une grand-mère par adoption fait aussi des cadeaux à Noël.

Quand ils sonnent à la porte nous sommes comme une équipe soudée qui s'apprête à rentrer sur le terrain, déterminée à faire bonne figure. Je me pince pour ne pas rire en voyant apparaître sur le seuil un Oscar cravaté et une Martina pomponnée, dans un nuage de parfum qui a envahi tout le palier.

Le dîner est animé. Nous apprenons que Martina a été professeure d'histoire de l'art et que, de temps en temps, comme elle m'en avait déjà fait part, elle remplace sa petite-fille Claudia qui est guide touristique à temps partiel. Veuve d'un inspecteur général de la répression des fraudes, elle a deux enfants et quatre petits-enfants.

— D'ailleurs, j'ai découvert que son mari m'avait contrôlé en 1991 parce que je ne payais pas mes taxes. Enfin rarement. J'ai retrouvé le procès-verbal avec sa signature.

Cette coïncidence fait beaucoup rire Oscar et embarrasse un peu Martina qui souffre de manière évidente à l'évocation de son défunt mari. Je change de sujet et la soirée se poursuit joyeusement. Lorenzo et Eva montrent

leur chambre à leur invitée et la petite lui tient la jambe jusqu'à ce que Paola vienne à son secours.

— Qu'en penses-tu ? me lance Oscar une fois que nous sommes tous les deux.

— Elle a l'air sympathique.

— Elle n'a pas l'air, elle est sympathique. Et au lit, tu n'imagines pas. Une tigresse.

J'observe Miss Marple au fond du couloir et j'ai du mal à l'imaginer avec un fouet et des bas résille.

— Elle m'a déjà dit, continue mon beau-père, qu'on ne peut pas se marier sinon elle perd la pension de son mari. C'est mieux comme ça.

J'adore quand il essaie d'être synthétique.

Nous terminons la soirée par un jeu de mimes : deux équipes pilotées par les enfants, les garçons contre les filles. Mon équipe perd parce que, malgré ma brillante performance, Lorenzo et Oscar n'arrivent pas à deviner *Il faut sauver le soldat Ryan*.

À minuit, Paola souffle ses bougies sur une charlotte aux fruits exotiques qu'Oscar a apportée. Les enfants applaudissent, je filme avec mon iPhone. Bref, nous sommes heureux. Ce soir, l'ombre qui plane sur notre famille nous a laissés en paix.

Une fois que nos deux tourtereaux aux cheveux blancs ont pris congé et tandis que Paola met au lit nos héritiers survoltés, je commence doucement à ranger la cuisine. Je picore ici et là quelques restes de gâteau, transgressant mon régime restrictif. Puis je m'assieds. Je respire. Mes poumons me brûlent. Une larme m'échappe. C'était une belle soirée. Et cela me fait souffrir encore plus.

Peu après, je rejoins Paola qui est déjà couchée. Je me glisse sous les draps et sens son odeur. Je suis amoureux de son odeur. Je ne la touche pas. Je sais que ce n'est pas encore le moment. Demain ce sera le moment. Pour son anniversaire, je lui ai concocté une soirée spéciale. Je vais y arriver.

## – 75

Mes projets romantiques tombent à l'eau dès le petit-déjeuner, quand Paola m'annonce qu'elle a prévu de dîner dehors avec ses meilleures amies. Elle fêtera son anniversaire avec elles. J'accuse le coup et m'efforce de dépasser cet échec. J'ai une idée, un cadeau qui va la laisser sans voix quand elle rentrera ce soir.

Je sors et me précipite à la librairie de Roberto, l'écrivain dilettante.

— Tu as *Le Petit Prince* ?

— Bien sûr !

— Pas une édition classique, une édition ancienne ou inédite. De collection, j'entends.

— J'ai exactement ce qu'il te faut.

J'en étais sûr.

Il se faufile dans un cagibi envahi de livres, d'où s'échappe cette odeur caractéristique de colle et de papier que j'aime tant. Il ressort au bout de quelques minutes avec en main un volume jauni et un peu gondolé.

— C'est la première édition française de 1943. Elle est parue plus ou moins en même temps que l'édition anglaise. Comme l'auteur est français, je pense que celle-ci est l'originale. Je te l'offre.

J'insiste pour payer mais il ne veut rien entendre. Il doit se dire que c'est pour une occasion importante. Et en effet, c'est une occasion importante.

J'accepte son cadeau à condition de pouvoir au moins l'inviter à déjeuner. Je lui laisse vingt-cinq euros au lieu de vingt pour l'achat du roman qu'il vient juste de terminer. Il s'intitule *Passion déchaînée* et c'est la triste histoire d'un esclave de couleur qui tombe amoureux de la jeune fille de ses maîtres. Là encore on a une forte impression de déjà-vu, mais ce n'est pas grave.

Je veille en attendant le retour de Paola. J'ai fait un joli paquet avec du ruban rouge que j'ai posé sur son oreiller.

Quand elle entre dans la chambre, morte de fatigue, elle tourne pendant dix minutes sans voir le cadeau. Elle ne le remarque qu'au moment de se glisser sous les draps.

— Qu'est-ce que c'est que ça ?

— C'est pour toi. Bon anniversaire, mon amour.

Elle l'ouvre sans ciller, et l'observe.

Je suis sûr que son cœur est rempli d'émotion.

Je l'entends déjà me dire : « Chéri, quel merveilleux cadeau, où l'as-tu trouvé ? »

Mais elle me dit :

— Je l'ai déjà. D'ailleurs le mien est en meilleur état. Rapporte-le au magasin, tu as gardé le ticket de caisse ?

Puis elle s'endort après un lapidaire « bonne nuit ».

Voilà ce qu'on appelle une femme de caractère.

Au fond, c'est aussi pour cela que je l'ai épousée.

– 74

Je n'arrive pas à être vraiment triste. Je m'efforce de l'être un peu plus.

Je suis apathique mais pas triste. Comme si cette terrible histoire ne me concernait pas directement.

Aujourd'hui je suis monté sur le toit-terrasse de l'immeuble et j'ai déplié un transat. J'ai éteint mon téléphone. Je me suis allongé, en short et en tee-shirt. Les yeux rivés sur les nuages qui s'enlaçaient dans le ciel, blanches taches de Rorschach, puis se délaçaient.

Je suis resté là quatre ou cinq heures.

Inerte comme un naufragé.

Je serais resté là pour l'éternité.

Je suis officiellement déprimé.

## – 73

Ce soir Lorenzo et Eva vont manger et dormir chez leur grand-père, Paola va au cinéma avec deux amies d'enfance voir un film d'auteur, et moi je reste seul à la maison. Cela n'arrive pas souvent.

J'appelle Umberto et Corrado et nous organisons une super pasta-partie comme au bon vieux temps. Un kilo de spaghettis carbonara à trois. Oui, je sais que cela contient de la farine blanche, des œufs cuits et plein d'autres poisons. Mais nous ne pouvons y résister. Les pâtes à la carbonara, c'est comme une ancienne maîtresse qu'il est agréable de retrouver de temps en temps. C'est agréable avant, pendant et après, parce que la digestion de cette mixture complexe embrume le cerveau et enivre comme le cannabis. Nous bavardons vautrés sur les canapés comme nous faisions en rentrant du lycée, avec un peu de jazz et mes quintes de toux en fond sonore.

— Pourquoi on ne peut pas utiliser notre téléphone portable en vol ? Ça crée vraiment des interférences ? demande Umberto à notre pilote référent.

— Si c'était vraiment dangereux on ne s'en remettrait pas au bon sens des passagers pour les éteindre, mais on confisquerait tous les téléphones à l'entrée de l'appareil, répond Corrado. La vérité c'est que la vitesse de l'avion entraînerait des changements de fréquence permanents interrompant sans cesse les communications et aboutissant à une saturation des lignes. Demain, cela changera

sûrement. Il y a déjà des compagnies qui proposent le wifi à bord, alors on peut utiliser Skype pour passer ses appels.

Je n'interviens pas, nullement intéressé par l'avenir de la téléphonie. Je tousse toujours.

— La douleur est supportable ? me demande Umberto.

— Elle est bien là. J'ai fait de nouveaux examens. L'état de mes poumons empire de semaine en semaine. J'ai décidé d'arrêter mon régime. Ou du moins de ne pas le poursuivre de manière aussi drastique.

— Tu as raison, affirme Corrado. Si j'ai bien compris, cela ne peut être qu'un palliatif, à ce stade.

Entre nous, nous avons fait le pacte tacite de parler ouvertement et sans détours de ma maladie.

— Je suis condamné de toute façon. C'est juste une question de jours maintenant. Alors autant manger ce que j'ai envie de manger. Ah, il y a autre chose que vous ne savez pas.

— Quoi ? me demande mon vétérinaire préféré.

— Je suis déprimé. Je n'ai jamais fait de dépression mais je crois en reconnaître les symptômes.

— Quand ma mère était déprimée après la mort de mon père, me raconte Corrado, j'essayais de remplir ses journées de choses à faire. C'est le seul remède dans ces cas-là.

— J'ai plein de choses à faire, le problème c'est que je n'ai pas envie de les faire.

— Je peux te donner un conseil ? intervient Umberto.

— Bien sûr.

— Va voir mon psychologue. Le docteur Santoro, c'est un génie.

— Pour quoi faire ? Pour qu'il m'estampe de deux cents euros à chaque séance ?

— Mis à part le fait qu'il prend cent trente euros par séance et qu'il te donne des factures que tu peux adresser à ta mutuelle, c'est une personne qui t'aide vraiment. En tout cas, moi, il m'aide.

— Excuse-moi, tu le vois depuis combien d'années ?

– Presque dix, répond-il, tout fier.

— Dans quel état tu serais si tu ne le voyais pas ! ironise Corrado en me devançant d'une fraction de seconde.

Je rappelle à Umberto que pour moi les psychologues n'exercent pas un vrai métier, un peu comme les politiciens.

— Fais comme tu veux, je pense que parler de tout ça te ferait beaucoup de bien.

À cet instant, Paola rentre de sa soirée cinéma. Elle est euphorique.

— Parler à qui ?

— Umberto me conseille d'aller voir son psychologue.

— Cela me paraît une excellente idée !

Ma femme échange un sourire avec Umberto.

Elle explique à tout le monde, faisant fi de ma présence, combien je suis amorphe depuis qu'on m'a diagnostiqué cette maladie et depuis que j'ai arrêté de travailler.

Je réfléchis. Un psychologue. Allons bon.

## – 72

Saviez-vous que, dans les années soixante-dix, quelqu'un proposa de changer le nom du signe astrologique « cancer » pour éviter l'association déplaisante avec la maladie homonyme ? L'alternative proposée fut « enfant de la lune ».

Quand vous passez vos journées sur Internet à chercher toujours les mêmes mots, vous finissez par avoir l'impression de jouer à *Qui veut gagner des millions ?*

Saviez-vous qu'une étude, menée par une équipe de chercheurs du département de Climatologie appliquée de l'université de Duisbourg-Essen, indique que les églises sont les lieux les plus cancérigènes au monde ? Les églises renferment une grande quantité de microparticules polluantes, générées par les bougies et l'encens. La concentration de ces microparticules est huit fois plus importante dans les églises qu'à l'extérieur, et reste élevée jusqu'à vingt-quatre heures après la fin de la messe.

Saviez-vous qu'il existe un soutien-gorge intelligent capable de diagnostiquer le cancer du sein ? Le *Breast Tissue Screening Bra* atteint, dans les essais cliniques, un taux de fiabilité proche des 92 % grâce au monitorage des variations de température en différents points du sein. Cela permet de déceler les tumeurs six ans plus tôt.

Saviez-vous que le sexe oral peut provoquer un cancer ? Il s'agit du cancer oropharyngé, en augmentation exponentielle ces dernières années. Le préservatif diminue le risque mais ne l'annule pas.

Saviez-vous que le cannabis aide à lutter contre le cancer ? Là, nous sommes devant un paradoxe : le cannabidiol présent dans le cannabis soulage la douleur, les nausées et inhibe la croissance des cellules cancéreuses, mais les vapeurs qu'on produit en fumant contiennent de l'oxyde d'azote, du monoxyde de carbone, du cyanure et des nitrosamines, autant de substances potentiellement cancérigènes. Le fameux serpent qui se mord la queue.

Je n'ai toujours pas trouvé l'information que je cherche depuis maintenant un mois : « Découverte au Japon d'un nouveau traitement infaillible contre le cancer ».

Mais je n'en démords pas, il existe sûrement quelque part un Léonard de Vinci moderne qui, un beau matin, va se réveiller et s'exclamer : « Eh les gars, j'ai tout compris, pour guérir du cancer il suffit de prendre, avant chaque repas, deux pastilles de gingembre, thym et ail mélangés ! » Allez savoir, le remède est peut-être sous nos yeux et nous ne le voyons pas, comme la lettre volée d'Edgar Allan Poe.

Depuis que je suis malade, si je ne suis pas devant mon ordinateur, j'ai toujours envie d'aller me promener. Plus l'été approche, plus Rome redevient fidèle à son image d'autrefois. Je flâne dans le Ghetto, puis descends le petit escalier qui mène sur les berges du Tibre. Je m'assieds pour regarder le fleuve cloaque qui traverse ma ville bien-aimée.

Et je me roule joyeusement un joint.

# – 71

Je me suis toujours moqué de mes amis qui vont chez le psychologue. Et me voilà aujourd'hui, assis dans un fauteuil face au docteur Santoro, un petit bonhomme qui ressemble au raton laveur de Pocahontas. Il m'observe, muet, et prend des notes. J'ai l'impression d'être dans un épisode de *En analyse*. Comme la règle veut que je parle et que lui m'écoute, je suis contraint de bavarder, même si je n'en ai aucune envie.

Je ne sais pas pourquoi, je n'évoque pas d'emblée ma maladie.

*La première fois que j'ai eu peur de mourir, c'était en 1993, j'avais vingt ans. À l'époque le port du casque à mobylette n'était pas obligatoire, et je défiais les rues de Rome sur mon fidèle destrier Ciao. Je me sentais invincible, jusqu'à ce qu'un imbécile ouvre la portière de sa voiture en stationnement et me coupe brutalement la route. J'ai fait un plongeon avant carpé et suis retombé en roulant sur le bitume. Je ne me souviens pas de l'impact, c'est la police qui me l'a décrit, en revanche je me souviens de ce qui s'est passé quelques secondes après. J'étais au sol, avec dix personnes autour de moi dont les voix me parvenaient un peu assourdies.*

*« Il est mort ! »*

*« Non, il bouge les yeux. »*

*« Appelez une ambulance. »*

*« C'est inutile, dans deux minutes il aura rendu l'âme. »*

*Comment pouvaient-ils être aussi sûrs d'eux ? Je ne ressentais pas de douleurs particulières. Puis j'ai eu un doute et me suis touché la tête. Mes cheveux étaient pleins de sang. Mon crâne baignait dans une mare d'hémoglobine. Je suis vraiment foutu, ai-je pensé.*

*C'est une sensation qu'on devrait tous vivre au moins une fois dans sa vie : penser que c'est fini.*

*J'étais là, gisant dans mon propre sang, et je me sentais plus léger. Les choses avaient retrouvé leur poids naturel. Je ne me rappelle même pas où j'allais sur ma mobylette. Peut-être à l'entraînement, peut-être au pub, je ne sais pas.*

*Dix minutes plus tard, dans l'ambulance, j'ai appris que j'avais une vilaine plaie au niveau du cuir chevelu, que je garderais une belle cicatrice mais que je survivrais. La multitude de vaisseaux sanguins qui se trouve dans notre tête avait fait croire à une blessure beaucoup plus grave. Dix jours de pansement et j'étais à nouveau sur pied.*

Le docteur Santoro a écouté le tout avec une apparente attention, en gribouillant de temps en temps quelques notes. Je constate que j'ai encore devant moi vingt bonnes minutes de consultation alors je poursuis mon récit. Cette fois cependant, je fabule royalement.

*La première fois que j'ai tué un homme, j'étais en troisième…*

Le raton laveur reste de marbre. Soit il dort les yeux ouverts soit ce que je raconte ne le surprend pas. Je continue.

*La victime était un pion. Pas un de ceux qui font ami-ami avec les élèves, mais un homme aigri, méchant, une sorte de raté qui détestait la jeunesse et ses manifestations…*

Je me demande si le psychologue a vraiment les mêmes yeux que le petit animal du dessin animé ou s'il me fixe avec un mépris glacial. Il a cessé de prendre des notes. On dirait une statue de cire du musée Grévin.

*Je l'ai attendu après les cours et l'ai assommé avec une chaise. Il n'est pas mort sur le coup, j'ai dû m'y reprendre à plusieurs fois. Il hurlait. Ses cris ont alerté une surveillante plus ancienne, et j'ai été obligé de la tuer elle aussi…*

Il cligne des yeux. Il est vivant.

Au point où j'en suis, autant aller jusqu'au bout ; de toute façon il ne reste que quelques minutes.

*Le jour suivant, le collège a fermé ses portes pour les besoins de l'enquête sur le double homicide. Les cours ont repris une semaine plus tard et personne ne m'a jamais soupçonné. À part Umberto, un de mes camarades de classe, devenu vétérinaire, à qui j'avais confié mes intentions et qui me couvre encore aujourd'hui, après toutes ces années…*

Il sursaute en entendant le nom de son patient.

— Donc Umberto… savait ?

Je comprends qu'il était en fait tétanisé de peur. Il a cru tout ce que je lui ai raconté et, pendant cinq minutes, il m'a pris pour un tueur fou. Un psychologue pas très psychologue. Et même carrément stupide.

— Ça vous dérange si on arrête cinq minutes plus tôt ? je lui demande en posant les cent trente euros sur son bureau.

— Non, répond-il, ahuri.

Il est à ma merci, il ne sait plus qui il a devant lui, un homme déprimé ou un cruel assassin.

Je sors et m'achète une glace trois boules.

Pistache, croustichoc et vanille d'antan.

Selon moi, c'est bien plus utile et moins coûteux qu'un rendez-vous chez le psychologue.

# – 70

Mon cahier Zoff est désormais rempli de notes, de dessins, de commentaires et de projets. Il est devenu mon fidèle compagnon d'infortune. J'observe les jours qui défilent en tournant les pages de mon triste calendrier inversé. Un compte à rebours qui n'a qu'une valeur statistique. Jusqu'à aujourd'hui.

Le premier à l'apprendre est Massimiliano, mon nouvel ami du magasin de bavardages, devenu mon principal confident. Il ne sait pas grand-chose de moi, aussi me conseille-t-il souvent mieux qu'Umberto et Corrado qui sont trop impliqués émotionnellement.

La première phrase que je lui dis est assez explicite :

— J'ai décidé de me tuer.

— Qu'est-ce que tu racontes ?

— Du calme, je ne vais pas me jeter par la fenêtre ou me pendre au plafond de ton magasin. Je pense à un suicide assisté, en Suisse. J'ai déjà pris toutes les informations. La clinique que j'ai choisie se trouve à Lugano.

— Pourquoi ? me demande-t-il, affligé.

— Pour mille raisons. D'abord parce que je ne veux pas assister à ma déchéance physique, mais surtout, parce que je ne veux pas que mes enfants et ma femme y assistent. Je souhaite qu'ils se souviennent de moi en pleine forme ou presque. J'estime que c'est mon droit.

— Et le régime ?

— Ça marche. Je maigris et je souffre moins. Mais les marqueurs tumoraux dans mon sang sont de plus en plus élevés malheureusement. Je suis allé chercher mes derniers résultats d'analyses l'autre jour. J'ai découvert l'ami Fritz trop tard.

— L'ami Fritz ?

— Je l'appelle comme ça, mon cancer. C'est plus sympathique, non ?

— En effet. Pour tout te dire, j'espère que tu vas changer d'avis.

— Je ne changerai pas d'avis. Cela fait un mois que je tourne le problème dans tous les sens. C'est la seule possibilité. Je ne veux pas pourrir dans un lit.

— Tu l'as déjà dit à ta femme ?

— Non. On traverse une période difficile, tu sais.

Il me sert du thé glacé à la pêche. C'est lui qui le fait. Des pêches biologiques et de l'eau minérale. Madonna apprécierait beaucoup.

Une minute plus tard le dépressif Giannandrea, un habitué désormais, se joint à nous. Cette fois, j'apprends qu'il est retoucheur et que sa femme l'a quitté pour un pompiste originaire d'Udine.

Nous jouons aux cartes, au rami. Je n'avais pas joué au rami depuis une éternité. J'ai un peu oublié les règles. Voilà un des objectifs de ma nouvelle et courte vie, faire des choses que je ne faisais plus depuis des années, voire que je n'avais jamais faites. Enfin quelque chose de positif.

# – 69

Avec Corrado nous allons chercher Umberto à son cabinet. Un apéritif de glandeurs professionnels nous attend en ville.

Je n'ai pas encore fait part de ma décision à mes amis. Je me lance après le premier Spritz.

— Dans soixante-neuf jours je serai en Suisse.

— Super, tu t'es organisé un petit voyage ?

Corrado n'a rien compris. Je suis trop hermétique.

— J'ai déposé un dossier dans une clinique pour un suicide assisté.

Le mot « suicide » fait tomber un silence assourdissant. Pendant deux minutes, seul un vieux tube d'Oasis résonne dans l'air. Même ma toux reste discrète, en retrait.

— Pourquoi soixante-neuf jours ? demande Umberto, histoire de dire quelque chose.

— J'ai établi un compte à rebours. De cent à zéro. C'est symbolique, mais surtout statistique. Au jour zéro, je serai déjà dans un état critique. Les semaines suivantes seraient très humiliantes pour moi. Donc le jour zéro sera le dernier. Je l'ai décidé.

— Tu capitules ?

Corrado ne comprend toujours pas.

— Non. Je ne veux simplement pas assister à ma déchéance physique. Et je ne veux pas que mes enfants gardent le souvenir d'un père affaibli et prisonnier d'un fauteuil médicalisé.

— Paola est au courant ? me demande Umberto.

— Pas encore.

— Dis-moi que tu plaisantes ! insiste Corrado qui n'arrive pas à se faire une raison.

— J'aimerais bien. Vous imaginez ? Les amis, je n'ai pas de cancer, c'était juste une mise en scène pour me faire chouchouter un peu. Mais ce n'est pas une mise en scène. Et maintenant je vais essayer de profiter au maximum de ces deux mois et quelques jours qu'il me reste.

— Qu'il *nous* reste, précise un Corrado mélancolique. Les trois mousquetaires sont trois.

— En réalité ils étaient quatre. Et d'Artagnan était le plus important, ajoute Umberto.

Nous nous lançons dans un débat animé sur l'incohérence du titre choisi par Dumas et évoquons avec nostalgie Andrea, un vieil ami du lycée, qui était notre d'Artagnan et qui vit à l'étranger depuis de nombreuses années. Avec lui nous formions un quatuor de choc. Puis nous buvons un autre Spritz en commentant le postérieur d'une jeune femme accoudée au comptoir dans une position qui laisse entrevoir son string. Une conversation en deux parties comme si nous ignorions, délibérément, l'ami Fritz ; qui rime avec Spritz mais est nettement moins sympathique.

## – 68

— Dans soixante-huit jours je me suicide.

Paola se fige.

— Qu'est-ce que tu dis ?

— L'ami Fritz gagne du terrain. Je me sens chaque jour un peu plus faible. D'après les médecins, dans quelques mois je vivrai couché, bourré d'antidouleurs, puis j'entrerai dans la phase terminale. Ce ne serait pas un beau spectacle. Je préfère partir avant. Les éléphants le font bien. Pourquoi pas moi.

— Je ne comprends pas...

Elle est anéantie. Je n'ai pas trouvé de meilleure façon de le lui annoncer.

— J'ai fait une demande dans une clinique de Lugano.

— Tu parles d'euthanasie là ?

— De suicide assisté plus exactement.

— Quand as-tu pris cette décision ?

— Il y a une semaine.

— Pourquoi tu ne m'en as pas parlé ?

— On ne peut pas dire qu'on ait eu beaucoup l'occasion d'échanger dernièrement.

— Tu es fou.

Nous restons silencieux pendant un temps improbable. Puis Paola prend son sac à main et sort.

Je ne bouge pas.

Je regrette notre complicité perdue.

Mon histoire avec madame Moroni m'a fait perdre beaucoup de personnes chères, toutes incarnées par Paola : ma femme, ma meilleure amie, mon amante, ma complice, mon admiratrice, tout pour moi.

Tout pour moi.

Paola est tout pour moi. C'est la bonne définition.

Mais moi, que suis-je pour elle aujourd'hui ?

Un boulet, un colocataire, le père de ses enfants, un traître.

Je sais qu'elle m'aime encore, je le sens.

Elle est le principal moteur qui m'aide à aller de l'avant.

La phrase dans mon cahier.

*Me faire pardonner par Paola.*

## – 67

En route vers la piscine, ma voiture émet un grognement. Elle se hisse difficilement au sommet du Janicule, comme un cycliste harassé de fatigue dans la traversée des Dolomites. Puis elle crache une fumée noire et s'arrête net, silencieuse. Allons bon.

Je la range sur le côté en marche arrière, aidé par la pente, et descends à pied les escaliers jusqu'au Tibre. Je trouve un petit garage où un jeune mécanicien me dit que, quand le patron sera là, ils iront récupérer le véhicule. Confiant, je lui laisse les clés et m'assieds dans le café voisin. C'est un petit coin du Trastevere où je ne suis jamais passé. Avec le barman, Nino, j'accroche tout de suite. À côté de l'entrée, une façade sans fenêtres longe le trottoir et accueille une fresque insolite imaginée par le fameux Nino. Le mur qui court sur presque dix mètres est divisé en deux : sur un pan il est écrit, à la peinture rouge, J'AIME, et sur l'autre, à la peinture bleu nuit, JE DÉTESTE. L'intention de Nino était de créer un répertoire collectif de ce qui nous plaît et de ce qui ne nous plaît pas, où tout le monde pourrait s'exprimer. Il a également inscrit sur le mur trois ou quatre règles à respecter. Interdiction d'écrire des injures ou des offenses, de parler de football ou de politique. Pour le reste tout est permis. Je commande un jus d'ananas et me plonge dans la lecture de la fresque. Une ribambelle d'épigraphes de toutes les couleurs et toutes les dimensions, signées ou anonymes.

Les meilleures ?

Dans la catégorie J'AIME, je retiendrais celles-là :

« La compote de pommes de ma grand-mère, Renato »

« Quand Fonzie tape sur le juke-box pour lancer une chanson, Lorenzo »

« Le jour où ma belle-mère est morte, Daniela »

« Le tonnerre » (anonyme)

« Les nichons souriants de Mariasole, Guido »

« Ma femme Luisa, Antonello »

« Gaber et Jannacci, Loris »

« Le crépitement du feu, K »

« La mer en hiver, Enrico »

Dans la catégorie JE DÉTESTE, s'imposent :

« Umbertone, Mario »

« Les gens qui roulent dans Rome en 4×4, Martina »

« Tout le monde, Gianluigi »

« Les débiles qui participent à *Secret Story* » (anonyme)

« Mes hanches, Loredana »

« Les notes, V B »

« Celui qui m'a volé mon scooter, Fabio »

Un panel d'opinions, de points de vue sur le monde, parfois légers, parfois lapidaires et profonds. On devrait les photographier pour les transmettre aux générations futures. Dans mille ans, le mur de Nino racontera l'Italie d'aujourd'hui mieux que n'importe quel livre d'histoire.

Je bois mon jus d'ananas et écris à mon tour quelque chose.

J'AIME : la vie.

JE DÉTESTE : la mort.

Banal mais vrai.

Je vous laisse une page J'AIME et une JE DÉTESTE pour vos épigraphes personnelles. Quand vous retrouverez ce livre dans votre grenier, dans vingt ans, vous les relirez avec une pointe de mélancolie, en découvrant probablement que vous aimez et détestez toujours les mêmes choses.

# J'AIME

la Vie

# JE DÉTESTE

les menteurs

# – 66

Aujourd'hui, je suis optimiste. J'essaie de ne pas penser à la fin.

Évidemment, je n'y arrive pas.

Il me reste encore deux bons mois. C'est beaucoup. Cela pourrait être pire. Vous imaginez s'il existait un service d'assistance qui vous annonce votre mort seulement dix minutes avant que celle-ci ne survienne ? Par un simple SMS ou en envoyant un coursier à votre domicile.

— Bonjour, je vous annonce que vous allez mourir dans dix minutes !

— Ah mince, je viens de mettre les pâtes dans l'eau. Elles seront cuites dans treize minutes.

— Je crains que ce soit un peu juste. Mais vous pouvez les manger al dente.

— À vrai dire, je les préfère bien cuites. Je peux aller me rafraîchir un peu ?

— Je ne sais pas, vous en avez pour combien de temps ?

— Ben, j'aurais voulu prendre une petite douche, on ne sait jamais ce qui peut se passer dans l'au-delà…

— Écoutez, au risque de vous ôter vos illusions, je dois vous dire que l'au-delà n'existe pas, c'est une invention des religions organisées. Vivez donc simplement ces neuf dernières minutes de cuisson.

— Quoi ? Je n'ai pas volé, je n'ai jamais blasphémé, ni convoité la femme d'un autre… et maintenant, c'est tout ce que j'ai comme récompense ?

— Oui, je suis désolé que vous n'ayez pas pu en profiter davantage !

— Comment ça, vous êtes désolé ? Cela ne suffit pas d'être désolé ! Je veux un dédommagement ! Vous réalisez toutes les femmes que j'aurais pu avoir ? Et à quel point j'aurais pu déshonorer mes parents ? Y a-t-il un bureau des réclamations ?

— Oui, vous pouvez envoyer une lettre recommandée avec accusé de réception à Planète Terre S.A.R.L., mais sachez que nous avons à peu près deux siècles de retard dans le traitement des réclamations, donc si tout va bien votre dossier sera étudié en 2 200…

Tandis que la discussion se poursuit, je m'endors.

Comme je vous le disais, aujourd'hui je suis optimiste.

# – 65

Mon cahier Zoff commence à être tout chiffonné. Au jour 65, il y a une tache de sauce ou du moins une tache rougeâtre. De la confiture de cerises sans doute.

Le temps suit son cours. Je n'arrive pas à savoir ce qu'il faut faire ou ne pas faire. Je continue de vivre en me laissant porter par le courant. J'entraîne mon équipe pour les dernières rencontres du championnat, j'aide Lorenzo et Eva à faire leurs devoirs, je joue avec Loup qui m'a finalement accepté dans le cercle familial, me considérant comme un rival inoffensif. Paola est plus tranquille ces jours-ci, tout absorbée par ses cours et son rôle de maman.

Il y a quelques jours, j'ai commandé à Roberto une histoire de pirates, de corsaires pour être exact. Je ne sais pas pourquoi mais, dans ce domaine, je préfère les galions des Caraïbes aux praos malais. En clair, je suis plus Corsaire noir que Sandokan. Je vais le chercher avec enthousiasme. Je me prends pour Laurent le Magnifique, un mécène qui finance les travaux grandioses de ses artistes préférés. Comme vous le savez, Roberto n'est certes pas la réincarnation de Proust, mais sa médiocrité est transcendée par la non-reproductibilité de son œuvre. Il est le seul écrivain devant l'Éternel à pouvoir se vanter d'être, comme les peintres ou les sculpteurs, créateur de pièces uniques.

Je paie mes vingt euros, m'empare de l'exemplaire fraîchement imprimé du *Galion des rêves* et sors en courant.

Allongé sur une pelouse ensoleillée de la Villa Borghèse, je l'ouvre à la première page.

« Le galion pirate fendait les flots, poussé par un alizé paresseux qui ne lui permettrait pas d'échapper longtemps aux lestes brigantins espagnols. Un coup de canon retentit au loin et siffla sur le pont. »

C'est ce qu'on appelle un début *in medias res*. Les deux heures suivantes voient se succéder abordages, chasses au trésor, cannibales, traîtres, fusillades et tout l'attirail classique du roman d'aventure. Pour une fois, l'intrigue n'a pas été piquée à Salgari. Elle se noue autour d'un galion maudit qui renferme dans sa cale les rêves des passagers. Quand ces derniers mettent pied à terre, ils perdent toute envie de vivre. Une variante piratesque de la boîte de Pandore et de plein d'autres mythes.

En arrivant à la fin, je me rends compte que, sans le vouloir, Roberto a écrit une merveilleuse allégorie de ma condition actuelle. La maladie-galion m'a vidé de mon énergie, privé de mes rêves, elle m'a coupé dans mon élan. À défaut de me stimuler, elle m'a complètement ratatiné. À l'évidence, malgré toutes mes sages résolutions, je suis incapable de profiter pleinement du temps qu'il me reste.

À partir d'aujourd'hui, cela va changer.

## – 64

J'écris un SMS très court : « Déconnade ». Et je l'envoie à Umberto et Corrado. C'est notre code de ralliement pour sortir faire les quatre cents coups comme le comte Mascetti et ses chers amis dans le film de Monicelli. Ça ne nous est pas arrivé depuis longtemps.

Le coup préféré de Corrado – notre chef incontesté en matière de déconnade – quand il agit sans complices, est celui-ci : il débarque à l'aéroport de Fiumicino, enlève son costume de commandant, se mêle avec sa valise à la foule des « Arrivées internationales » et de là, il scrute les pancartes des chauffeurs qui attendent : « Mr Kleber », « Helvetia Hotel », « James Helsener », « Meeting Farles » *et cetera*. Il identifie sa cible, par exemple Mr Kleber, et se présente armé de culot et de son meilleur accent anglo-saxon. Neuf fois sur dix il tape dans le mille : le pauvre chauffeur ne connaît pas « Mr Kleber » et le fait monter dans sa voiture sans poser de question. Alors l'aventure commence pour Corrado : où doit se rendre le mystérieux monsieur Kleber ? Est-il attendu sur un Congrès ? Ou sera-t-il accueilli dans une suite somptueuse avant d'aller assister à une avant-première cinématographique ? A-t-il une table réservée dans un restaurant typique ? Est-il invité à un cocktail V.I.P. avec toute l'aristocratie romaine ? En général, avant d'être démasqué (et dans cette éventualité Corrado est toujours prêt à prendre ses jambes à son cou), notre héros a déjà mangé, bu et fes-

toyé au nez et à la barbe de Mr Kleber. Bien sûr, quelquefois, la supercherie est découverte sur le parking de l'aéroport, mais la plupart du temps tout se déroule à merveille. À deux ou trois reprises il s'est débrouillé, en feignant d'avoir perdu ses papiers, pour passer une nuit à l'hôtel aux dépens du vrai client, et un jour il a carrément profité d'un plan à trois prépayé avec deux jumelles escort-girls d'origine biélorusse.

Umberto et Corrado me rejoignent dans notre bar. Corrado débarque à peine d'un vol Londres-Rome, tandis qu'Umberto a fermé son cabinet en renvoyant chez elle une vieille dame qui vient régulièrement le voir, persuadée que son lapin est cleptomane. C'est comme ça, les déconnades, chacun le sait, ça n'attend pas.

Devant trois smoothies aux fruits rouges, nous définissons notre plan d'action. Umberto est toujours le plus prudent quand il s'agit d'élaborer les mauvais coups, il se pose mille questions d'ordre juridique et moral, mais le moment venu il joue le jeu à fond.

C'est moi qui propose la plaisanterie du jour, approuvée à l'unanimité.

Je dis juste un mot :

— Vatican.

Une heure plus tard, nous arrivons, à bord de la Mercedes de Corrado, devant un petit restaurant renommé près des remparts du Vatican, le très coûteux *Al Vicoletto*. Le patron en costume *ciociaro*[1] nous accueille avec émotion.

— Soyez le bienvenu, Éminence.

Il s'adresse à Corrado qui porte une soutane de cardinal, empruntée à un ami qui tient un magasin de costumes de théâtre. Umberto et moi interprétons à la perfection son chauffeur et son assistant. L'habit fait le moine, le car-

1. La Ciociarie est un territoire aux frontières mal définies situé dans la région du Latium, au sud de Rome, et qui a conservé un folklore riche et varié. *(N.d.T.)*

dinal en l'occurrence, malgré le jeune âge du haut prélat. Corrado, avec son look de mousquetaire, a tout l'air d'un Richelieu, hautain et glacial. Dans le restaurant, nous sommes traités avec tous les honneurs. Nous demandons à goûter les spécialités de la maison, sachant pertinemment qu'ils sont connus pour leurs fruits de mer. En guise d'amuse-bouches on nous apporte des huîtres, des dattes de mer (rigoureusement interdites à la pêche) et une farandole de moules et de coques extra-larges. Corrado commande en prime le vin le plus cher de la carte et le renvoie deux fois en disant qu'il est bouchonné. Personne n'ose contredire Son Éminence. Nous ne nous privons pas non plus sur les entrées et les plats, défiant toute forme de régime. Nous concluons avec le célèbre sorbet de la maison à la figue de Barbarie. Un délice. Quand le patron nous apporte l'addition qui s'élève à six cent vingt euros, on ne bronche pas. Je prends un bout de papier sur lequel je note le numéro de téléphone de la pâtisserie de mon beau-père. Puis je le tends au *ciociaro* avec un sourire en coin.

— Voici la ligne directe de l'administration du Saint-Siège. Il suffit de leur donner vos coordonnées bancaires et le montant total à régler ; ils me demanderont juste de confirmer par téléphone avant de procéder au virement. En général ils sont très rapides.

Corrado laisse habilement sur la table cinquante euros de pourboire en liquide.

— Pour le service.

— Merci, Éminence, vous êtes très aimable.

— Le bureau rouvre d'ici une petite heure, vous pouvez appeler dès aujourd'hui.

— Au revoir, lance Corrado en tendant sa main droite ornée d'une bague tape-à-l'œil empruntée Dieu sait où, prêt à recevoir les baisers de la petite assemblée.

Deux minutes chrono et nous sommes à nouveau dans la Mercedes en train de rire comme des fous.

— Dix-sept euros par tête, les gars. Comme à la pizzeria.

Corrado a été énorme, une bête de scène. Nous sommes électrisés. Surtout moi, qui ai échappé pendant deux heures à ma réalité de malade. Nous nous empressons d'aller assister à la seconde partie de notre déconnade, à savoir le moment où le malheureux tenancier du restaurant téléphonera à mon beau-père en pensant qu'il s'agit du comptable du Vatican. Au fil du temps, nous avons donné le numéro d'Oscar à un tas de gens, du coup il est convaincu qu'il y a des interférences sur sa ligne et que celle-ci est toujours en dérangement. Nous sommes à la pâtisserie, quand l'appel tant attendu survient. Oscar tente de faire comprendre à son interlocuteur qu'il s'est trompé de numéro, nous entendons à l'autre bout du fil les hurlements *ciociari* du propriétaire du restaurant où nous ne mettrons plus les pieds. Il est hors de lui et insulte mon beau-père, jusqu'à ce que ce dernier raccroche, ahuri.

— Aujourd'hui, Rome est vraiment une ville pleine de fous.

Par chance, il n'a pas remarqué la coïncidence : chaque fois que nous sommes là tous les trois plantés dans son magasin, un psychopathe téléphone pour lui réclamer de l'argent.

Déconnade terminée. Pas encore rassasiés après notre pantagruélique repas, nous nous offrons une assiette de petits-fours. C'est dégoûtant, je sais. Du reste, moi, j'assimile tout ce que je mange et engraisse à vue d'œil, alors que mes amis peuvent se gaver de calories sans que leur miroir les rappelle à l'ordre tous les jours. Si ma naturopathe me voyait… mais elle ne me voit pas, et dans deux mois je serai mort, donc je peux tranquillement prendre un autre petit-four.

Je m'assombris un instant en regardant une photo d'Oscar et Paola accrochée au mur. Jusqu'à il y a encore quelques années, Paola prenait part à nos déconnades, et c'était de loin la plus douée pour mentir et jouer la comédie. Puis elle a arrêté, un peu parce qu'elle était accaparée par les enfants qui grandissaient, un peu parce

qu'elle avait grandi elle aussi. Je comprends seulement maintenant que nous autres mousquetaires, avons tout fait pour ralentir le temps et rester un peu minots.

Minots. Je n'ai pas prononcé ce mot depuis une éternité. C'est gentil, « minots », plus efficace qu'« enfants » ou que l'horrible « gosses ». Quelqu'un pourrait objecter que nous sommes juste trois adolescents attardés de quarante ans. Je lui répondrais que nous avons gagné et que les autres ont perdu. Rester un peu minots est le seul combat qui vaille la peine d'être mené dans la vie. Même Giovanni Pascoli l'a dit. Stop ! Je m'aperçois que je commence à rendre hommage à tous les écrivains et poètes que j'ai détestés, ou plutôt méprisés, durant mon déprimant parcours scolaire.

Que se passe-t-il ?

Je mets ça sur le compte des redoutables effets secondaires de ma maladie et n'y pense plus.

## – 63

Nous sommes à trois matchs de la fin du championnat. Nous devons prendre le plus de points possible et marquer plein de buts si on veut avoir une chance de se qualifier pour les play-off.

Dans les vestiaires, je fixe mes gars droit dans les yeux, un par un, en essayant de les motiver. Je termine par notre gardien, Savonnette, et Martino, notre seul attaquant digne de ce nom, plus pour son courage que pour sa capacité à viser juste. Nous pouvons le faire. Ce ne sont pas les Jeux olympiques, mais nous allons y mettre tout notre cœur. Aujourd'hui en plus, nous affrontons une équipe qui est à égalité de points avec nous. À l'aller, chez eux, nous avons perdu. L'heure de la revanche a sonné. Lorenzo et Eva sont dans les tribunes avec Umberto. Je les vois au loin occupés à un jeu mystérieux. Mon ami est aussi à l'aise avec les enfants qu'avec les animaux.

Le match se passe pour le mieux cette fois. Nous prenons tout de suite deux buts d'avance et parvenons à maintenir l'écart jusqu'au coup de sifflet final. Une prestation solide, impeccable. Si nous avions toujours joué comme ça, nous aurions gagné le championnat. Je félicite mes joueurs dans les vestiaires et retrouve Umberto et les enfants sur le parking.

— Bravo, papa !

Eva court dans mes bras.

— Vous avez été super. Même ce toquard de Martino a joué comme un Dieu, précise Lorenzo.

Je passe sur l'expression pas très raffinée et fais grimper tout ce petit monde dans ma voiture. Je ne veux pas vous ennuyer mais mon quotidien commence à être difficile. La tumeur principale fait de plus en plus pression sur les autres organes, je me sens comme un coureur de fond quand la douleur à la rate puis au foie vient signaler l'épuisement des réserves énergétiques. Je respire avec une difficulté croissante mais la toux est moins présente, remplacée par une sorte d'asthme qui comprime mes poumons, désormais réduits à l'état d'éponges desséchées.

Nous allons tous ensemble manger des *cremolati*, version romaine du granité. Au *Café du parc*, près de l'unique pyramide de Rome, ils sont délicieux. Une fois j'y ai même rencontré Nanni Moretti qui faisait une dégustation. Ce doit être une passion commune aux joueurs de water-polo.

Les enfants raffolent en particulier du parfum « figue », qu'on trouve rarement en fabrication artisanale. Ils ne savent rien de ma maladie. Je ne leur dirai rien. Je ne sais pas encore ce que je vais faire quand approchera le jour zéro. Tout ce que je sais, c'est que j'ai envie de passer le plus de temps possible avec Lorenzo et Eva, avec mes amis et, naturellement, avec ma femme. Cela me semble être la seule chose importante.

De retour à la maison, dans mon cahier Zoff, j'écris un mot : *Cremolato*. Je me fais la promesse de retourner au *Café du parc* avec Paola.

## – 62

J'observe ma femme sur le balcon. Elle arrose ses plantes. Je l'ai vue faire ça mille fois, pour autant je n'arrive pas à la quitter des yeux. Elle porte un bas de survêtement gris qui était à moi avant et un tee-shirt décoloré. Elle a noué ses cheveux et mis ses gants de jardinage. De temps en temps elle pose son arrosoir et arrache une fleur sèche, fixe une branche du bougainvillée à la balustrade, ramasse les feuilles qui s'accumulent dans les pots empêchant la terre de respirer. Des gestes savants, presque zen. Pour Paola, entretenir le balcon équivaut à une heure de yoga.

Je prends mon cahier Zoff, de plus en plus froissé. Je m'installe dans un fauteuil depuis lequel, à travers le rideau qui voile la fenêtre, je devine ma femme en plein jardinage.

La page du jour s'intitule : *Ce qui me manquera de Paola.*

Le dimanche matin, son gâteau aux poires, cannelle et raisins secs.

Cette manie quand elle mange des cerises de faire claquer les noyaux dans sa bouche comme des castagnettes.

Le fait d'espionner quand elle se change avant de sortir, parce qu'elle ne se trouve jamais bien.

Ses yeux fatigués qui se ferment doucement alors qu'elle lit un livre calée contre son oreiller.

Les jours d'été où elle se fait des nattes de petite fille.

Sa voix calme qui, dans la pièce voisine, raconte une histoire aux enfants pour les endormir, et qui souvent m'endort moi aussi.

Nos disputes au supermarché, quand je remplis le charriot de cochonneries et qu'elle le vide.

Ce moment où nous faisons le sapin de Noël tous ensemble. Elle s'occupe des boules en verre, les enfants des guirlandes en papier et moi des guirlandes lumineuses.

Les couvertures en laine sur le lit, qui l'hiver ne lui suffisent jamais.

La voir courir sur la plage avec son maillot de bain une pièce, celui en lycra sans bretelles.

Le soir, sur le canapé devant la télé, quand elle met ses pieds toujours gelés dans mes mains pour que je les masse.

Le parfum de sa peau tiède et dorée après une journée à la mer. C'est une odeur délicieuse, difficile à définir, de gâteau au chocolat tout juste sorti du four.

Les fois où pendant une discussion un peu trop animée – mais vous le savez déjà – elle me cloue le bec en disant sérieusement qu'elle est un chat et que, en tant que chat, elle ne comprend pas la langue dans laquelle je parle. Alors immédiatement les tensions se transforment en éclats de rire.

Ses fesses italiennes.

Son nez qui se retrousse lorsqu'elle doit prendre une décision.

La table de la cuisine que je trouve envahie par les copies de ses élèves qu'elle lit et corrige avec une attention presque sacrée.

Ses vraies larmes devant le journal télévisé qui pointe les abus, les injustices, les violences, la précarité et le désespoir.

Sa passion d'adolescente pour Renato Zero.

Son rire argentin qui accentue les fossettes sur ses joues.

Le moment où, après avoir éteint la lumière, juste avant de s'endormir, elle s'accroche à mon bras droit comme un koala.

Ses jambes minces et musclées qu'elle cache trop souvent sous des jupes trop longues.

Le matin avant de partir au travail quand elle me saluait d'un « Ciao mon amour », me rappelant que cet « amour », c'était moi, moi et personne d'autre. Elle ne le fait plus depuis un moment. Et c'est uniquement ma faute. Je ne sais pas si elle le refera un jour.

Je pourrais encore poursuivre la liste. Je ne pensais pas être attaché à autant de choses chez Paola. Je la connais par cœur maintenant et ne l'en aime pas moins. Comme les passionnés de Dante qui, après avoir lu plusieurs fois *La Divine Comédie*, en apprécient encore plus profondément la poésie.

Paola est ma *Divine Comédie*.

Et j'espère qu'elle m'autorisera bientôt à sortir de mon Purgatoire personnel.

## – 61

Désormais je dors quatre ou cinq heures par nuit.

Anxiété ou insomnie, peu importe, c'est un avantage pour moi qui suis soumis à un compte à rebours. Trois heures de plus par jour, c'est beaucoup de temps gagné. Naturellement, vu que ça se joue en général entre 4 et 7 heures du matin, c'est du temps que je passe tout seul.

Les livres. Je mc suis fait une liste des romans que j'ai achetés et que je n'ai pas lus. Cependant je finis toujours par les abandonner au bout de la dixième page. Apathie littéraire chronique et irréversible. Mon attention dure au mieux le temps d'un *Diabolik*.

Les films. Je revois tous les films d'Hitchcock, Kubrick et Spielberg. Le reste du cinéma est superflu, réalisé pour se divertir ou gagner sa vie. Hicr c'était *Duel*. Je me suis complètement identifié. J'étais le représentant de commerce et l'ami Fritz me poursuivait au volant d'un camion assassin.

Mais quand l'aube pointe son nez, je me retrouve toujours scotché à Internet.

Et sur Google, je saisis toujours les mêmes mots mortifères.

Ce matin j'ai découvert que chaque jour, dans le monde, il y avait environ 365 000 naissances et environ 155 000 décès tous âges confondus. En somme, chaque jour, la population humaine augmente de 210 000 individus, presque le double des habitants de Latina. Nous

évoluons dans une station de métro éternelle, avec ceux qui montent dans la rame et ceux qui descendent. Un métro qui se remplit de plus en plus et qui un jour, inévitablement, finira par exploser. Métaphore galvaudée mais efficace.

J'ai également trouvé un site incroyable qui propose de calculer, avec une précision infaillible, le jour exact de sa mort, grâce à un système d'informations croisées. Il faut compléter un questionnaire en indiquant sa date de naissance, la ville où on vit, sa profession, les opérations qu'on a subies, ses maladies et même ses allergies. Ensuite il faut ajouter les dates de naissance et de décès de tous ses parents proches en précisant les causes de chaque décès.

Je rentre toutes les données et clique sur ENVOYER.

J'attends.

Une date de mort prévisionnelle apparaît.

Le 2 juillet 2038.

Ce site ne fonctionne pas.

Je reste figé devant l'écran de mon ordinateur.

Google.

2 juillet 2038.

On sera en pleine Coupe du monde de football. Juste après les quarts de finale. Je louperais les demi-finales et la finale. Ça ne vaut pas le coup.

Autant mourir avant.

## – 60

Corrado veut nous convaincre, Umberto et moi, de sauter en parachute avec lui. Il a déjà effectué plus de cent sauts et, même s'il ne l'utilise pas, il a son brevet de moniteur. Je me laisse convaincre. Umberto non. Il nous attendra en bas et filmera notre atterrissage. Corrado m'explique que je sauterai accroché à lui. Je sens qu'il me traite comme un enfant malade. Cela ne me plaît pas. Je le lui dis et il se vexe un peu.

— Je veux juste te faire passer une journée pas comme les autres !

Je glisse et réaffirme mon intention de me jeter dans le vide. Je propose à Paola de nous accompagner mais elle a des copies à corriger. Elle ne serait pas venue de toute façon. Depuis l'affaire Moroni, elle a un peu de mal avec Corrado.

Avant de rejoindre la zone de saut, je suis assailli par une question irrésistible : qui a inventé le parachute ?

J'aurais dû m'en douter : Léonard.

Dans le *Code Atlantique* mon inventeur préféré note : « Quiconque dispose d'une tente de toile tissée bien serrée de douze brassées de large et autant de haut peut se jeter sans danger de n'importe quelle hauteur. »

Le type de saut que Corrado a réservé pour le débutant que je suis s'appelle « tandem » car, comme il me l'a déjà expliqué, je me jetterai dans le vide accroché à lui.

Nous volerons jusqu'à quatre mille deux cents mètres à bord d'un Turbo Finist puis nous plongerons. Une minute de chute libre avant que Corrado n'ouvre le parachute, à environ quinze cents mètre du sol.

J'ai peur. Le simple fait d'en parler me terrorise.

Corrado me rassure tandis que nous montons dans le petit avion.

— Sauter en parachute, c'est comme faire l'amour avec le monde.

— Merci vieux, j'apprécie beaucoup l'effort métaphorique mais j'ai peur quand même.

— Arrête, maintenant on y est.

L'avion met à peine un quart d'heure pour atteindre la bonne altitude.

Pendant que nous nous harnachons quelqu'un ouvre la porte.

Sans me prévenir, Corrado me pousse dans le vide. Je jure que si je survis, je le tue à mains nues.

L'instant d'après cependant, je découvre une chose qui ne peut s'expliquer avec des mots. « Chuter » n'a rien à voir avec « tomber » contrairement à ce que tout le monde pense. C'est beaucoup plus proche de « nager ». Je parviens à bouger dans l'air et à me retourner exactement comme si j'étais dans l'eau. Je nage à quatre mille mètres d'altitude en état d'ébriété sensorielle. Corrado me hurle quelque chose mais je n'entends rien. Durant soixante secondes je suis en transe, je nage dans les airs et m'amuse à faire des figures, obligeant mon moniteur siamois à me suivre. Puis Corrado ouvre le parachute, une magie cache l'autre. La terre vue du ciel, un paysage que nous avons l'habitude de voir en avion, est plus impressionnante sans le filtre du hublot. Nous dégringolons tout doucement pour arriver juste à côté de l'aéroport d'où nous sommes partis.

— Alors ? me dit-il. Ça t'a plu ?

— Pourquoi tu ne m'as pas emmené avant ?

— Parce que t'es un trouillard !

Il a raison. Je prends soudain conscience que j'ai été un trouillard toute ma vie. Il me montre les images prises

avec la GoPro que j'avais sur moi, tournée vers mon visage. C'est la plus belle vidéo dont j'ai été protagoniste après celle de mon mariage. Dans le film, je ris une minute d'affilée. Je ne m'en étais pas aperçu. Je nage dans les airs et je ris comme un nourrisson auquel on fait des chatouilles.

## – 59

Vous avez en tête ces journées inutiles du mois de mai avec un ciel prêt à déverser sur le monde des torrents de larmes tropicales ? Aujourd'hui.

Je reste assis dans un fauteuil sans bouger un orteil en pensant à la mort.

## – 58

Giuseppe Garibaldi a un timbre à son effigie. Et jusque-là rien à dire. Il en va de même pour sainte Catherine, Carlo Goldoni, Pietro Mennea, Federico Fellini, Emilio Salgari, Primo Levi, Ennio Flaiano, Alessandro Manzoni, Michel-Ange, Massimo Troisi, les Schtroumpfs, Enrico Caruso, Alberto Sordi et, naturellement, Léonard de Vinci. Avec eux une flopée de saints, de poètes et d'illustres navigateurs.

Moi, je n'en aurai pas. La philatélie m'ignorera gentiment quand je serai mort. Tant pis. Enfant, je collectionnais les timbres, en les décollant à la vapeur des enveloppes que j'interceptais dans la loge de grand-père. J'espérais gagner le gros lot en dénichant une pièce rare et inestimable. Mais après vérification dans mon catalogue, j'étais toujours déçu : les timbres que je récoltais ne valaient pas plus de cent lires. Je me consolais avec le rêve de voir un jour mon visage immortalisé entre les petites dents avec écrit en dessous « Lire 60 ». Rien à faire, j'ai échoué. Et je n'aurai pas non plus la satisfaction d'avoir une rue, même périphérique, à ma mémoire. Mon nom gravé dans le marbre : « Lucio Battistini – 1973-2013 – joueur de water-polo ». Ça sonne plutôt bien. On pourrait au moins m'accorder un rond-point, une esplanade derrière un immeuble de banlieue, un de ces terre-pleins où on peut aller faire des tête-à-queue avec ses copains.

Mais rien du tout.

Je n'ai pas écrit de chanson à succès, c'est vrai.

Je n'ai pas découvert de vaccin.

Je n'ai pas accompli de miracle.

Je n'ai pas été champion olympique.

Je n'ai pas réalisé un chef-d'œuvre du cinéma.

Je n'ai pas dessiné la coupole d'une basilique.

Je n'ai pas écrit *Les Fiancés*.

Je n'ai pas un ennemi qui s'appelle Gargamel.

Je n'ai rien fait pour mériter qu'on me rende hommage officiellement. Rien qui justifie une plaque de marbre sur une façade. Une plaque devant laquelle on passerait en s'exclamant : « Tu peux regarder sur Wikipédia qui était ce Battistini ? »

Pourtant j'ai une femme et deux enfants que j'aime, des amis merveilleux, une équipe de water-polo qui donnerait sa vie pour moi. J'ai fait des erreurs, et j'en ferai encore, mais j'étais de la partie. J'étais là, moi aussi. Dans un coin peut-être, je n'étais pas au cœur des festivités mais j'étais présent. Mon seul regret est d'avoir dû apprendre que j'allais mourir pour commencer à vivre. Il y avait une vieille chanson de Petrolini, que j'ai connue dans la version irrésistible de Gigi Proietti, dont le refrain était : « Je suis content de mourir, mais ça m'fait d'la peine. Ça m'fait d'la peine de mourir, mais je suis content. » Drôle et vrai.

Je suis content de mourir, mais ça me fait de la peine.

Ça me fait de la peine de mourir, mais je suis content.

À partir de maintenant, ce sera ma devise.

## – 57

La plus grande émotion de ma vie a été de prendre Lorenzo dans mes bras pour la première fois. Il avait cinq minutes. Le temps de couper le cordon, de le nettoyer un peu et de le poser sur le ventre de Paola. Ensuite ma femme me l'a passé, et l'adrénaline a envahi mes vaisseaux lymphatiques.

Paola et moi lui avons appris à lire avec le *Journal de Mickey* quand il avait trois ans et demi, à écrire quand il en avait quatre, à construire des maisons en Lego à quatre ans et demi, à faire du vélo sans roulettes à cinq, à cuisiner un plat de pâtes à la tomate et au basilic à huit. Mon seul regret, comme vous le savez, est de ne pas être arrivé à lui apprendre à nager, et encore moins à lui transmettre ma passion pour le water-polo. J'éprouve pour lui un sentiment mêlant tendresse, nostalgie, et instinct de protection aveugle.

Ce matin, je le regarde essayer de réparer une fuite sur notre lave-vaisselle. Après cinq minutes d'inspection minutieuse, il se tourne vers moi :

— Papa, il faut juste changer le joint. C'est un B60, tu dois pouvoir le trouver à la quincaillerie derrière, ils ont toutes les pièces de rechange. Si tu vas l'acheter maintenant je te le change en dix minutes.

Je m'exécute sans broncher et sors me procurer le fatidique anneau de caoutchouc. Chemin faisant se bous-

culent dans ma tête toutes les choses qui me manqueront de mon petit bricoleur préféré.

Quand il dit « c'est pas moi » et qu'il a une énorme moustache de chocolat.

Sa manière sournoise de vous regarder comme s'il en savait plus que vous.

Son sommeil si profond que pour le réveiller il faut le secouer.

Ses romans qu'il annote en rouge et bleu comme un étudiant en littérature.

Sa passion inconditionnelle pour la pistache.

Ses photos de gens moches qu'il prend en cachette à l'école ou dans la rue.

Quand il fait mine d'allumer un feu de cheminée avec un de mes *Diabolik*.

Ses lettres au père Noël toujours très détaillées.

Son enthousiasme lorsque nous allons au cinéma tous les deux voir des films de super-héros.

Sa haine déclarée pour l'école.

Quand il essaie d'apprivoiser notre hamster.

Son pyjama Spiderman deux tailles trop petit.

Son anglais meilleur que le mien.

Quand il m'oblige à revoir Harry Potter pour la centième fois.

Le désordre créatif de sa chambre.

Quand il s'enferme dans son armoire avec une lampe de poche pour lire sans être dérangé.

Quand il inonde la maison avec ses mystérieuses expériences hydrauliques.

Quand il caressait sa sœur dans son berceau.

Les rédactions dans lesquelles il écrit que « papa est un athlète raté » ou qu'il rêve d'inventer « une machine à faire les devoirs ».

Quand il essaie mes vêtements en cachette.

Ses plaintes lancinantes s'il n'obtient pas ce qu'il veut.

Quand il reste muet pendant trois jours en réponse à une punition.

Quand je joue au tennis avec Umberto et qu'il fait le ramasseur de balles.

Y a-t-il autre chose qui pourrait me manquer ? Je suis assailli par un absurde pressentiment de vide. De retour à la maison avec le joint, j'observe le petit plombier que j'ai engendré réparer notre lave-vaisselle. Je ne veux plus perdre un instant de sa vie. J'en ai déjà perdu trop.

# – 56

Aujourd'hui, nous avons fait match nul. Plus qu'une rencontre avant la fin du championnat. Nous avons encore une chance de disputer les play-off pour accéder à la division supérieure. Comme entraîneur, je ne suis pas si mal. Comme malade en revanche, je suis vraiment en dessous de tout. Je n'arrive pas à jouer le jeu. Paola me houspille tous les jours et je me laisse houspiller. C'est une marque d'attention. Je ne perds pas de vue mon objectif premier qui est de me faire pardonner. Mais je ne veux pas qu'elle me pardonne à cause de ma maladie.

Je comprends seulement maintenant que c'est comme si nous étions revenus dix ans en arrière. Je dois à nouveau la conquérir. Plus facile à dire qu'à faire.

# – 55

La boutique Bavardages est devenue mon refuge, comme la cabane de Riri, Fifi et Loulou. J'y vais aussi souvent que je peux. Aujourd'hui, j'ai amené Umberto et Corrado. Ils ont fait la connaissance de Massimiliano, le gérant, et de Giannandrea, le dépressif. Mon ami pilote a beaucoup de temps libre, quant au vétérinaire, je sais qu'il s'échappe souvent de son cabinet pour être avec moi. J'apprécie beaucoup.

L'après-midi bascule de manière imprévisible lorsque Massimiliano sort d'un placard un jeu de Subbuteo. Ce seul mot, j'en suis sûr, suscite chez les lecteurs masculins de plus de quarante ans un frisson d'excitation. Et chez les lectrices de tous âges un élan de commisération manifeste.

Le quadragénaire italien moyen ne peut résister au Subbuteo.

Nous étendons le tapis par terre, faisons la liste des rencontres, à cinq ce n'est pas facile ; il faut organiser un vrai tournoi avec classement et différences de buts. Trois heures inoubliables, couronnées par ma victoire sur penalty dans un match décisif contre Giannandrea qui s'est révélé roi de la pichenette.

Au fur et à mesure des jours qui passent, je me dis que le peu d'argent que j'ai de côté ne me servira plus ; cela permettra d'assurer un avenir plus tranquille à Paola et aux enfants. De toute façon, je ne suis heureux qu'en m'amusant. Et s'amuser, heureusement, c'est gratuit.

# – 54

Eva.

Tous mes amis sont persuadés que j'ai donné ce prénom à ma fille cadette en hommage à la première femme de tous les temps, compagne d'Adam et, accessoirement, maman des adorables Caïn et Abel.

Faux.

Je l'ai appelée Eva en pensant à Eva Kant, la fiancée sexy de Diabolik.

Je suis amoureux d'elle depuis toujours. La blonde cambrioleuse de Clerville a été l'objet de mes premiers fantasmes d'adolescent.

J'observe ma petite Eva qui joue dans le salon. Elle construit une maison avec les Lego de Lorenzo. Le plan est très élaboré, une vraie professionnelle. Ensuite, sur le toit, elle peint des rectangles argentés.

— Ce sont des panneaux solaires, m'explique-t-elle, c'est une maison écologique.

Je souris.

Je continue de la regarder tandis qu'elle fignole son écoconstruction.

Il y a tellement de choses qui me manqueront d'elle.

Ses questions, toujours pointues et alambiquées.

Quand elle dit « Chalut » au lieu de « Salut » pour dire bonjour, mais vous le savez déjà.

Son odeur si proche de celle de sa maman.

Son nez en trompette qui, par chance, ne ressemble pas au mien.

Son débit spectaculaire de speakerine radiophonique.

L'étrange salade biologique qu'elle cultive sur le balcon et qu'elle nous oblige à manger de temps en temps.

Quand elle se fâche contre son frère parce qu'il ne trie pas les déchets.

Les fois où elle me fait acheter des couvertures pour les donner au chenil.

Son sens inné de la justice.

Mon agenda dans lequel elle note ses tâches journalières.

Sa manière bizarre de tourner les spaghettis dans le sens inverse des aiguilles d'une montre.

Quand elle m'appelle « papa » avec sa voix un peu nasillarde.

Son vocabulaire soigné.

Sa poupée préférée, Milla, désormais déprimée et mélancolique.

Son intérêt insolite pour le journal télévisé.

Quand elle joue par terre avec nos propres Aristochats.

Sa passion pour la cire qu'elle fait couler dans les endroits les plus improbables.

Son sourire et ses fossettes qui apparaissent chaque fois qu'elle me voit.

Eva.

Mon petit bout de femme.

Un jour elle m'a posé cette question qui m'a cloué sur place : « Papa, mais pourquoi on ne fait pas des croquettes pour chats au goût de souris ? »

Ben oui tiens, pourquoi pas ? Cela semble tellement évident.

Je n'ai pas su lui donner de réponse sensée.

Eva.

Ses questions impertinentes et saugrenues, je voudrais qu'elle m'en pose encore des milliers. Et j'y répondrai. Tant que je serai en vie.

# – 53

Été 1978 Allez savoir pourquoi, aujourd'hui, mes neurones m'ont ramené à un lointain mois de juillet ; à l'époque mes grands-parents étaient déjà devenus mes parents, j'étais un enfant obèse et heureux, John Lennon était vivant et la couche d'ozone pas encore trouée.

Nous étions en vacances à Ladispoli. Pour ceux qui ne connaissent pas, Ladispoli n'a rien à voir avec Saint-Tropez. C'est une ville connue pour la Fête de l'artichaut, jumelée avec Benicarló en Espagne où l'on cultive aussi ce sympathique légume (on parle d'affinité gastronomique). Ses plages ont une particularité : le sable a une étonnante couleur noir de jais, du fait de sa haute teneur en fer.

Stella, un de mes premiers souvenirs érotiques.

Cinq ans comme moi.

Taches de rousseur.

Cheveux roux.

Un sourire enchanteur avec une incisive en moins.

Une déesse.

Mon premier amour.

Peut-être que je l'aime encore aujourd'hui.

Je me rappelle comme si c'était hier ce matin tragique.

Stella jouait au bord de l'eau avec ses petits copains dont celui qui vous parle. Notre château de sable progressait un peu de guingois mais il ne devait résister que deux heures, jusqu'à la marée montante. Maman Franca

et papa Ugo, les parents de Stella, deux employés ministériels, étaient sous leur parasol à quelques pas de nous. Lui lisait *La Gazzetta dello Sport*, elle un roman d'Ellery Queen. Le parasol d'à côté abritait mes grands-parents. Grand-père somnolait sur son transat, grand-mère faisait ses mots croisés.

Il était presque 11 heures quand l'appel de la baignade se fit sentir : maman Franca était obsédée par les trois heures réglementaires de digestion avant d'entrer dans l'eau. Elle attrapa la bouée de Stella et tourna le regard vers sa fille.

« Stella ! »

Mais pas de Stella. Elle appela son mari et ils la cherchèrent partout sur la plage en criant son prénom. Ses copains, moi inclus, l'avaient vue s'éloigner du château, mais n'en savaient pas plus. Depuis une poignée de minutes, elle avait disparu du paysage.

La panique s'empara des parents.

On la chercha sur toute la plage. On l'appela même avec le haut-parleur du poste de secours.

« La petite Stella Martani est attendue par ses parents au bar de la plage ! »

Rien.

Stella avait disparu.

Certains disaient qu'ils l'avaient vue entrer dans l'eau.

D'autres qu'ils l'avaient vue quitter la plage.

D'autres encore parlaient d'un mystérieux inconnu qui lui aurait adressé la parole.

Des mythomanes victimes d'insolation.

La vérité était que le premier grand amour de ma vie s'était volatilisé.

Une heure plus tard, les parents allèrent signaler la disparition à la police. Mais toutes les recherches furent vaines. Stella avait disparu sur la plage entre 10 h 58 et 11 h 00. Une affaire digne de *X-Files*.

Aujourd'hui, Stella aurait quarante ans. Comme moi. Enfin, elle « aurait » ou elle « a » quarante ans. Ugo et Franca, désormais modestes retraités, n'ont plus jamais

eu aucune nouvelle de leur fille. Le vieux surveillant de baignade de Ladispoli m'a raconté qu'ils reviennent tous les jours désespérément, obsessionnellement (il a ajouté « bêtement » parce qu'il est insensible) sur la même plage, à présent toute rétrécie par l'avancée inexorable de la mer. Ils s'asseyent là, sur deux transats qu'ils apportent de chez eux. Les yeux rivés sur l'horizon, ils attendent. Chaque fois que leur regard revient sur le rivage, ils croient apercevoir leur petite qui marche sur la grève et qui court à leur rencontre avec son sourire berchu qui les faisait fondre.

« Maman, papa, je suis revenue ! On va se baigner ? Ça fait trois heures maintenant ? »

Ils rêvent de cette baignade, tous ensemble. Ils donneraient n'importe quoi pour que Dieu, dans un moment de distraction, inverse la course du temps et les ramène à cet été 1978. Mais Dieu n'a pas de moment de distraction, on le sait bien.

Au coucher du soleil, Ugo et Franca replient leurs transats et rentrent chez eux, main dans la main.

Aujourd'hui, je suis allé sur la plage et je les ai observés de loin, incognito. Ils sont passés près de moi en repartant. Ils m'ont certainement oublié. J'avais cinq ans. Ugo m'a regardé comme si j'étais transparent. Franca en revanche s'est arrêtée un instant de trop en croisant mon regard. Elle m'a reconnu, je le sais. Les femmes ont un sixième sens. Ou peut-être qu'elles sont juste plus intelligentes. Je n'ai pas eu le courage de les interpeller. Je n'aurais pas su quoi leur dire.

J'ai retroussé le bas de mon pantalon et suis allé au bord de l'eau. Le soleil avait déjà basculé derrière l'horizon. Je n'avais qu'un quart d'heure pour refaire ce château de sable autrefois inachevé. Mon habileté d'architecte et de sculpteur de sable est restée intacte. J'ai presque terminé quand une vague inattendue le submerge et le rase avec une indifférente cruauté.

C'est mon destin de faire les choses à moitié. Même les châteaux de sable.

## – 52

Soirée avec Umberto et Corrado à San Lorenzo. Au dernier moment, Oscar se joint à nous. Depuis qu'il a une fiancée, on dirait l'un des nôtres, malgré ses trente années et ses trente kilos de plus. Ce soir il a quartier libre parce que Martina remplace sa petite-fille sur un circuit « Rome by night ».

Nous avons réservé une table dans un restaurant romantique et soi-disant biologique. Il fait chaud, aussi nous installons-nous en terrasse, au milieu des étudiants. Entre une assiette d'antipasti et des lasagnes aux épinards, Oscar nous expose sa dernière théorie pour améliorer la qualité de vie en Italie. Son raisonnement repose sur le principe du recyclage ou renouvellement périodique, appliqué par exemple au brevet de secourisme. Notre ingénieux pâtissier propose d'étendre ce principe à tous les domaines afin d'offrir au client ou au consommateur une garantie de qualité. Ses arguments sont d'une logique implacable.

— Vous iriez vous faire soigner par un médecin qui a obtenu son diplôme en 1962 ? Vous feriez réparer votre voiture par un mécanicien qui a appris le métier sur des Fiat 1100 ? Vous confieriez votre défense à un avocat qui a passé le barreau il y a un demi-siècle ?

La réponse est non bien sûr, pourtant nous reconnaissons tous les trois que cela nous arrive régulièrement.

Oscar en remet une couche :

— L'expérience, mes enfants, ne suffit pas. La médecine, la science, l'art et la société même ont considérablement évolué. Donc renouvellement et mise à niveau des compétences obligatoires pour tout le monde, tous les dix ans, sous peine de suspension de l'activité.

— C'est vrai, précise Corrado, nous pilotes, nous le faisons.

— Et je voudrais bien voir ça ! lâche Oscar, avant de se tourner vers Umberto. Et vous, les vétérinaires ?

— Euh nous... eh bien nous avons des cours de formation continue, mais pas de véritable examen.

— Tu vois ? J'appliquerais cette règle à tous les diplômes, y compris le baccalauréat. Tous les dix ans, on repasse l'examen, pour voir si on a tout oublié ou si on mérite encore notre titre de bachelier.

Je réfléchis. En effet, chaque année, quand je regarde les épreuves du bac, qui auront lieu au cours des semaines suivantes, je me dis que je serais bien incapable de passer à nouveau cet examen et de me confronter à une version de latin ou à un problème de mathématiques. Aujourd'hui, un logarithme n'est pour moi qu'un drôle de mot vaguement évocateur et la classification de Mendeleïev un lointain souvenir de tableau semblable à celui d'une tombola.

Oscar se lance dans une démonstration empirique de sa théorie. Il se lève et s'adresse à tous les clients du restaurant à haute voix.

— Que ceux qui se rappellent pourquoi a éclaté la Première Guerre mondiale lèvent la main !

Seul un gamin de treize ans qui vient d'étudier la question lève la main.

— À cause de l'assassinat de l'archiduc François-Ferdinand et de sa femme Sofia. En tout cas, c'est la raison officielle.

— Et qu'est-ce qu'une fonction dérivée ? Et le futur antérieur ?

La soirée se termine en une sorte de *Qui veut gagner des millions ?* collectif, dans un bon esprit d'émulation

reposant essentiellement sur des connaissances approximatives. Nous devenons l'attraction de tout le restaurant. Nous rentrons chez nous à 2 heures du matin, comme une bande d'adolescents attardés, cherchant encore qui étaient les garçons de la rue Panisperna et quelle est la capitale de l'Ouzbékistan.

# – 51

Madonna, ma naturopathe, me fixe d'un air interrogateur.

J'ai l'impression d'être dans un confessionnal.

— Cela fait longtemps qu'on ne s'est pas vus...

— Je sais, je réponds, la queue entre les jambes.

— Comment se passe le régime ?

— Eh bien... j'ai fait quelques écarts, mais j'ai déjà perdu cinq kilos.

— Les écarts aident à tenir le coup. Je conseille toujours à mes patients un jour d'écart par mois.

Je lui confesse que, dans mon cas, les jours d'écart ont été plus nombreux, beaucoup plus nombreux, et que je suis même retourné deux fois manger des beignets chez mon beau-père.

Le docteur Zanella me demande pourquoi je suis venu la voir. J'essaie de lui expliquer que la progression galopante de la maladie ne m'a pas aidé à tenir psychologiquement, mais que ses consignes alimentaires m'ont tout de même fait du bien, je me sens plus tonique et je dors un peu mieux. Malheureusement, les marqueurs tumoraux continuent d'augmenter.

— Ce n'est pas facile de devenir végétarien à quarante ans.

— Ça c'est sûr, admet-elle.

Puis elle m'invite à poursuivre mes efforts en mangeant essentiellement des fruits.

— Les fruitariens vivent très longtemps. Et ce n'est pas une coïncidence.

Le mot « fruitarien » me fait sourire.

Je lui explique qu'en réalité je suis venu pour un autre motif qui ne me concerne pas directement.

— J'ai deux enfants de six et neuf ans. Je voudrais que vous m'indiquiez un régime adapté à leur croissance. Une alimentation qui leur permette de ne pas reproduire mes erreurs et surtout de vivre plus longtemps que moi. Ils ont mon ADN, imparfait hélas.

Le docteur me sourit. Sous cette glaciale carapace de mademoiselle Rougemont, il y a un cœur qui bat.

Nous passons les deux heures qui suivent à parler de diététique. Je prends des notes. Lorenzo et Eva sont ma vie. Et je ne veux pas qu'il leur arrive la même chose qu'à moi. Jamais.

– 50

Mi-parcours.

Il faut fêter ça.

Après le dîner, je convaincs Paola et les enfants de sortir. J'invite également Oscar et Martina, qui filent désormais le parfait amour. Je dois faire découvrir à ma femme un des plaisirs de la vie.

Cela tient en un mot simple, estival et gourmand : *cremolato.*

## – 49

Dimanche matin.

Je suis couché sur le ventre, la tête enfouie dans mon oreiller.

Tintements de cloches.

L'église San Lorenzo située à cent mètres de chez nous appelle les fidèles. Cela fait dix ans que je n'ai pas mis les pieds dans une église. Depuis mon mariage. J'ai accepté de me marier à l'église pour Paola. Après ma confirmation, je n'ai plus jamais prié, ni fréquenté la paroisse. Je suis agnostique. Comme je vous l'ai déjà dit. Et endormi.

J'ouvre un œil, sans bouger. Paola, à côté de moi, perçoit un frémissement de paupière.

— Tu as toussé toute la nuit, me révèle-t-elle sans se retourner.

— Pardon, si tu veux, ce soir, je dors sur le canapé.

— Non, par contre, essaie de suivre les conseils des médecins s'il te plaît, refais un peu de sport… oxygène tes poumons, oblige-les à respirer.

— Je ne peux plus trop nager, tu sais. J'ai mal quand je bouge les bras.

— Il n'y a pas que la natation. Prends le vélo qui est dans le garage et va faire un tour.

Le vélo est vraiment une activité que je déteste.

À Rome, toute en montées et descentes, le vélo est à proscrire. En plus, c'est très dangereux. Après, en tant que sport, cela n'a aucun intérêt : pas de buts ou de paniers à

marquer, quel ennui. Rappelez-vous les courses cyclistes, durant quatre ou cinq heures, tous à bavarder en groupe comme des touristes.

« Comment va ta femme ? »

« Ta sœur a accouché ? »

« Tu as réparé la fuite dans ta salle de bains ? »

« Alors tu le vends, ton 4×4 ? »

Puis, à deux kilomètres de l'arrivée, on réveille le sprinter de l'équipe, qui somnole au milieu du peloton, pour lui dire que c'est à lui de jouer. Si l'étape est en côte on réveille le grimpeur – qui est la version montagnarde du sprinteur, en général maigrelet et teigneux – et on l'envoie à l'attaque. Pendant ce temps, le reste de l'équipe continue de bavarder ou de faire des mots croisés.

C'est un sport, ça ?

Pour moi il n'y a pas de sport sans balle, quelle que soit sa dimension. Toujours est-il que j'ouvre la porte du garage. À l'intérieur je retrouve mon vieux vélo Bianchi. Il a au moins vingt ans. Il est accroché au mur du fond et cela doit faire quatre ou cinq ans que je ne l'ai pas utilisé.

Il me vient subitement et instinctivement une question fondamentale : qui a inventé la bicyclette ?

Son origine est controversée. De nombreux prototypes de véhicules à deux roues ont été réalisés en Europe entre la fin du XVIII$^{e}$ et le début du XIX$^{e}$ siècle. La première bicyclette, d'après les recherches les plus accréditées, nous la devons au baron Karl von Drais, un fonctionnaire du grand-duché de Bade en Allemagne, qui inventa en 1817 la *Laufmaschine* (« machine à courir » ou « Draisienne »), comparable en tout point au vélocipède. La grande amélioration par rapport aux modèles précédents était le *dirigeoir*. On raconte que les efforts du baron pour trouver une alternative à l'usage du cheval étaient dus aux pertes importantes d'équidés lors des mauvaises récoltes de 1816 (« l'année sans été » comme on l'a appelée, suite à l'éruption du volcan Tambora sur l'île de Sumbawa – dans l'actuelle Indonésie – survenue entre le 5 et le

15 avril 1815, qui a recouvert le ciel du monde entier d'un brouillard noir). Tout cela est fascinant. Mais qui a vraiment inventé la bicyclette ?

Facile.

Cette fois cependant, je vais être précis.

Dans le folio 133 du *Code Atlantique* de Léonard de Vinci apparaît le dessin d'un véhicule à deux roues qui n'est pas sans évoquer notre bicyclette moderne.

Encore lui ? Eh bien oui, le Toscan multicasquette par excellence a aussi inventé la Graziella.

Je reviens à ma mission ingrate qui consiste à récupérer mon propre vélocipède en franchissant des années de bric-à-brac. Je découvre des malles remplies de vêtements de mes grands-parents, une collection moisie de *L'Auto-Journal*, quelques cartons contenant mes livres scolaires, un pneu dégonflé (datant peut-être de ma Fiat 500), un fauteuil assorti de ses précieux acariens, une boîte pleine de télécommandes appartenant à Dieu sait quels appareils, les vieilles platines pour 33 tours que j'utilisais à l'époque où je voulais être disque-jockey, un porte-manteau horrible (c'est l'adjectif qui convient), deux lustres à pampilles en cristal poussiéreux. Entre mon vélo et moi, s'entassent les vestiges de ma vie, une sorte de cimetière pour les objets inutiles que je n'ai jamais eu le courage de jeter. Je me décide enfin : je jette tout pour accéder plus facilement à mon vélo. Je jette tout, dans les conteneurs appropriés : les numéros de *L'Auto-Journal* et les livres avec le papier, les lustres avec le verre, les télécommandes et le pneu avec les déchets non recyclables. Pour le reste, j'appelle le service des encombrants. Je vais faire place nette. Je veux que ce garage soit vide. Les garages pleins ne servent à rien. Comme le cyclisme.

Je récupère enfin ma Bianchi. Elle a encore fière allure. Quelques gouttes d'huile sur la chaîne, un coup de chiffon, un peu de pression dans les pneus et c'est parti pour un tour. Je choisis un parcours sans dénivelé et sans pavés. Le quartier de l'EUR, c'est parfait. J'irai vers la mer, en suivant la via Cristoforo Colombo. Je prends

mon iPod et sélectionne minutieusement les morceaux. Années soixante-dix. Je m'élance sur les notes nostalgiques de Donna Summer.

Je m'abandonne au rythme du pédalage, monotone comme mes pensées. Je passe devant une petite église où quatre jeunes croque-morts enfournent dans une Mercedes une caisse en acajou. Autour, une vingtaine de personnes âgées et des larmes discrètes. Il n'y a rien de plus triste au monde qu'un enterrement avec peu de participants. C'est comme le concert d'une vieille rock star dont le public ne compte que des fans nostalgiques. Pour éviter cette perspective morose, une seule solution : l'enterrement prématuré. Pas de places assises dans les enterrements anticipés. Maigre consolation.

Je n'ai jamais pensé à mon enterrement. Personne ne pense à son enterrement. Or c'est pour chacun d'entre nous la scène finale d'un spectacle unique, dans lequel nous tenons brillamment le rôle principal. Cela mérite donc qu'on y réfléchisse cinq minutes, histoire de ne pas faire mauvaise impression.

Il faut déjà choisir le type de cérémonie.

Premier type, « à l'italienne » : cérémonie classique à l'église avec prêtre désabusé, larmes et discours émouvants des amis les plus chers, puis tous au cimetière pour la mise en terre (si le cimetière pressenti n'est pas surbooké) et enfin, tous chez les parents du défunt à pleurer jusqu'à la nuit tombée autour d'un repas commandé chez le traiteur.

Second type, « à l'américaine » : sépulture laïque dans un beau cimetière avec des pelouses dignes d'un parcours de golf, des poèmes en musique, puis tous à la *funeral party* chez le défunt avec buffet copieux et orchestre jouant ses chansons préférées. En général, la veuve se lance même dans un rock acrobatique avec un oncle danseur.

Au risque de vous paraître blasphémateur, je préfère de très loin le second.

Mes funérailles seront une grande fête. Malheureusement, j'y participerai en position horizontale.

## – 48

Anniversaire de Lorenzo. Rendez-vous avec tous ses amis dans une salle de jeux du quartier aménagée pour les petites fêtes des moins de dix ans. Seuls adultes acceptés : Paola et moi, plus quelques mamans anxieuses. C'est un enfer de bousculades et de hurlements, difficilement coordonnés par les deux animateurs déguisés en clowns et objets de farces en tous genres. Les deux hommes font tout ce qu'ils peuvent pour gagner la confiance et la sympathie des enfants, en vain.

Je me tiens un peu à l'écart, en grignotant du pop-corn et des biscuits salés. J'ai proposé des jeux mais ils ont tous été rejetés avec mépris. Je comprends que, pour les enfants de neuf ans, je ne suis qu'un pauvre vieux pathétique.

Je fixe Lorenzo qui s'active dans la salle en nage, à la tête de son groupe d'amis. Je lui ai offert une boîte géante de peinture à doigts et le sourire qu'il m'a décoché en échange m'a guéri l'espace d'une seconde. Je comprends alors qu'il y a une chose importante que je ne pourrai pas faire dans le futur mais que je dois absolument planifier.

— Quoi ? me demande Umberto.

— Les cadeaux. Je dois acheter les cadeaux de Lorenzo et Eva pour les prochaines années. Je ne peux pas les laisser sans cadeaux d'anniversaire de leur papa.

— Mais comment... ?

Je ne lui laisse pas le temps de réagir.

— Facile. Je les choisis, tu les achètes et tu leur offres.

— Ah !

— Ne me dis pas non.

— J'ai dit « Ah ! »

— Je te fais une liste précise, année par année. Et si entretemps tu t'aperçois que quelque chose ne convient pas ou que c'est passé de mode, tu n'auras qu'à changer. Il faudrait au moins qu'on arrive à leurs dix-huit ans.

— Je peux te donner mon avis ?

J'acquiesce pour connaître l'avis de mon ami. Autour de nous le brouhaha du bar semble s'atténuer comme si tout le monde attendait le verdict.

— C'est une merveilleuse idée, déclare Umberto.

Je lui souris, tranquillisé. Je suis conscient de lui avoir un peu forcé la main, mais je n'ai plus beaucoup de temps et par moments l'angoisse m'assaille.

— Merci, dis-je en lui donnant une petite tape sur l'épaule.

Aujourd'hui, mon estomac me fait plus mal que d'habitude. Je suis retourné chez l'oncologue et nous avons commenté ensemble les dernières analyses. Les marqueurs ont encore augmenté. Mon organisme, malgré une meilleure alimentation et une meilleure hygiène de vie, ne parvient pas à reprendre le dessus ; comme un moteur trop longtemps malmené. Dorénavant les douleurs seront présentes en permanence et je devrai les combattre avec de fortes doses d'antalgiques et de courage. Je suis prêt.

# – 47

J'ai terminé ma liste de cadeaux pour les futurs anniversaires de mes deux loupiots. Cela m'a pris une nuit entière. Au déjeuner, dans notre café, je m'assure qu'Umberto comprenne bien tout. Je l'ai écrite d'une main tremblante d'émotion.

— À chaque année correspond un cadeau, j'explique.

Il prend la feuille et lit à voix haute.

Lorenzo

10. Une boîte à outils complète de professionnel.

11. Ma guitare acoustique. Fais changer les cordes.

12. Une table de bricolage à installer dans le garage.

13. Un VTT.

14. Trois jokers PAS D'ENGUEULADE en cas de mauvaise note. À donner dans l'année scolaire.

15. Trois jokers ABSENCE JUSTIFIÉE pour les jours où il ne veut pas aller à l'école ; ça lui évitera de devoir faire semblant d'avoir de la fièvre comme je le faisais. Valables jusqu'à sa dernière année de lycée.

16. Un week-end à la maison sans Paola et Eva avec autorisation d'inviter ses amis. Il appréciera. Donne-lui une boîte de préservatifs.

17. Ma collection de *Diabolik*. Dis-lui qu'il a l'autorisation de la revendre sur eBay mais qu'avant, il doit en lire au moins un. Si ça se trouve, il aimera.

18. Une petite voiture d'occasion mais sûre. De préférence avec une carrosserie déjà abîmée, pour qu'il ne souffre pas comme j'ai souffert quand j'ai enfoncé la voiture de grand-père contre la porte du garage.

N.B. Interdis à Paola de lui acheter un scooter pour ses quatorze ans. Et dis-lui d'accepter les cadeaux « non conventionnels ».

Umberto est stupéfait.

— J'aurais bien aimé que mon père me fasse des cadeaux comme ça, me révèle-t-il.

— Il t'offrait quoi en général ?

— Cinquante mille lires.

Son père, décédé il y a deux ans des suites d'une très longue maladie, était un homme sans affect peut-être comme seul Adolf Hitler pouvait l'être. Je venais chez lui depuis dix ans et il ne connaissait toujours pas mon prénom. Pour lui j'étais « l'autre là, le fils du concierge ».

Mon ami chasse le douloureux souvenir de son père et lit la deuxième liste de cadeaux :

Eva

7. Un grand pot avec une plante vivace à repiquer et cultiver dans le petit jardin de grand-père.

8. Une sorbetière. Et tous les fruits biologiques qu'elle veut.

9. Un week-end à Marineland pour nager avec les dauphins.

10. Un petit potager vertical à mettre sur le balcon.

11. Un chien à adopter dans un chenil. Si Loup meurt avant, va en chercher un tout de suite après sa disparition. Et du coup, ici, trouve autre chose.

12. Une ou deux robes de jeune fille. Fais-lui abandonner progressivement les salopettes de mécanicien.

13. Emmène-la au magasin de bavardages s'il existe encore. Dix bavardages prépayés avec Massimiliano.

Elle en aura besoin. Treize ans, c'est un âge compliqué. Expliquer à Paola.

14. Un roman commandé à Roberto dont l'héroïne s'appelle Eva et est une militante écologiste de Greenpeace. On rêve tous d'être le héros d'un livre.

15. Trois jokers ABSENCE JUSTIFIÉE pour les jours où elle organisera des manifestations politiques. Je sais qu'elle le fera. Valables jusqu'à sa dernière année de lycée.

16. Pour elle aussi un week-end à la maison avec des amies, sans maman ni frangin dans les pattes. N'oublie pas les préservatifs pour chacune.

17. Un joker pour un week-end *all inclusive*, au camping avec son fiancé du moment.

18. Une Smart d'occasion. Les femmes, plus douées en tout, mystérieusement, ne maîtrisent pas l'art du créneau.

Il finit de lire et lève les yeux vers moi.

— Je n'ai jamais vu une liste de cadeaux aussi… aussi étrange.

Je ne lui laisse pas le temps de réagir.

— Une dernière chose… quand ils auront treize, quatorze ans… je veux que tu aies une discussion avec les deux, sur le sexe, ces choses-là.

— Moi ?

— Mieux vaut toi que Corrado, non ?

— Ça, c'est sûr. Mais je ne sais pas si…

— Et puis insiste auprès de Paola pour qu'elle les envoie en séjour linguistique aux États-Unis afin qu'ils améliorent leur anglais.

— D'accord. Je vais essayer. Tu sais que Paola ne se laisse pas trop dicter sa conduite.

— Toi, elle t'écoute. Je te ferai un virement pour toutes les dépenses que tu devras assumer. Il y a certains cadeaux que j'ai déjà achetés parce qu'ils sont éternels, par exemple la boîte à outils. Les autres, tu devras

les choisir le moment venu, la plante par exemple ou le VTT. Si tu dépenses plus...

— Si je dépense plus ne t'inquiète pas..., me coupe-t-il.

Je n'ai plus de mots pour le remercier. Je m'apprête à le prendre dans mes bras quand il ajoute, amusé :

— Et pour Noël tu ne leur offres rien ?

Il m'arrache un sourire.

— Pour Noël il y a le père Noël, non ? Je ne peux pas tout gérer.

Maintenant je peux le serrer dans mes bras.

## – 46

Aujourd'hui, l'Armée Brancaleone se bat pour accéder aux play-off. Si on gagne avec cinq buts d'écart face aux deuxièmes du classement, les Flaminia's Warriors, déjà libérés et attendus dans la phase finale, on se qualifie en prenant la dixième place. La dernière qui vaille la peine.

Comme je vous l'ai déjà dit, seul Giacomo, mon taciturne entraîneur-adjoint, sait que je suis malade. Quand je l'en ai informé, il y a presque deux mois, il n'a pas fait de commentaires. Il s'est lancé dans une étreinte de cinq minutes débordante d'affection. J'ai beaucoup apprécié.

Vis-à-vis de l'équipe, j'ai décidé de continuer à ne rien dire. Je ne veux pas les perturber. C'est la première fois, dans notre brève histoire, qu'on a la possibilité d'accéder à la division supérieure.

On joue à l'extérieur, dans une horrible piscine de la via Flaminia, avec des vestiaires décrépits et un carrelage à l'abandon depuis un quart de siècle. Dans les tribunes, une cinquantaine de parents menaçants venus encourager nos adversaires. On a six supporteurs avec nous, dont Corrado, qui n'aime pas le water-polo et qui est là juste parce que après on a prévu d'aller boire une bière ensemble. Il y a aussi le père de Savonnette, notre improbable gardien, qui ne vient jamais parce qu'il est séparé de sa femme et vit près du lac de Côme. Pourvu que son fils lui fasse grâce de son traditionnel barbotage créatif sur la ligne de but.

Dans les vestiaires, je fais tout ce que je peux pour motiver mes troupes. J'accorde un soin particulier au mental de notre attaquant strabique, Martino, qui a raté deux penaltys lors du dernier match. Au water-polo, les penaltys se ratent difficilement, il faut vraiment le vouloir ou ne pas avoir de chance. Il suffit de tirer fort en faisant rebondir la balle sur l'eau et le point est quasi assuré. Le gardien n'a pas le temps de réaction suffisant pour arrêter un tir effectué à cinq mètres. Pourtant Martino, mardi dernier, en a mis un sur la barre transversale et l'autre dans les tribunes. On a fait match nul, 8-8. Si on avait gagné, on ne serait pas face à ce défi nécessaire et improbable des cinq buts d'écart.

Coup d'envoi.

Les parents de nos adversaires font un boucan du diable. Ils hurlent, accompagnés de sifflets et de trompettes. On se croirait en finale de Coupe du monde au Maracanã.

Nous sommes très vite menés 3 à 0 dans la première période. Huit minutes durant lesquelles on est incapables de faire un tir cadré. On n'y arrivera jamais.

On réagit dans la deuxième période qu'on gagne 2 à 1. Le score global est de 4-2 pour eux.

Je bombarde mon équipe d'insultes. Un vieux truc qui marche presque à tous les coups.

Durant la troisième période, les Warriors sont fatigués et se relâchent un peu. On en profite. Martino signe un triplé et je peux lire la joie dans les yeux strabiques de mon attaquant préféré. On marque quatre buts et on en encaisse un. Cela fait 6-5 pour nous. C'est insuffisant. Il faut qu'on marque encore quatre buts sans en prendre aucun. Difficile, vu que Savonnette, comme s'il travaillait à la réception d'un hôtel, laisse entrer tous les ballons qui se présentent devant sa cage en leur souhaitant la bienvenue.

Je demande à mes gars de faire un dernier effort. Toute notre saison se joue dans ces huit dernières minutes. En

clair, il faut qu'on marque toutes les deux minutes. Au water-polo, c'est possible.

Comme vous le savez je ne crois pas en Dieu, encore moins aux miracles, et je suis persuadé qu'on ne va pas y arriver.

Mais j'ai tort. Au bout de sept minutes il y a 4-0 pour nous, 10 à 5 au total. Le score parfait pour se qualifier. À trente secondes de la fin, c'est le drame. Un joueur des Warriors contre-attaque. Un de mes gars, je préfère ne pas le nommer pour éviter de trop le culpabiliser, l'attrape par-derrière pour l'arrêter alors qu'il s'approche de nos buts. Faute grave. Exclusion de notre joueur et penalty direct.

Sur le point de penalty, qui n'existe pas au water-polo mais c'est tout comme, se place un certain Ivan Gualazzi, un tireur d'élite capable de marquer de n'importe quelle position. C'est le troisième buteur du championnat. Une furie des bassins.

Face à lui, le regard perdu de Savonnette. Le match et la qualification sont entre ses mains glissantes.

Depuis les tribunes, son père l'encourage :

— Allez Alessio !!!

Savonnette se positionne sur la ligne de but et attend son exécution.

Je me tourne. Je ne veux pas voir ça. Mon adjoint filme tout, comme d'habitude. Ses vidéos nous permettent d'analyser nos erreurs et de préparer les autres matchs. Mais si Savonnette n'arrête pas ce tir, il n'y aura pas d'autres matchs. De fait, j'y pense seulement maintenant, ce but pourrait marquer la fin de ma carrière peu glorieuse d'entraîneur.

Je me retourne. Je décide d'affronter le destin et de regarder le penalty le plus important de ma vie. J'ai été gardien, et je sais ce qu'on éprouve quand la balle atterrit au fond du filet. Un sentiment d'humiliation infini.

Gualazzi est prêt à tirer. Il est gaucher et fourbe.

Savonnette agite les jambes pour s'élever le plus possible devant ses cages.

Son père est debout, silencieux.

Ils échangent un regard.

Les supporteurs de l'équipe adverse sont eux aussi silencieux, comme si ce penalty avait déjà fait basculer le score en notre faveur. Ils savent que, pour nous, encaisser ce but équivaut à la défaite.

L'arbitre va siffler.

Je vous l'ai dit : au water-polo c'est presque impossible de rater un penalty.

Gualazzi réalise un tir croisé d'anthologie : la balle rebondit sur l'eau et se dirige aussi précise que la flèche de Guillaume Tell vers la lucarne. Rien à dire, un penalty impeccable.

Mais l'infaillible attaquant ignore que le valeureux Alessio, surnommé Savonnette, a choisi précisément ce penalty pour effectuer le plus bel arrêt de sa carrière. Tel un faucon qui pique sur sa proie, il se jette du côté gauche et intercepte le ballon juste à temps. Un saut hors de l'eau presque surhumain, comme si un ressort invisible l'avait propulsé au bon moment. Le tir est dévié et l'arbitre siffle la fin des hostilités. On l'emporte 10 à 5. Savonnette est pris d'une joie hystérique comme Marco Tardelli pendant la finale du Mondial 1982 en Espagne. Il fait des allers-retours dans la piscine en hurlant des phrases incompréhensibles. Tout le monde l'embrasse et le félicite. Dans les tribunes, son père adresse des gestes provocateurs aux supporteurs adverses, risquant de se faire lyncher. Même Corrado, qui ne connaît rien au water-polo, scande à tue-tête :

— Sa-von-nette ! Sa-von-nette !

On est qualifiés.

Je n'arrive pas à le croire.

Je pète les plombs et me jette à l'eau tout habillé avec mon téléphone portable et mon portefeuille. Peu importe.

On est qualifiés.

Mon adjoint immortalise cette débandade avec sa caméra au bord du bassin. On s'ébat dans l'eau jusqu'à ce qu'un employé de la piscine vienne nous avertir que

les cours de natation vont commencer dans cinq minutes et qu'il doit encore démonter les cages.

Nos chœurs obscènes continuent dans les vestiaires.

Je suis heureux.

Aussi heureux que quand j'ai appris que je ne redoublerais pas ma seconde. C'est exactement la même sensation. Je m'en souviens très bien. Le bonheur à l'état pur, presque palpable, contaminé par aucun raisonnement.

Un bonheur vierge extra.

Je rentre à la maison et annonce la nouvelle à Paola ainsi qu'aux enfants qui ne sont pas venus, trop occupés par leurs dernières éprouvantes semaines d'école, pleines d'interrogations écrites et, pour Lorenzo, de répétitions du spectacle de fin d'année. Ils ne perçoivent pas le caractère historique de notre qualification. Ma femme me regarde comme si j'étais un de ces crétins qui exultent quand ils marquent un but dans la cour de leur immeuble. Elle parvient seulement à murmurer un tiède « bravo ».

L'adrénaline me tient éveillé jusqu'à 2 heures du matin.

Il me reste quarante-six jours à vivre, mais aujourd'hui je suis infiniment heureux.

## – 45

Je suis allé fêter la qualification avec toute mon équipe dans un restaurant de poisson à Fregene. Je n'ai pas choisi l'endroit. Le papa de Martino, notre buteur, insiste depuis des mois pour nous accueillir dans son restaurant. J'aime le poisson, cru ou cuit, et ma naturopathe pop star va me maudire pour ça, mais franchement je ne peux pas supporter cette coutume barbare en pratique dans certains établissements, dont celui-là, qui consiste à vous faire choisir vous-même votre langouste avant de la faire bouillir vivante. Je refuse de participer à cette tuerie organisée et commande un modeste plat de spaghettis à la tomate et au basilic. Mes joueurs, en revanche, se relaient autour du bassin à crustacés, condamnant à mort l'une après l'autre les pauvres bestioles, au mépris de leur passion commune pour le milieu aquatique.

Quand il ne reste plus que deux langoustes et que Savonnette doit encore faire son choix, j'imagine les pensées de la langouste de gauche, la plus petite, que jusqu'ici personne n'a voulue dans son assiette.

« Nous ne sommes plus que deux. *Mors tua vita mea*. Un jeune spécimen humain nous fixe avant de faire son choix. Quand tu nais langouste, tu sais d'emblée que ton existence sera difficile. Tu sais que tu n'auras jamais un appartement avec terrasse à Rome, un smartphone, un iPad, un décodeur télé, un 4×4 et toutes ces choses qui sont soi-disant

synonymes de bonheur. Quand tu nais avec une carapace sur le dos, tu ne peux qu'arpenter les fonds marins de long en large, en prenant garde de ne pas piétiner quelque sole ensablée. Je passais mes journées ainsi, à saluer les joyeux bancs de sardines, à bavarder avec un poulpe sympathique ou à écouter les merveilleuses blagues des poissons-clowns. Une vie normale, un peu monotone mais libre comme l'eau. Je n'avais vraiment pas à me plaindre. Puis surgit l'ombre menaçante d'un chalutier. J'ai été ramenée à la surface dans un grand filet avec des dizaines d'amis et de connaissances. Et en l'espace de quelques heures, je me suis retrouvée dans le bassin de ce médiocre restaurant de Fregene, ignoré des guides gastronomiques. Je connaissais déjà ma bouillante fin. Maman m'avait raconté des légendes sur les pratiques criminelles des humains. Mais je pensais justement que ce n'étaient que des légendes. Et nous voilà toutes les deux. J'ai cinquante pour cent de chance de m'en sortir. Hélas non. Le jeune homme lève le bras pour me désigner moi précisément. Je salue ma camarade d'infortune qui me survit (pas pour longtemps, je le crains) et je maudis de toutes mes forces mon assassin qui rit comme un idiot avec ses amis tandis que la main gantée du serveur me sort de l'eau. Je m'apprête à affronter dignement mon dernier voyage. Du bassin à la cuisine, une quinzaine de mètres. J'enregistre au passage tous les visages et toutes les voix du restaurant. Deux Japonaises qui se croient sur la Côte d'Azur, quatre Français qui cherchent un camping, un couple d'Allemands âgés, l'équipe de gamins brailleurs avec leur entraîneur obèse.

Puis c'est le plongeon, je n'ai jamais été douée pour les plongeons. L'eau est chaude. Très chaude. Trop chaude. Un court-circuit et la lumière s'éteint, pour toujours. »

Ces temps-ci je me sens un peu langouste. Mais avec beaucoup moins de dignité. Je quitte la table et ses chœurs de Bacchus quelques minutes pour aller sur la plage. Il fait noir. Il n'y a personne. Je peux pleurer en toute tranquillité.

## – 44

La première chose qu'un *morituro* devrait éviter de faire, c'est de sortir avec un dépressif chronique. Et pourtant je suis là, dans une pizzeria minable avec Giannandrea. Il m'inspire désormais une certaine sympathie et je n'ai pas pu refuser son invitation à dîner. Il souhaite me raconter en détail sa malheureuse histoire d'amour. J'ai déjà évoqué le fait que sa femme était partie avec un pompiste udinois, mais je découvre que c'est là seulement la version officielle. La vraie version aurait plongé n'importe qui dans la dépression.

— Marta et moi, on travaillait ensemble à l'atelier, un atelier de retouche hérité de mon père. Deux enfants approchant les dix-huit ans, des horaires fixes, une vie normale pour ne pas dire triste. On avait quatre employés, on ne roulait certes pas sur l'or mais on s'en sortait pas trop mal. Un jour je tombe par hasard sur la boîte mail de Marta et je découvre un vieux *chat* avec sa cousine, dans lequel elle commente le fait que nos enfants ne sont pas mes enfants, mais ceux de deux hommes différents.

Je ne sais pas quoi dire. Je le laisse continuer.

— Alors je lui demande des explications et elle avoue presque tout de suite, comme si c'était une libération. Le père de ma fille aînée n'est autre que mon Judas de petit frère, en somme j'ai élevé ma nièce, quant au second, il est d'un ouvrier autrichien qui a travaillé avec nous une saison.

— Tu as fait des tests ADN ?

— Sur-le-champ. Ce ne sont pas mes enfants.

— Et comment tu as réagi ?

— J'ai tenté de la tuer, répond-il avec un calme séraphique.

— Tu ne l'as quand même pas frappée ?

— Non non, je lui ai carrément donné un coup de couteau. Une entaille sur le ventre, j'ai failli la rater. Elle ne m'a pas dénoncé.

Un silence gêné s'ensuit.

— Mais l'eau a coulé sous les ponts. On a fermé l'atelier et j'ai obtenu le divorce il y a trois mois.

— Et tu te sens mieux ?

— Non.

— C'est bien ce qui me semblait.

— Je rêve toutes les nuits de tuer mon frère et de déclarer la guerre à l'Autriche.

— Essaie de ne plus y penser.

Je m'écoute prononcer cette phrase qui dégouline de banalité. Je voudrais vous y voir, vous, à essayer de ne pas rire quand quelqu'un vous raconte qu'il a découvert non seulement qu'il n'était pas le père de ses enfants, mais en plus que l'un d'eux était de son frère ! Même le plus mauvais des scénaristes de série B n'aurait pas osé aller aussi loin.

Giannandrea ne répond pas. Il s'est assombri. Le regard dans le vide. Pour la première fois, en même temps que sa profonde tristesse, je perçois sa dangerosité.

Le dîner se termine avec des commentaires sur la piètre qualité des pizzas margherita et l'inutilité des moustiques dans l'écosystème.

Je propose à Giannandrea de le raccompagner chez lui.

— Où habites-tu ?

— Dans un bed and breakfast, là-derrière.

Ce qu'il appelle avec optimisme « bed and breakfast » est en réalité un boui-boui derrière la gare avec les toilettes dans le couloir. Je comprends qu'il ne loge pas là pour des raisons économiques, vu qu'à Rome il a tout

de suite trouvé du travail dans une maison de couture, mais parce qu'il aime se vautrer dans sa dépression, voire l'alimenter. Un mécanisme psychologique pervers que je connais très bien. Je me promets de l'appeler plus souvent. Cela semble absurde, mais il est beaucoup plus déprimé que moi.

## – 43

Quand Oscar nous invite à dîner, c'est toujours une fête. Ses entrées sont un délice pour le palais, il réalise des plats de poisson d'exception et des desserts, évidemment, de professionnel. Cela arrive moins souvent depuis qu'il est veuf et, ce soir-là, pour la première fois, il nous invite en étant à nouveau « fiancé ». C'est d'ailleurs Miss Marple qui vient nous ouvrir dans une de ses grandes robes à fleurs qu'on n'utiliserait même pas comme nappes.

— Oscar est en cuisine. Il prépare un bar en croûte de sel.

Elle nous accompagne dans le salon et nous nous installons directement à table. Quand mon beau-père crée, il n'aime pas être dérangé, comme un acteur dans sa loge qui ne veut pas se montrer avant le lever du rideau. Seule sa grosse voix nous parvient de la cuisine.

— Tout le monde veut un peu de piment dans ses pâtes ?

Un chœur d'approbation s'élève. Les enfants ont l'habitude de manger relevé avec leur grand-père.

— En attendant, attaquez les amuse-bouches !

Nous nous jetons avidement sur une farandole de mozzarella, accompagnée d'une merveilleuse caponata d'aubergines dont Oscar a le secret. Tandis que Paola discute avec Martina de la dégradation du système scolaire italien au cours des dernières décennies, je regarde autour de

moi. Le salon a changé. Les meubles sont agencés de manière plus rationnelle. C'est mieux rangé. Il y a même deux pots de fleurs qui trônent devant la fenêtre. Pas besoin d'être Miss Marple pour conclure que Martina vit ici. Mon investigation est interrompue par l'arrivée de l'entrée : un plat de pâtes au four *alla pugliese*, avec de la viande et du jambon hâchés. Comme vous l'aurez compris, j'ai définitivement abandonné mon régime palliatif ; il me reste peu de temps et j'ai envie de me goinfrer.

— Mesdames et messieurs, voici la spécialité de la maison !

Oscar porte un tablier qui fait ressortir son embonpoint. Depuis qu'il s'est trouvé une fiancée, son langage est beaucoup plus raffiné et soigné. Une délectation pour moi qui connais bien sa terrible romanité cachée. En servant les pâtes, il fait une annonce qui confirme ce que j'avais déjà soupçonné.

— Mes enfants, je voulais vous dire que depuis quelques jours Martina est venue s'installer ici, avec moi, et qu'elle a résilié le bail de son appartement à Prati.

Cris de joie et applaudissements, un peu pour les pâtes, un peu pour la bonne nouvelle. Martina est émue par cette investiture officielle, mais elle arrive quand même à y mettre une dose d'humour.

— Mais je lui ai dit qu'il était à l'essai. Les hommes, il faut toujours les tenir sur le gril.

— Tu as raison, grand-mère.

C'est Eva qui parle. La spontanéité avec laquelle elle emploie le terme « grand-mère » nous embarrasse tous un court instant. Puis c'est Miss Marple qui trouve une brillante solution.

— Je préférerais que tu m'appelles Martina. Comme si nous étions amies.

La proposition semble convenir à Eva.

— Très bien, Martina. Tu sais cuisiner ?

— Oui, mais Oscar est plus doué que moi.

— Je peux vous le confirmer, sans fausse modestie, déclare Oscar. Mais elle a tellement d'autres qualités.

— Lesquelles ? demande Lorenzo.

Pourvu qu'Oscar laisse de côté les performances sexuelles de sa fringante fiancée.

— Par exemple, elle gagne toujours à cache-cache.

— C'est vrai ?

Eva est enthousiaste.

— Je suis championne olympique de cache-cache, précise Martina.

— Il n'y a pas d'épreuves de cache-cache aux Jeux olympiques, réplique Lorenzo.

— Bien sûr que si, pontifie Oscar, elles ont été introduites en 1904. Le premier médaillé d'or fut un Anglais, un certain James Ascott.

Je l'écoute, sans intervenir, raconter des salades juste pour amuser mes petits diables, assisté par Miss Marple qui se révèle être sa digne complice. J'aime mon beau-père. Il y a tellement de choses qui me manqueront chez lui aussi.

Son air de Romain fanfaron qui en sait toujours plus que toi.

Son ombre géante sur les murs de la pâtisserie.

Ses tapes sur l'épaule qui me font presque perdre l'équilibre.

Sa voix amplifiée.

Sa façon de jouer les philosophes devant ses clients.

Sa fascination secrète pour Britney Spears.

Sa manie de caresser tous les chiens qu'il croise dans la rue.

Ses chaussures pointure 46.

Ses regards silencieux quand il a déjà tout compris.

Les jours où je lui sers de cobaye pour un nouveau dessert.

Cette habitude de recycler les cadeaux à Noël sans se rappeler que c'est toi qui les lui as offerts quelques années plus tôt.

Sa capacité à s'endormir n'importe où.

Et, naturellement, ses beignets au sucre.

Il va vraiment me manquer.

Je note au passage que je m'obstine à utiliser de façon impropre l'expression « ce qui me manquera chez... ». C'est moi qui vais m'en aller, c'est moi qui leur manquerai éventuellement. Les larmes me montent aux yeux, je les ravale. Pas ce soir. Parmi les effets secondaires de cette mésaventure, le plus drôle est que je suis devenu un vrai chouineur.

# – 42

Corrado a une habitude qui m'a toujours amusé jusqu'à aujourd'hui : offrir à ses amis, pour leur anniversaire, une fausse une de journal encadrée avec leur nécrologie et un article commémoratif. Naturellement, il n'a aucun ami qui puisse réellement prétendre à un hommage funèbre publié dans la presse. Ses nécrologies tendres et hilarantes sont dédiées à des fonctionnaires, des postiers, des marchands de journaux, des pizzaïolos, des pharmaciens, des femmes de ménage ou des chauffeurs de tramway. En somme, tous ses amis proches et son entourage ont été célébrés de la sorte, souvent à plusieurs reprises. Je n'échappe pas à la règle.

Je retrouve ma vieille nécrologie dans un tiroir et je la lis.

Il y a quelques années, quand il m'a offert ce cadeau d'anniversaire, j'ai ri toute la soirée. Aujourd'hui, évidemment, cela ne me fait pas rire du tout. Mais je ne peux m'empêcher de relire cet article qui me concerne.

Il s'intitule : *Lucio Battistini, une vie pour le sport.*

(Par Corrado Di Pasquale, notre envoyé spécial)

Depuis quelques heures, l'équipe de water-polo du paradis a un nouvel entraîneur : Lucio Battistini. Après la destitution à mi-saison de Jésus, accusé de tricherie pour avoir fait marcher ses joueurs sur l'eau, Battistini par-

viendra peut-être à faire remonter la *team* paradisiaque actuellement en mauvaise posture. De sa lumineuse carrière de joueur nous nous rappelons tous les quatre-vingt-dix-huit journées consécutives sur le banc (record national) et les quatre buts encaissés en trois minutes lors de sa dernière apparition en première division. Les années suivantes, Battistini a renoncé à la compétition professionnelle pour se reconvertir avec succès dans l'activité de coach sportif, réalisant l'exploit de faire perdre au moins sept kilos à madame Dora Loriani di Roma et quatre kilos et demi au commandeur Casalotti, tous les deux clients de la salle de sport où il travaillait à temps partiel. Des résultats spectaculaires qui l'ont mené légitimement à la tête de la toute nouvelle équipe de water-polo du lycée Machiavel. Dès la première saison les efforts de l'entraîneur ont porté leurs fruits et, à l'issue du championnat, la jeune équipe romaine a pu célébrer son avant-dernière place au classement dans une grande soirée musicale au Circo Massimo.

Nous regretterons son enthousiasme, son rôti toujours brûlé, son inaptitude inconsciente à la conduite des deux-roues, son tour de taille exubérant, son sens de l'humour hermétique. Ce matin aux funérailles, vingt-trois personnes étaient rassemblées autour de sa belle épouse Paola, déjà très courtisée, et de ses deux enfants. Le prêtre, pendant la cérémonie, a écorché trois fois son prénom en l'appelant un coup Luca, un autre Luciano et enfin, bizarrement, Ferdinando. Après l'oraison funèbre, l'équipe de water-polo a applaudi spontanément, ravie à l'idée de pouvoir enfin être confiée à un véritable entraîneur. Pour ça et pour mille autres raisons aujourd'hui, dans le monde, nous sommes tous un peu soulagés. Adieu Ferdinando. Pardon, Lucio.

Indépendamment de l'extravagance qui imprègne cet article factice (malheureusement basé sur des données objectives), je dois admettre que lire sa propre vie résumée et commentée *post mortem* à la une d'un quo-

tidien a un effet thérapeutique. Cela oblige à se regarder dans la glace et à faire le point sur ses succès publics ou privés, ainsi que sur ses nombreux échecs.

Corrado est impitoyable. Il parvient à schématiser la vie des autres avec une lucidité et un cynisme irrésistibles pour le lecteur, mais dramatiques pour l'intéressé. J'ai lu et relu ma note biographique. Mon ami a vraiment tapé dans le mille, il en fait des tonnes mais ne ment pas.

Il est peut-être temps que je fasse quelque chose pour améliorer mon imminente, et bien plus réelle, nécrologie. D'ailleurs, supprimons le « peut-être ».

## – 41

L'élève a été surpris en train de fouiller dans le laboratoire de biologie, en possession d'un litre de glycérine, d'un flacon d'acide nitrique concentré et de deux flacons d'acide sulfurique qui se trouvaient dans un placard fermé à clé, forcé par le même élève.

En dessous apparaît l'irrécusable sentence : deux jours d'exclusion.

Je lis ce mot sur son carnet de liaison et ne suis pas étonné. Cela devait arriver tôt ou tard que Lorenzo soit exclu. À l'école élémentaire c'est rare, mais je savais qu'il en était capable. Sa maîtresse m'a appelé sur mon portable et je me suis précipité à l'école. D'où l'intérêt d'être un *morituro* désœuvré. Je m'entretiens avec elle dans la classe, tandis que l'accusé attend dans le couloir.

— Votre fils a fait une chose très grave, monsieur Battistini. Il a volé du matériel scolaire.

— Très grave me semble exagéré. Vous n'avez jamais volé un livre à la bibliothèque ou un vêtement au marché, vous ?

— Non, réplique-t-elle sévèrement.

— Vu la liste du matériel volé, je pense qu'il avait en tête une de ses expériences.

— C'est bien cela qui me fait peur. L'année dernière, à cause de lui, les salles de classe ont été envahies de larves d'insectes.

— Il expérimentait la reproduction en milieu humide, en l'occurrence le bassin dans la cour de récréation.

— Et vous trouvez ça normal ? Que voulait-il faire cette fois ? Mettre le feu à l'établissement ?

— Excusez-moi un instant. Je dois répondre à un message professionnel.

Je sors mon iPhone. J'ai menti. Google : glycérine, acide nitrique et acide sulfurique. Résultat : nitroglycérine. Ce sont les éléments du dangereux composé. Le petit chimiste que j'ai engendré essayait de fabriquer de la nitroglycérine et je ne doute pas qu'il y serait parvenu. L'école n'aurait pas pris feu. Elle aurait explosé.

Je temporise avec la maîtresse qui, évidemment, n'a pas fait cette recherche et promets de donner à mon fils une punition exemplaire.

Dans le couloir je le trouve assis sur un banc, la tête basse, conscient d'en avoir fait une belle. Il me suit en silence jusqu'à la voiture. Tout en conduisant, j'aborde le problème avec lui :

— Que voulais-tu faire exploser ?

Il est stupéfait que j'aie flairé ses intentions. Il me sous-estime clairement.

— Je ne voulais rien détruire, je voulais juste faire un feu d'artifice pour le spectacle de fin d'année.

— Et tu ne crois pas que ton feu d'artifice aurait été, comment dire… excessif ?

— J'aurais mis très peu de nitroglycérine.

Je lui demande de me promettre que plus jamais il ne s'adonnera à des expériences explosives, incendiaires ou dangereuses en général.

— Consacre-toi à des inventions moins risquées, s'il te plaît. Comme Léonard de Vinci.

— Léonard aussi a inventé des choses dangereuses.

Il a raison. J'espérais qu'il ne le sache pas. Cette fois c'est moi qui l'ai sous-estimé.

— Il a inventé le char d'assaut ! s'exclame-t-il avec l'air triomphant de quelqu'un qui vous met au pied du mur. Difficile de faire plus dangereux.

D'accord, mauvais exemple. En tout cas, je l'invite à ne pas recommencer. Puis j'en viens aux deux jours d'exclusion. La seule chose qui le terrorise, c'est la réaction de sa mère. À juste titre. L'espace d'un instant j'envisage de ne rien dire à Paola et d'envoyer notre Jean la Bourrasque chez Oscar et Martina pendant quarante-huit heures ; mais elle découvrirait à coup sûr le pot aux roses dès la prochaine rencontre avec son père. Je décide d'attaquer le problème de front.

— Je vais lui en parler.

Les hurlements de Paola retentissent jusqu'à la ceinture périphérique.

— De la nitroglycérine ? Ton fils fabrique de la nitroglycérine à la récréation ?

Quand elle dit « ton fils », c'est qu'elle est vraiment furax.

Je lui explique que le composé est difficile à obtenir sans un appareillage spécifique, je minimise en présentant la chose comme une gaminerie qui, par chance, n'a pas eu de conséquences. Résultat ? C'est moi qui me fais passer un savon. Elle m'accuse dans l'ordre : d'être un mauvais exemple, un père irresponsable, de nuire à l'éducation des enfants, de saper son autorité. Sous le coup de la colère, on dit des choses qu'on ne pense pas toujours. J'espère. Je tente à mon tour de faire le chat et, contre toute attente, cela fonctionne : Paola se radoucit. Deux minutes plus tard, on classe la journée avec un sourire. Son titre est : le jour où notre fils a essayé de fabriquer de la nitroglycérine.

# – 40

Il y a une chose que vous ne savez pas. Je n'ai pas l'habitude d'en parler. Mon fils Lorenzo et moi, nous sommes pareils. Moi aussi j'ai été un enfant terrible. Dès l'école primaire, la maîtresse (une certaine Miranda De Pascalis, étourdie comme pas deux, capable de te faire réciter la même table de multiplication trois jours de suite, sans s'en rendre compte) téléphonait à mes grands-parents pour se plaindre de ma conduite. Mais je n'étais pas le seul responsable. J'avais une mauvaise fréquentation qui m'éloignait du droit chemin, mon Lumignon personnel. Il s'appelait Attilio Brancato, mais tout le monde l'appelait Branca. Nous n'avons jamais été dans la même classe, il était dans celle d'à côté, du cours élémentaire au lycée. Un cauchemar. Une légende dans les écoles de Rome, un voyou comme on en voit peu, capable de forcer les distributeurs automatiques de friandises, de falsifier ses carnets de liaison et de saboter les voitures de ses professeurs.

Un ballon qui brise une vitre ?

C'est Brancato.

La professeure de mathématiques enfermée dans les toilettes ?

C'est Brancato.

Une bicyclette volée dans la cour ?

C'est Brancato.

Brancato, toujours Brancato.

Chaque fois qu'un incident se produisait, Brancato était derrière. Et moi, qui traînais avec lui par admiration, je finissais par y être mêlé.

J'étais souvent accusé de complicité dans ses mauvais coups, mais j'expliquais inlassablement à grand-père que c'était le perfide Brancato qui m'avait pris pour cible et qui essayait de me faire porter le chapeau.

Grand-père le détestait. Une fois il a même voulu me faire changer d'école pour m'éloigner de lui.

Par chance Brancato, après le lycée, a disparu. Personne n'a plus entendu parler de lui. J'étais enfin libre.

Des années plus tard, le jour où grand-père s'en est allé, je n'ai pas pu m'empêcher de lui révéler mon plus grand secret.

Grand-père était allongé, en pyjama, il semblait absent mais je savais qu'il m'entendait. Je me suis approché du lit et je lui ai murmuré, sans préambule : « Grand-père, Brancato n'a jamais existé. »

Silence.

« Je l'ai inventé. C'était mon bouc émissaire. Un parfait alibi pour toutes les occasions. Un personnage imaginaire. »

Silence.

« Pardonne-moi si je ne te l'ai jamais dit. Brancato, c'était moi. »

Je repense au nombre de punitions, et de baffes sans doute, que j'ai évitées grâce à Brancato. Puis je regarde grand-père qui a les yeux ouverts et fixe le plafond.

Tout à coup il sourit. Il rit même. Il éclate de rire. Chose plutôt insolite pour un mourant.

Il se tourne vers moi avec deux grosses larmes au coin des yeux et me répond : « Mon Lucio, je l'ai toujours su. »

Je souris à mon tour.

« Nos enfants, ajoute-t-il, et je te considère comme mon enfant, nous sous-estiment parfois et c'est mieux. Ils vivent plus heureux. »

Il me serre la main. Très fort. Puis je sens son énergie refluer, comme un tuyau d'arrosage qui se vide.

Ce sont les derniers mots qu'il a eus pour moi.

Je m'étais promis de ne plus penser à la mort.

Je n'y arrive pas.

# – 39

La pire chose qui puisse arriver dans la vie est de perdre connaissance en pleine rue, quand on sort pour acheter le journal avec dix euros en poche et aucun papier d'identité. Cela faisait des mois que je n'avais pas eu de collapsus, depuis cet après-midi à la piscine. Ce qui s'est passé, on me l'a raconté après. Un passant m'a vu tomber comme un sac vide sur le trottoir. Je me suis blessé au bras et à la tête, une entaille sur l'arcade sourcilière et une belle écorchure au coude. J'ai été transporté en ambulance à l'hôpital où je me suis réveillé quelques heures après, alors que ma famille était déjà alertée. Paola, ne me voyant pas revenir au bout de deux heures, avait appelé tous les hôpitaux jusqu'à me retrouver. Le médecin lui a expliqué alors – c'est elle qui me l'a raconté quand ils l'ont laissée entrer – qu'ils m'avaient fait une TEP et que malgré le choc à la tête il n'y avait pas de traumatisme crânien. Ensuite, le médecin a baissé la voix pour lui dire qu'il avait une mauvaise nouvelle. Le radiologue consciencieux avait étendu la TEP au thorax.

— Je crains que votre mari ait un cancer du poumon. Je dis bien je crains, je ne suis pas oncologue. J'estime qu'il est de mon devoir de vous avertir.

La réaction détachée de Paola étonne le médecin.

— Merci, c'est gentil. Le coude est-il fracturé ?

— Non.

Quand Paola me rejoue le dialogue en imitant la voix pointue du médecin, je me plie en deux de rire et ressens tout de suite une violente douleur au niveau du foie. Le tableau clinique s'alourdit. Je ne peux plus rire.

Nicolas de Chamfort, un écrivain français, affirmait que « la plus perdue de toutes les journées est celle où l'on n'a pas ri ».

C'est dramatiquement vrai.

Les médecins me gardent une nuit en observation. C'est la première fois que je dors à l'hôpital. Paola reste avec moi jusqu'à ce qu'une infirmière moustachue la chasse *manu militari*. Je reste dans la chambre avec un vieux qui a une jambe en traction et qui pousse un douloureux soupir toutes les dix secondes, un gamin qui s'est cogné la tête en sautant d'un muret et un jeune de vingt ans polyfracturé suite à un accident de la route. Je suis en bonne compagnie. À côté d'eux, je me sens presque en bonne santé. Demain je sortirai d'ici sur mes deux jambes et irai faire un jogging. Je m'endors très tard, bercé par les gémissements du petit vieux. Et je rêve de revenir en arrière, au moment où j'ai embrassé madame Moroni pour la première fois. Aujourd'hui, je suis sûr que je saurais résister.

# – 38

De combien de jours dans votre vie vous souvenez-vous précisément ? Je parle de ces journées particulières que vous pourriez raconter en détail, même à des années de distance. Et combien sont à l'inverse les jours normaux durant lesquels il ne se passe rien d'intéressant et qui défilent, anonymes ?

Les seconds sont beaucoup plus nombreux. Je ne retrouve qu'une centaine de journées mémorables, contre quatorze mille invisibles. Je sors de l'hôpital avec une idée fixe. Je veux que cette journée puisse figurer au rang des trois dont je vous ai parlé au début de cette histoire. Si j'étais mort hier, avec quarante jours d'avance, la tête fracassée sur le trottoir, je ne me le serais pas pardonné. Ce malaise a été une sonnette d'alarme providentielle : « Eh Lucio, tu crois que tu maîtrises ton destin et qu'il te reste encore quarante jours à vivre, mais rien ne dit qu'il en sera ainsi. »

La question est : qu'est-ce qui peut rendre une journée mémorable ? Est-il possible d'organiser sur le papier vingt-quatre heures tellement originales qu'elles obtiendront de droit une place dans le hit-parade des plus beaux moments de votre vie ?

La réponse est non.

En analysant les journées mémorables de ma vie, je constate que ce qui les a différenciées des autres est, presque toujours, un événement inattendu ou en tout cas non

programmable : Lorenzo qui perd une dent de lait, mon premier baiser avec Paola, l'étreinte de ma grand-mère quand je suis parti pour mon premier camp scout, cette fois où j'ai eu une bonne note à un devoir de mathématiques en copiant, cette nuit passée à Florence dans une voiture avec Umberto et Corrado quand le lendemain matin on s'est réveillés au milieu d'un marché, la fête surprise que Paola a organisée pour mes trente-cinq ans. Des petites choses qui sont la quintessence de ma vie. Je décide de ne rien organiser pour aujourd'hui et de me laisser surprendre. J'appelle Massimiliano et lui raconte ma soirée avec Giannandrea. Il m'avoue qu'il sait déjà tout. Lui aussi pense que notre dépressif préféré a besoin d'aide. D'ailleurs il a une idée : il veut lui proposer de donner un coup de main au magasin de bavardages quand il ne travaille pas à son atelier.

— Deux amis avec qui bavarder valent mieux qu'un, non ?

Cela me semble être une excellente idée pour offrir un peu de sociabilité à Giannandrea.

Je raccroche et la journée se poursuit, anonyme, jusqu'à 19 heures. Je rentre de la piscine, ouvre la porte et trouve Eva assise à la table du salon en train de faire ses devoirs ; ses pieds nc touchent pas par terre. Elle se retourne et, au ralenti, lève ses grands yeux bleus vers moi. Elle me sourit.

— Chalut, papa !

Une joie instantanée balaie tous mes tourments.

Aujourd'hui est un jour mémorable.

## – 37

Quand je pousse la porte vitrée de la boutique Bavardages et que je suis accueilli par Giannandrea, un sourire m'échappe.

— Massimiliano revient tout de suite, me dit-il, installe-toi.

Il m'explique qu'il travaille là depuis ce matin. Massimiliano lui a promis la moitié des recettes, frais réels déduits. Une offre très généreuse que le couturier deux fois cocu n'a pu refuser. Au fond il venait au magasin tous les jours désormais et Massimiliano, vu le succès de son activité, avait besoin de quelqu'un qui le remplace de temps en temps pour pouvoir souffler un peu.

— Je suis content que tu travailles ici.

— Ce n'est pas vraiment un travail, je donne un coup de main à un ami quand je suis disponible. Je pense être assez doué pour conseiller les gens.

Je ne réagis pas.

— On boit un thé ?

Dix minutes plus tard, nous voilà chacun dans notre fauteuil, tels deux gentlemen de la Nouvelle-Angleterre, à siroter un thé Pu'Er au vague goût de terre humide. Cette fois, c'est moi qui me confie. Je lui raconte que je partirai bientôt pour mon dernier voyage, et que j'essaie de profiter pleinement du peu de temps qu'il me reste. J'ai connu des moments de bonheur irrésistible et des moments de profonde mélancolie. Les montagnes russes des sentiments.

— Il n'y a plus aucun espoir ?

— Hélas non, dis-je l'air serein, tous les examens concordent dans l'évaluation de ma déchéance physique inéluctable.

Je me surprends à parler de ma maladie avec un tel détachement. Il y a deux mois, j'en aurais été incapable, maintenant c'est presque de la routine. Je ne me suis pas résigné, je me suis habitué. C'est une des caractéristiques de l'être humain : on s'habitue à tout.

— On fait une partie de Subbuteo ? J'ai une revanche à prendre.

Il accepte le défi avec joie. Je prends l'équipe d'Italie et lui les vert et or du Brésil. Un duel classique du football moderne.

Quelques pichenettes plus tard je mène déjà 2 à 0. Cette fois encore le brave Giannandrea apparaît comme un joueur vif et très technique, seulement, pardonnez ma vanité, je suis un champion du monde toutes catégories. Je n'ai perdu que deux parties dans ma carrière de pichenetteur. Une face à Ernesto Morelli, un délinquant qui était dans mon lycée, et une face à Corrado : un affrontement perturbé par une succession de coups de chance en faveur de mon ami qui ont faussé le résultat. Aujourd'hui, je gagne sans trop d'effort 5 à 2. Au moment de la poignée de main finale, Massimiliano est de retour.

— Tu ne serais pas en train de me piquer mon travail toi ? dit-il à Giannandrea avec un sourire avant d'ajouter : Qui a gagné ?

— Lui, répond le dépressif. Je ne comprends pas pourquoi il n'en a pas fait son métier.

Nous n'avons pas fini de commenter la partie qu'une nouvelle cliente arrive, une jolie manager d'une quarantaine d'années avec le mot « stress » inscrit sur le front. Elle voit trois bonshommes autour d'un jeu de Subbuteo et prend peur.

— Excusez-moi, je suis entrée par curiosité. Que vendez-vous ?

— Des bavardages, madame. C'est écrit. Vous voulez un thé ? Une tisane ?

Elle est perplexe mais n'a pas le courage de sortir

— Volontiers, merci.

Nous nous précipitons. Je rince les tasses, Giannandrea rajoute de l'eau dans la bouilloire et Massimiliano fait asseoir la cliente en l'entretenant aimablement comme il sait si bien le faire.

Je l'ai dit et je le répète : si j'avais une espérance de vie plus longue, j'essaierais de lancer une chaîne de magasins de bavardages. Et je sauverais peut-être le monde.

Tandis que la nouvelle venue confie à Massimiliano qu'elle a perdu un contrat important, je lui souris et lui demande, tel un parfait majordome anglais :

— Lait ou citron, madame ?

— Lait, me répond-elle, soulagée. Pas de sucre, merci.

Je lance un coup d'œil à Massimiliano et à Giannandrea : nous formons une équipe aussi efficace qu'improvisée.

# – 36

Sur mon téléphone portable j'ai programmé une sonnerie différente pour chaque contact, comme ça, au son de la petite mélodie, je sais déjà avec qui je vais parler. Umberto a les trompettes d'Indiana Jones, son film préféré.

— Tu viens à Fregene ce soir ? On y va tous !

— Qui tous ?

— Les trois mousquetaires !

Je sens tout de suite le traquenard : discothèque infestée de moustiques sur la plage avec consommation obligatoire, non pire, spectacle de quelque comique romain à base de sketchs recyclés.

— On va où ? Donne-moi tous les détails, sans exception. Je me méfie.

— On va à Fregene, je te l'ai dit !

— D'accord, mais pour quoi faire ?

— Pour voir le coucher de soleil sur la plage !

Il m'explique que c'est une nouvelle tendance un peu new age, la salutation au soleil. C'est une vendeuse de journaux végétarienne qui lui a fait découvrir ça samedi dernier, pour leur premier et dernier rendez-vous. Il me raconte qu'ils étaient des centaines à saluer l'astre de vie sur la plage. Un truc de fou.

Je me laisse convaincre et, à 20 heures, je me gare près de la promenade et je rejoins Umberto et Corrado à l'entrée de la plage publique. Nous sommes vraiment des

centaines assis au bord de l'eau et, au lieu de la brise du soir, il souffle un mistral glacial inhabituel pour la saison.

— À quelle heure ça commence ?

Une onde d'impatience se propage doucement dans le public. Quelques applaudissements intempestifs retentissent. Certains ont apporté des couvertures. D'autres des tables de pique-nique, des tentes et des guitares. Un mini-Woodstock sur la côte romaine. D'immortelles chansons de Bob Dylan résonnent dans l'air et nous rappellent nos camps scouts. Un téméraire improvise même un vieux succès de Joan Baez.

Nous autres mousquetaires, nous sommes installés un peu à l'écart, à trois sur la même serviette. Nous avons retiré nos chaussures et Umberto a carrément un bandana sur la tête ; je ne sais pas encore si je dois me sentir ému ou ridicule.

Soudain un silence religieux se fait.

L'acteur commence son show.

Pendant ce temps il y a ceux qui s'embrassent avec passion, ceux qui mangent des sandwichs aux œufs, ceux qui se promettent l'amour éternel, ceux qui regardent éblouis l'horizon en flammes, ceux qui courent dans l'eau tout habillés et s'éclaboussent, ceux qui parlent sur Skype avec leur lointaine fiancée, ceux qui profitent de la distraction générale pour voler un sac, ceux qui prennent des photos souvenirs de ce moment extraordinaire. J'en suis sûr, il y aura bientôt des collectionneurs de couchers de soleil : tu l'as, celui du 20 août à Santa Marinella ? Non, je ne l'ai pas ! Par contre j'ai celui du nouvel an aux Maldives qui en vaut trois. Comme avec les vignettes autocollantes.

Si la mode prend, on n'aura plus besoin de la tour Eiffel, du Colisée ou des pyramides pour attirer les touristes. Le plus célèbre des phénomènes naturels quotidiens suffira. Au fond si une séance de cinéma coûte sept euros au bas mot, combien vaut un coucher de soleil, performance unique, impossible à dupliquer ou à télécharger sur Internet ? Du reste, attention, c'est un événement

coûteux : entre la mer, la plage, le soleil et tout le reste, quels effets spéciaux voulez-vous utiliser ? C'est autre chose qu'Hollywood.

À la fin du spectacle, quand le soleil quitte la scène (dénouement un peu prévisible mais efficace), je pleure. Même Corrado est ému, puis, profitant de l'obscurité, il s'éclipse avec une shampooineuse dépressive de Maccarese.

Tandis que la foule se disperse, comme au cinéma quand défile l'inutile générique de fin, Umberto et moi restons à fixer la mer. Le silence nous va bien, à tous les deux. Certains soirs je passe le prendre, nous allons au cinéma ou au théâtre et nous rentrons chez nous, sans presque échanger un mot. Seules les grandes amitiés et les grandes amours savent supporter le silence.

C'est Umberto qui le rompt :

— Partons.

— Plaît-il ?

— Partons.

— Qui ça ?

— Corrado, toi et moi. Je ferme le cabinet une semaine, Corrado se fait remplacer sur quelques vols. Et on part. Comme au bon vieux temps.

— Mais je ne peux pas...

— Pourquoi ? Les enfants ont encore dix jours d'école, Paola aussi. Tu préfères passer tes matinées à errer seul dans Rome ? C'est comme ça que tu veux vivre tes derniers jours ?

La question est directe et la réponse évidente : non.

— Une semaine tous les trois à travers l'Europe, poursuit-il, on va s'amuser, ça te changera les idées.

— Et on irait où ?

Son assurance m'étonne :

— Refaisons un voyage InterRail. Une version courte.

Je le fixe, ahuri.

InterRail.

Un mot composé qui évoque tout de suite une odeur âcre de voies ferrées chauffées par le soleil, des aventures

d'un soir avec de jeunes Scandinaves pleines de taches de rousseur et des appels à la maison passés depuis des téléphones publics. C'est presque synonyme de dix-huit ans.

— Refaire un InterRail à quarante ans ?

— Donne-moi une raison de ne pas le faire ?

— J'ai un cancer.

— Ça, c'est une raison pour le faire. Trouves-en une autre.

— Je dois entraîner mon équipe pour les play-off.

— Tu manquerais juste un match.

— Je n'ai plus de sac à dos.

J'arrive à cours de raisons valables.

— Tu t'en rachètes un. On part dimanche soir ?

— Pourquoi le soir ?

— Voyager de nuit est plus économique, tu dors dans le train et tu n'as pas à payer l'hôtel.

— Mon ami, j'ai un peu d'argent de côté, pas énormément mais quand même de quoi me payer quelques nuits d'hôtel.

— L'InterRail se fait sans argent.

Je commence à me dire que la soirée traquenard que j'avais soupçonnée va vraiment avoir lieu. Corrado revient de son buisson. Il s'est déjà débarrassé de la shampooineuse.

— Alors on part ? lance-t-il avec l'air de quelqu'un qui en sait long.

Le voyage n'était pas une idée improvisée, mais un projet organisé par ces deux canailles que j'appelle mes amis.

— Il a dit oui, répond Umberto.

— Je n'ai pas dit oui. On était en train de peser le pour et le contre.

— Il y a plein de pour, et pas de contre. Donc on part dimanche, conclut Corrado.

— Non les gars, moi je ne viens pas.

Ils tentent encore de me convaincre pendant dix minutes, mais sans résultat. Ce projet de voyage m'attire et m'effraie à la fois. Je ne me sens pas bien, les

douleurs sont par moments très intenses. Je ne crois pas que cela enchanterait mon odieux oncologue. Ni ma femme.

Je rentre seul à la maison.
Quatre-vingt-dix à l'heure.
Pleins phares.
Autoradio.
Tom Waits.
Pensées dispersées.
Cent vingt à l'heure.
Ligne blanche intermittente sur l'asphalte.
Paupières lourdes.
De plus en plus lourdes.
Léger écart.
Paupières qui se rouvrent d'un coup.

Je téléphone à Massimiliano pour bavarder un peu, et éviter d'aller m'écraser contre la glissière de sécurité à cause d'un coup de fatigue, ce que tout le monde interpréterait comme un suicide désespéré.

Il me répond après une sonnerie, avec sa gaieté habituelle.

— Lucio ! Comment vas-tu ?

— Tu es avec un client ?

— Non.

— Je suis chez toi d'ici une demi-heure.

Il ne bronche pas.

Il est presque minuit quand je le rejoins au magasin de bavardages. Rome commence à se vider. Malgré la crise, l'Italien moyen ne renonce pas à fuir le macadam collant des villes, même pour se rendre simplement à la campagne chez ses beaux-parents.

Je raconte à Massimiliano le projet de voyage.

— Cela ne me semble pas être une mauvaise idée, commente-t-il.

— Ils me l'ont proposé parce qu'ils ont pitié de moi.

— Je ne crois pas. Ils te l'ont proposé parce qu'ils ont envie de le faire. Ça leur ferait du bien à eux aussi. Ce

sont tes amis et, même s'ils ne te le montrent pas, ta maladie les perturbe sans doute beaucoup.

Je n'avais jamais pensé jusqu'ici aux répercussions de ma maladie sur les personnes que j'aime. L'irritabilité de Paola s'explique sans doute en grande partie par la difficulté à accepter l'idée qu'elle sera bientôt veuve.

Paola sera veuve. Quelle phrase horrible.

Il m'en vient une autre, plus horrible encore.

Lorenzo et Eva seront orphelins.

Dans la littérature, le mot « orphelin » éveille tout de suite de la tristesse. Devenir orphelin est le pire cauchemar de tous les jeunes lecteurs suivi, en deuxième position, par l'envoi en pension.

Ces derniers mois, je n'ai vu qu'un seul côté de cette triste médaille, celui où est représentée ma mort sans gloire, pas l'autre, celui où apparaissent les larmes de ceux qui restent.

Et parmi ceux qui pleureront le plus, il y a naturellement mes compagnons de toujours, Athos et Aramis. « Les deux mousquetaires » sonne très mal, c'est indéniable.

— En tout cas, reprend Massimiliano, je ne te l'ai jamais dit mais ce coup du compte à rebours, qui peut apparaître comme une ineptie – tout le monde le pense même ceux qui ne te le disent pas –, eh bien pour moi, c'est la chose la plus intelligente que tu as faite dans ta vie. Marcello Marchesi disait : « L'important c'est que la mort nous trouve vivants. »

Je ne me souvenais pas de cette phrase, pourtant magnifique. Sans doute le plus bel aphorisme de tous les temps, qui ferait pâlir d'envie même Oscar Wilde.

« L'important c'est que la mort nous trouve vivants. »

C'est exactement ma philosophie du moment. Cela devrait être notre philosophie à tous, quel que soit notre âge.

Je fixe Massimiliano qui prépare une tisane à la mélisse. Sa présence a un pouvoir thaumaturgique sur moi, il incarne la rencontre magique entre un chaman indien et

un vieux sage. Je regrette de ne pas l'avoir connu plus tôt, qui sait combien d'erreurs il m'aurait évité de faire.

Un bâillement de Massimiliano m'incite à lever le camp pour le laisser se reposer. Cette fois je lui laisse trente euros. Il les mérite largement.

C'est décidé.

Dimanche, on part.

Il faut juste que je l'explique à Paola.

Cela ne va pas être facile.

# – 35

Quand je ne sais pas comment dire quelque chose à Paola, mon conseiller légitime n'est autre que celui qui l'a engendrée et qui connaît par cœur son manuel d'utilisation : Oscar.

— Je n'ai pas bien compris ce que vous alliez faire durant ce voyage ?

— Rien de spécial, on ne va pas faire une tournée des clubs érotiques et des bars à cannabis.

— Dommage, sinon je serais venu avec vous.

Il me fait un clin d'œil en enfournant un plateau de langues de chat. À l'extérieur de la pâtisserie, règne le silence de la nuit.

— C'est un voyage entre amis, en souvenir du bon vieux temps. Une semaine de vacances. La dernière.

— Je ne vois rien de mal là-dedans. Au fait, tu en es où de ton compte à rebours ?

— Trente-cinq.

J'adore sa façon naturelle d'aborder les sujets compliqués.

— Ah, trente-cinq, parfait. C'est inscrit dans le code civil : « Celui qui n'a plus que trente-cinq jours à vivre peut faire tout ce qu'il veut. »

Vous comprenez pourquoi Paola est une super-nana ? Parce qu'elle a eu un super-papa.

Le Sri Lankais rappelle Oscar au travail. Ils doivent finir les gâteaux pour la réouverture du lundi matin. Je

reste encore trois minutes, le temps de manger un beignet de la veille. Plus personne ne l'aurait acheté et il se serait desséché tristement sur un plateau. J'ai donné un sens à son existence.

Je préviens Paola et passe récupérer les enfants à l'école. Je ne sais pas s'ils ont perçu ou non l'agressivité unilatérale entre leurs parents et s'ils ont deviné pour ma maladie. Nous faisons tout pour nous montrer joyeux et souriants en leur présence, mais les enfants ont un sixième sens comme les animaux. Qui sait à quel âge on perd cette faculté extrasensorielle. En tout cas, conscients ou non, ils font semblant de rien, me racontent leur journée d'école et se jettent tête la première sur les gâteaux « made by papy » que je leur ai apportés. Deux heures plus tard, dans le salon, j'aborde le sujet épineux avec Paola. Quand je prononce le mot « InterRail », elle me regarde comme si j'étais un malade mental.

— Vous voulez vraiment refaire un InterRail ?

— Oui. Une version courte. Un mini-InterRail.

— C'est la chose la plus absurde que j'aie jamais entendue.

Bon début.

— Mais je trouve ça génial ! Partir quelques jours avec tes amis ne peut que te faire du bien.

Je suis ahuri. Une fois de plus, Paola m'a surpris. Je m'attendais à une engueulade et au lieu de cela j'ai sa bénédiction.

— Qui a eu cette idée ?

— Umberto.

Elle opine du chef comme pour dire « évidemment ».

— Par contre essaie de ne pas trop te fatiguer, je t'en prie. Et tâche d'être de retour pour le dernier jour d'école des enfants. Ils font un petit spectacle de fin d'année. Tous les parents seront présents. Et Lorenzo joue le rôle principal.

— Je serai là.

Je la regarde dans les yeux et ne peux retenir un :

— Je t'aime.

— Je sais, me répond-elle, puis elle s'en va.

Je m'affale sur le canapé.

Donc on part. Depuis des années Corrado, Umberto et moi rêvons de refaire un voyage ensemble.

C'est maintenant ou jamais.

## – 34

J'ai encore ma vieille liste de scout pour faire mon sac sans rien oublier.

L'attirail indispensable du voyageur.

2 tee-shirts
1 pantalon de rechange
1 K-Way
Des lentilles de contact
2 slips
2 paires de chaussettes
Des tennis
Des sandales
Un spray antimoustiques
1 carnet + 1 stylo
1 réchaud
1 cartouche de gaz
1 casserole à pâtes
1 paquet de crackers
2 assiettes + 1 tasse
1 cuillère + 1 fourchette + 1 couteau
1 tube de dentifrice + 1 brosse à dents
1 polaroïd + des pellicules
1 boîte de préservatifs

Je souris en constatant quelques oublis essentiels comme le déodorant ou les chemises. J'ajoute deux-trois choses à la liste et passe deux heures merveilleuses à sélectionner les affaires que je vais emporter, à

commencer par mon vieux polaroïd encore en état de marche. Une des dix plus belles choses à faire dans la vie est de préparer sa valise. On a l'impression d'être le chef de la division nationale des tee-shirts qui lance ses convocations : toi oui, toi non, toi oui, toi non. On prend alors conscience de la montagne de tissu qui encombre inutilement notre armoire, et on retrouve en bas de la pile des tee-shirts historiques qu'on n'a plus portés depuis dix ans. Faire sa valise pour partir en voyage est peut-être plus excitant que le voyage lui-même.

Je sens une présence dans mon dos.

C'est Paola qui me regarde choisir mes chaussettes.

— À quelle heure tu pars demain ? me dit-elle.

— Corrado passe me prendre vers 18 heures.

— Bien. J'espère que vous allez vous amuser.

Je ne sais pas si la bénédiction qu'elle m'a donnée est réelle ou si elle cache une pointe d'amertume.

— J'espère aussi, mon amour.

Elle ne répond pas. Elle esquisse un sourire et file à la cuisine. Cela fait des mois qu'elle ne m'a pas appelé mon amour. D'accord, je le mérite, je sais que la luxure est un super-péché capital qui enfreint à la fois le sixième commandement qui interdit les « actes impurs » et le neuvième qui interdit de « désirer la femme d'autrui ».

Je ne sais pas si je réussirai à m'amuser durant ce voyage. Mais je dois essayer. Je suis en train de devenir un de ces petits vieux qui ne parlent que de leurs misères, une personne sombre, ennuyeuse à fréquenter.

# – 33

InterRail ne signifie pas voyage d'étudiants baroudeurs comme le pensent tous ceux qui ne l'ont pas fait. C'est le nom d'un billet. Un abonnement illimité aux trains européens qui s'appelle aujourd'hui Global Pass. Si vous avez moins de vingt-six ans, vous voyagez d'office en deuxième classe, si vous avez plus de vingt-six ans vous pouvez aussi accéder à la première classe.

Umberto a encore son vieux sac militaire, élimé et peu ergonomique, avec deux bretelles qui lui démolissent les épaules. Corrado et moi en revanche, nous avons acheté des sacs à dos de randonnée ultramodernes. Nous avons décidé de faire une croix sur la réplique absolue de notre voyage d'autrefois.

Vingt ans plus tôt aussi cependant, nous sommes partis de Termini, la glorieuse gare centrale de Rome. Umberto, en parfait boy-scout, est arrivé en avance avec un sac de nourriture pour la première partie du voyage. Corrado, qui déteste les trains, a tenté jusqu'au dernier moment de nous convaincre de profiter d'un trajet en avion gratuit avec sa compagnie, mais « Train c'était, train ce sera », a tranché un Umberto plus ferme que jamais. Première étape, aujourd'hui comme hier, Munich, destination obligatoire dans tout InterRail digne de ce nom. Couchette deuxième classe pour se donner l'impression d'être jeunes et globe-trotteurs. Nous sommes dans un compartiment quatre places appelé, ironiquement je crois, « C4 comfort ».

Le confort en question consiste en un verre d'eau dans son emballage plastique, une lingette rafraîchissante, un abattant W.-C. et, attention, des petits chaussons. Jusqu'au départ du train, on prie pour que le quatrième passager n'arrive pas. Mais le voilà. Le pire spécimen de compagnon de couchette au monde : le logorrhéique. Un pendulaire italien qui travaille en Allemagne et rentre chez sa femme le week-end. Je pensais naïvement que les pendulaires n'existaient plus. Pour échapper au flot de paroles sur le point de nous submerger, nous recourons sans avoir besoin de nous consulter à notre bonne vieille tactique : faire semblant d'être trois touristes du Liechtenstein. Presque personne ne sait quelle langue on parle au Liechtenstein, du coup toute tentative de conversation est vaine. Malheureusement pour nous, la langue parlée dans la fascinante principauté est l'allemand. Notre compagnon de voyage le sait et entend profiter de l'occasion pour se perfectionner. Nous sommes contraints d'avouer la vérité et de subir une heure de lieux communs avant de lancer une contre-offensive en l'assommant de paroles et de souvenirs. L'objectif principal de notre premier et, ainsi que nous le croyions, unique InterRail avait été de visiter quelques États européens mineurs, ceux dont on connaît le nom et guère plus : le Luxembourg, l'Andorre et, naturellement, le fameux Liechtenstein. À l'époque, cela nous avait fait beaucoup rire.

Entre nous, sachez qu'un *morituro* atteint de cancer ne devrait pas voyager en train couchette. On m'a dit que j'avais toussé toute la nuit et je crois que mes amis ont failli m'étrangler plusieurs fois pendant mon sommeil. C'est bizarre mais maintenant, quand je tousse, je ne me réveille même plus. Dans le train je suis comme un nouveau-né dans son berceau. Le roulement régulier et le balancement de droite et de gauche ressemblent vraiment à la berceuse d'une nourrice affectueuse. Je me suis endormi et j'ai rouvert les yeux alors que le train freinait en gare de Munich. Alors nous sommes entrés dans le vif de notre voyage.

# – 32

Le premier contact avec l'Allemagne est toujours un peu rude. La langue est tellement différente de la nôtre qu'en écoutant les annonces dans la gare, je suis incapable de faire la différence entre les publicités et les communications aux voyageurs.

La surprise m'attendait au bout de la voie 4.

Un homme vient à notre rencontre en souriant. Il a quelques kilos en plus, quelques cheveux en moins, mais je le reconnais tout de suite. C'est un cadet de Gascogne, le quatrième mousquetaire, le plus jeune et le plus doué. D'Artagnan.

Notre d'Artagnan, de son vrai nom Andrea Fantastichini, dernier rang au fond à gauche. Je n'en crois pas mes yeux et pleure presque. Je ne l'ai pas vu depuis vingt ans. Vingt ans plus tard, comme l'avait prédit ce grand génie de Dumas, les trois mousquetaires sont à nouveau quatre. Nous le serrons dans nos bras sur le quai, d'abord à tour de rôle, puis tous ensemble. Pris d'une euphorie incontrôlable nous hurlons même un « Un pour tous, tous pour un ! » Quatre débiles italiens qui se donnent en spectacle au beau milieu de la gare de Munich.

Quelques minutes plus tard, je découvre que c'est Corrado qui a convaincu Andrea de faire le voyage avec nous. Notre vieil ami a quitté le Danemark, où il vit depuis plusieurs années, pour nous rejoindre. Il va faire tout l'InterRail avec nous.

D'Artagnan était le plus doué d'entre nous, je vous l'ai dit. Deux ans après le baccalauréat, il est parti à Londres avec sa guitare pour tenter sa chance. Aujourd'hui, je peux dire avec certitude que cela n'a rien donné. Ses chansons légères animaient depuis toujours nos nuits d'été. Sous bien des aspects il me rappelait mon père, ou du moins ce que grand-père me racontait de lui. Un Gascon toujours prêt à se fourrer dans le pétrin pour une femme ou une partie de rigolade. Après quelques années de débauche londonienne, il est tombé amoureux de Brigitte, une top-modèle danoise qui semblait tout droit sortie de la double page de *Playboy*, et il l'a suivie à Copenhague. On s'est perdus de vue, seul Corrado a entretenu des contacts sporadiques, d'abord par lettre puis via Facebook. Aujourd'hui, il donne des cours particuliers de guitare et de solfège dans la capitale danoise et sa femme, Brigitte, avec laquelle il a eu deux enfants et qui ressemble désormais à Gertrude, la petite amie de Pat Hibulaire, l'a quitté depuis deux ans. Il vit dans une petite maison au bord de la mer qui, sur les photos, fait penser à la maison de la sorcière d'une fable d'Andersen. Il m'explique qu'entre le coût de la vie et la pension qu'il verse à son ex-femme, il a du mal à finir le mois. Quand nous étions au lycée, j'aurais parié qu'Andrea, ou Andy comme tout le monde l'appelait, deviendrait une rock star. Cette fois encore, je m'étais trompé.

Je l'admets : je suis content de le voir et d'avoir accepté de faire ce voyage. Mais cela ne dure qu'un instant imperceptible, j'observe ensuite mes amis qui me précèdent de quelques pas et qui ont l'air vieux. Trois mousquetaires voûtés sous le poids des ans et de leur sac à dos. À quarante ans et des poussières, un homme n'est pas vieux aujourd'hui. Mais s'il croit en avoir dix-huit et qu'il s'habille en conséquence, alors il le devient.

Je n'ai pas encore appelé à la maison. Je m'y attelle alors que nous nous dirigeons vers le bed and breakfast réservé par Umberto. Je tombe sur Eva :

— Famille Battistini !

Sa solennité au téléphone m'a toujours fait sourire.

— C'est papa. Comment ça va ? Ç'a été à l'école ?

— J'ai eu dix sur dix à ma rédaction.

— Bravo !

Je n'ai jamais eu de dix, à part en éducation physique. J'ai toujours pensé que ceux qui avaient des dix sur dix à l'école étaient des enquiquineurs destinés à échouer dans la vie. Ma fille sera une exception.

— Passe-moi maman.

— Elle est sortie faire des courses. Je te passe Giovanna ?

Giovanna est notre voisine, grande productrice de confitures et d'enfants. Passionnée d'ufologie, elle voit des mystères partout et pense que notre appartement est hanté par le fantôme d'un ancien copropriétaire assassiné brutalement. Malgré cette passion discutable, nous lui confions de temps en temps notre progéniture. Comme baby-sitter, du fait de sa longue expérience de mère, elle vaut toutes les Mary Poppins.

— Non, ce n'est pas la peine. Dis à maman que je suis bien arrivé à Munich et que je l'aime.

— Je transmettrai. Chalut papa !

« Je transmettrai. » Sa solennité ne me fait plus sourire. Je dois faire quelque chose pour ma fille. À six ans et demi « je transmettrai », même suivi d'un « chalut » modérateur devrait être interdit.

Il y a une autre chose qui devrait être interdite et que j'ajouterais sur le mur de ce bar, dans le Trastevere, du côté JE DÉTESTE : les hommes qui pleurent. Je n'ai presque jamais pleuré en public, j'ai une pudeur innée qui empêche mes larmes de se montrer au grand jour.

Je n'avais jamais vu Andrea pleurer non plus, il était notre chef, ma référence, mon mythe absolu. L'homme sans peur, sans rival et surtout, qui ne pleure pas.

Quand j'ai vu la première larme sur son visage, c'était comme si j'assistais à un événement absurde et surna-

turel, comme l'apparition de l'archange Gabriel pendant une finale de Coupe du monde de football.

Nous nous sommes retrouvés seuls une demi-heure dans le minuscule hall du bed and breakfast, en attendant Corrado et Umberto sortis acheter des souvenirs.

— Je ne suis pas heureux, mon ami, dit-il en préambule.

Quand quelqu'un te confie qu'il n'est pas heureux, ce n'est pas facile de répondre sauf pour un malade en phase terminale.

— À qui le dis-tu.

Douleur partagée est plus facile à supporter.

— Qu'est-ce qu'il y a qui ne va pas ? je lui demande avec douceur.

— Il y a que je n'ai réalisé aucun de mes rêves d'enfant. Et la vie n'a aucun sens si tu ne réalises pas tes rêves d'enfant.

Andy a toujours eu le sens de la formule.

Les rêves d'enfant. La seule chose qui compte vraiment dans la vie.

Ce qu'on écrit à l'école primaire dans la rédaction « Que feras-tu quand tu seras grand ? » Je le sais, je l'ai toujours su, et d'ailleurs je vous l'ai déjà dit, mais cette vérité m'explose à la figure seulement maintenant. Si on ne réalise pas ses rêves d'enfant, on est un raté. Mon rêve à moi, c'était de tester les manèges dans un parc d'attractions. Donc je suis un raté.

La rédaction d'Andy était beaucoup plus originale. En écoutant ses paroles entrecoupées de sanglots, je l'imagine à peu près comme ça.

En l'an 2000 j'aurai vingt-sept ans. À vingt-sept ans tu es un vieux qui doit travailler pour gagner de l'argent pour ses enfants. Moi je gagnerai baucoup et serai très riche. Je serai aussi très beau, et grand et intelligent et intérressant. Un an avant je me suis marier avec une fille belle comme une actrice et j'habite à la mer, mais vraiment à côté de la plage et du bar qui vend des brioches

fourrées à la crème glacée. Mon travail, c'est d'être un chanteur très connu. Je chanterai au Festival de San Remo et je le gagne quatre fois et même cinq mais une fois en couple. Ma chanson la plus connue s'apelle *Toi que je ne t'aime plus* et sera première au hit-parade pendant un an. Je suis aussi très content parce que toute l'Italie m'aime et me sourrit dans la rue. Si on te sourrit dans la rue tu es heureux. Si on ne te sourrit pas tu es triste et tu te jettes par la fenêtre. Moi à trente-sept ans par contre je serai heureux. Et par sécurité j'habite au ré-de-chaussée.

J'imagine aussi la note : cinq moins moins, un peu pour le contenu répétitif, un peu pour les fautes d'orthographe éparses.

— Je n'ai rien fait de bien dans ma vie, continue Andy en se mouchant, je n'ai pas d'argent pour mes enfants et je ne les vois presque jamais parce que l'autre connasse ne peut pas me supporter. Mes chansons n'ont jamais figuré au hit-parade. Et dans la rue personne ne me sourit, conclut-il avec un regard ironique qui m'est familier.

— Tes chansons sont magnifiques ! dis-je, tentant de lui remonter le moral.

— Mais tu ne les connais pas.

— Il y en a quand même une ou deux dont je me souviens… Comment c'était déjà celle du type dans la gare qui attend un train qui n'arrive jamais ?

— *La gare de la vie* était une complainte triste à mourir. Sans doute la pire chanson que j'ai écrite.

— Moi, je l'aimais bien. Andy, tu as quarante ans, repars de zéro. Plein d'artistes ont eu du succès sur le tard.

— Par exemple ?

— Par exemple… je ne sais pas… Van Gogh !

— Mais il était déjà mort !

— Bon d'accord, c'était juste un exemple… Pourquoi tu ne retournes pas en Italie ? Tu n'y as jamais pensé ?

— Parce que je ne peux pas m'éloigner de mes enfants. S'ils ont besoin de moi, je dois être là.

Je reste silencieux.

Andy a renoncé à tout par amour pour ses enfants. J'ai été sévère dans mon jugement. Il est toujours mon héros.

Nous tombons dans les bras l'un de l'autre et nous nous serrons avec force. Je ne crois pas que cela nous soit jamais arrivé. Peut-être à la fin de quelque match de foot, mais c'était une de ces étreintes viriles et brèves de guerriers. Celle-là en revanche, c'est une étreinte différente. Je comprends alors que le lien entre nous ne s'est jamais rompu durant ces vingt années. Au contraire, la distance l'a renforcé. Andy est encore mon mythe absolu. Même s'il pleure sur mon épaule. Surtout pour ça, d'ailleurs.

Porthos et d'Artagnan restent l'un contre l'autre un moment, puis nos amis arrivent et c'est reparti. Mais les paroles d'Andy résonnent en moi.

« Je ne peux pas m'éloigner de mes enfants. »

La maxime la plus simple au monde.

J'essaie d'imaginer ce que font Lorenzo et Eva à cet instant. Peut-être qu'ils construisent une tour Eiffel en Lego, peut-être qu'ils s'affrontent à ce jeu de danse si amusant sur la Wii, peut-être que... je ne sais pas. Je m'aperçois que, complètement focalisé sur ma maladie, j'ai un peu perdu le contact avec eux.

De la fin de notre première soirée à Munich, je ne peux vous livrer qu'une image, la seule qu'il me reste : nous quatre qui entrons dans une brasserie en chantant des chansons romaines bien vulgaires. L'alcool a effacé tout le reste. La dernière fois que j'ai pris une cuite j'avais dix-neuf ans, j'étais avec mes coéquipiers et nous avions gagné le championnat de première division. Je ne me rappelle même pas quand, comment et dans quel état nous sommes rentrés au bed and breakfast.

## – 31

J'ai mal à l'abdomen, je respire difficilement et il y a un concert de rock dans ma tête. J'ai l'impression que Ringo Starr se déchaîne dans ma boîte crânienne avec son style incomparable. *Toc-To-Toc. Toc-To-Toc.* Sur le rythme entraînant de *Ticket to Ride.*

Je me suis réveillé avant tout le monde. Dans le lit d'à côté, Umberto ronfle comme un phacochère souffrant des végétations.

Dans la minuscule salle du petit-déjeuner, je suis accueilli par une pyramide de krapfen. J'en goûte un, il n'y a pas la moindre comparaison possible avec les beignets d'Oscar. Je l'abandonne dans mon assiette après la première bouchée. Je comprends alors que ma petite habitude matinale s'inscrit dans les moments mémorables de ma vie.

L'hyperactif Andrea a retrouvé le centre équestre en périphérie de la ville où nous étions allés lors du premier voyage. Une sensation de déjà-vu m'accompagne toute la matinée. Et un mot résonne dans ma tête, délogeant Ringo Starr.

Remake.

Les remakes n'ont pas de sens.

En outre ils ne s'appliquent pas à tous les domaines.

Les livres, par exemple, ne subissent jamais l'offense de la réécriture. Tout au plus une traduction un peu

éloignée, mais la version originale, qu'elle soit bonne ou mauvaise, reste intacte.

Les films en revanche sont tournés et retournés, même à intervalle rapproché.

Les histoires d'amour aussi connaissent la magie des remakes. Il y a des couples qui font des séparations et des retrouvailles un mode de fonctionnement. Et chaque fois ils sont confrontés aux mêmes problèmes.

Personne cependant ne fait le remake d'un voyage. On peut bien sûr retourner dans la même ville, mais refaire les mêmes choses est un phénomène rare et curieux. Un peu fou.

*Version originale du voyage.*

Andrea était le seul mousquetaire qui savait monter à cheval. Son père était bookmaker sans licence à l'hippodrome des Capannelle, et le petit Andy passait tous ses après-midi au milieu des parieurs déchaînés, des jockeys agressifs et des chevaux condamnés à la servitude hippique. Il n'y avait qu'une seule chose que le petit pouvait faire pour vaincre l'ennui : apprendre à monter à cheval. Nous trois en revanche, nous avions fait un peu de trot quelquefois en vacances mais guère plus. C'était comme si Tex Willer parcourait les prairies du Far West avec Dingo, Pluto et Donald.

L'excursion commence au trot. Nous avons un guide allemand, Thomas, un néandertalien très sympathique. Nous passons un gué, faisons cinq minutes de galop – qui si tu ne meurs pas de peur est plus facile que le trot – dans une allée en terre battue qui coupe une forêt oppressante. Nous risquons à plusieurs reprises de finir aux urgences orthopédiques puis nous reprenons notre souffle dans une clairière, à l'ombre d'un chêne qui en a vu de toutes les couleurs. Nous allumons même un feu et, à notre grande surprise, le brave Thomas sort de son sac des chipolatas qu'il fait griller habilement. On se croirait en Arizona. Il ne manque que l'attaque des Indiens et l'arrivée de la cavalerie.

Ce soir-là, sous l'effet de l'adrénaline qui afflue massivement dans nos veines, nous choisissons le saloon qui sera le théâtre de nos exploits de latin lovers en herbe. Le nom du bar est tout un programme : *Bier und Liebe*, c'est-à-dire « bière et amour ». Nous repérons quatre étudiantes plantureuses d'une vingtaine d'années, nous la jouons fils à papa en vacances et arborons notre anglais fantaisiste, appris avec les chansons de Queen. Résultat ? L'Italie bat l'Allemagne 3 à 1, comme au Mondial de 1982. Corrado, Andrea et moi faisons mouche, tandis que la petite blonde aux taches de rousseur repérée par Umberto montre rapidement plus d'intérêt pour la serveuse tatouée à forte poitrine que pour mon ami. Je m'emploie toute la nuit à défendre les couleurs italiennes pour lui aussi.

*Le remake.*

Le centre équestre n'a pas changé. En bois et métal, avec cette odeur caractéristique que vous pouvez parfaitement imaginer. C'est le fils de Thomas qui guide notre héroïque escouade, Thomas Jr., néandertalien comme son père mais bien moins sympathique. Il nous fait mille recommandations sur les choses à faire et à ne pas faire quand nous serons sur les chevaux pour assurer notre sécurité. En premier lieu l'obligation de rester l'un derrière l'autre et d'avancer au petit trot. Inutile de dire que nous n'avons pas l'intention d'obéir et, dès que nous voyons se dérouler un sentier en ligne droite, nous partons au galop pour le malheur de ma colonne vertébrale rudoyée par la posture. Je chute violemment au bout d'une trentaine de mètres. Mon cheval, l'indomptable Attila – c'est seulement après l'accident que je découvre son nom inquiétant –, décide de me désarçonner en donnant un coup de frein brutal digne d'un système A.B.S. Je pars en arrière et suis éjecté. Le vol ne dure guère plus de deux secondes mais cela suffit pour entrevoir la mort stupide qui va m'emporter. Sur le sol ce n'est pas un rocher pointu qui m'attend, ni un bout de bois prêt à

me transpercer, mais un buisson d'orties. Il me sauve la vie et ruine mon après-midi.

Bilan de notre excursion : éruptions cutanées disséminées pour moi, insolation pour Andrea, lombalgie pour Umberto et une entorse pour Corrado qui s'est coincé le pied dans l'étrier en descendant. Nous sommes quatre mousquetaires un peu mal en point, mais confiants dans la revanche du soir : le rugissement nocturne des vieux lions.

Tous les hommes ont une caractéristique commune : à vingt ans ils regardent et draguent les filles de vingt ans, à quarante ans aussi. C'est une règle scientifique. Je crois cependant qu'il y a un facteur nostalgique derrière tout ça. En vieillissant, nous continuons à aimer les films, les livres et les lieux de notre jeunesse. C'est pareil avec les filles de vingt ans. Alors, convaincus ?

Nous notons tout de suite que l'inoubliable *Bier und Liebe* a été remplacé par un bar au décor plus agressif, le *Tot oder lebendig*, ce qui signifie littéralement « mort ou vif ». À l'intérieur, une centaine de jeunes Allemands entre dix-huit et vingt-cinq ans qui naviguent entre les bières, la sueur et des pilules non identifiées. Je vous jure que dans ma vie je ne me suis jamais senti aussi peu à ma place. La musique est trop forte et empêche tout échange social, l'éclairage est trop faible et empêche les presbytes de lire la carte, l'air est pauvre en oxygène et empêche d'avoir une lucidité mentale satisfaisante. Malgré cela, nous essayons de nous amuser. Je me fais tout de suite traiter de « boulet » parce que je n'ai aucune intention de m'enivrer ou de décrocher une jeune Teutonne dont je pourrais être le père. J'ai décidé de boire un ou deux cocktails de fruits et de me laisser hypnotiser par les vidéos musicales qui défilent sur une paroi en plexiglas.

Corrado se charge d'animer la soirée en s'accrochant avec le fiancé de la jeune fille sur laquelle il avait jeté son dévolu. Le type en question est un gringalet sans un gramme de muscle, mais il a beaucoup d'amis déjà bien

éméchés. Nous devons fuir le bar avant la bagarre générale. Nous nous retrouvons à vadrouiller dans Munich comme des voyous. Nous bavardons jusqu'à 4 heures du matin.

J'ai oublié d'appeler à la maison. Paola et les enfants me manquent terriblement.

C'est une nuit sans sommeil. Une nuit sans rêves.

# – 30

Au petit-déjeuner, Umberto nous présente l'étape suivante : Vaduz, capitale du Liechtenstein. Il y a vingt ans nous avons gagné une centaine de dollars au casino de la pittoresque petite ville et nous nous prenions pour les rois de la roulette. Je l'interromps tout de suite avec une question qui m'a tenu compagnie toute la nuit :

— Pourquoi je suis là ?

Les quatre mots et le point d'interrogation frappent mes amis comme une rafale de mitraillette.

— C'est-à-dire ? demande Corrado.

Je ne sais pas quelle explication donner à ma petite assemblée pour ne pas la blesser.

— C'est-à-dire que je veux rentrer chez moi. Pardonnez-moi, mais ce n'est pas le voyage que j'ai envie de faire. Ou plutôt que je dois faire.

D'Artagnan me sourit : c'est le seul qui a déjà compris.

— Ta femme n'acceptera jamais après le coup que tu lui as fait, affirme-t-il.

— Je vais quand même essayer.

— Je ne comprends pas de quoi vous parlez, demande Umberto.

— J'ai envie de faire un voyage avec mes enfants. Et avec Paola. C'est avec eux que je veux passer mes derniers jours. Pas avec vous.

J'ai peut-être été trop direct alors je tempère un peu.

— Ne le prenez pas mal, vous êtes mes meilleurs amis. Nous sommes les quatre mousquetaires de la reine mais je sais tout de vous, qualités et défauts, et vous savez tout de moi. De mes enfants en revanche je ne sais presque rien, et eux ne savent rien de moi. En ce moment, j'ai besoin d'eux. Et eux l'ignorent, mais ils ont besoin de moi.

Silence.

— Je ne veux pas perdre une seule minute.

Je les regarde dans les yeux un par un.

— Excusez-moi. Si vous voulez, vous pouvez finir le circuit.

C'est Corrado qui parle le premier. Il a toujours été le plus efficace pour prendre les décisions.

— Il y a un vol pour Rome à 10 h 30. Le pilote est un ami, il nous fera monter tous les trois.

Umberto regarde l'heure :

— On a dix minutes pour faire nos valises, les enfants. Action !

Le plus déçu de tous est Andy qui n'a aucune envie de retourner au Danemark et à son fiasco existentiel.

— Mais on va se revoir ? me demande-t-il.

— Bien sûr qu'on va se revoir, dis-je en sachant parfaitement que c'est un mensonge.

Puis je le serre dans mes bras, pour la dernière fois.

# – 29

Le plus beau dans un voyage est le retour à la maison. Vous ouvrez la porte et sentez ce mélange d'odeurs des meubles, des livres et des personnes que vous aimez, une fragrance unique. Le parfum de votre maison. Voilà, il me vient à l'esprit un autre monoécrivain : Patrick Süskind, auteur du *Parfum*, un des plus grands romans de tous les temps. J'aimerais bien qu'aujourd'hui ce soit lui qui me souffle les mots appropriés pour aborder avec ma femme la question d'un voyage en famille.

— Vous avez fait l'InterRail le plus court de l'histoire ! me lance-t-elle en me trouvant à la maison à son retour du travail.

— C'est à cause de moi. J'ai préféré rentrer.

— Je t'avais dit que partir dans ton état, ce n'était pas une bonne idée.

— Non non, de ce point de vue-là ça m'a fait du bien, je me suis changé les idées pendant quelques jours.

— Eh bien alors ?

— Alors j'ai envie de faire un autre voyage.

— Un autre voyage ? Tu es sûr que tu vas bien ?

— Un voyage tous les quatre. Toi, moi, Lorenzo et Eva. Partons dès que les cours se terminent. Des vacances, une aventure même.

— Je n'ai pas envie de partir en vacances. Encore moins à l'aventure, tranche Paola.

— Ce ne sont pas des vacances quelconques.

— Je vois ce que tu veux dire, mais je n'ai pas envie. Pars avec les enfants si tu veux. Allez une semaine à la mer ou ailleurs.

— Je pensais à un road trip.

— Évidemment, c'est un grand classique de faire un road trip quand on est atteint d'un cancer. Écoute, soigne-toi et arrête de faire des choses inutiles et néfastes.

— Ce n'est pas inutile. Je veux passer mes derniers jours avec mes enfants. Et avec toi.

— Tu le fais déjà.

— Mais ici je ne vous vois jamais, tu le sais très bien. J'ai besoin de vous avoir près de moi.

— Je te le répète, cela ne me pose aucun problème que vous partiez une semaine. Même deux. Moi je suis bien ici. Je n'ai pas la tête à ça, je gâcherais votre voyage.

Paola, Paola, Paola. Pourquoi es-tu si implacable ? Massimiliano a raison, ma maladie t'a plus traumatisée que moi.

J'attends que Süskind me suggère par télépathie d'autres arguments, mais ce dernier est sans doute en vacances en train de profiter des droits d'auteur parfumés de son roman. J'abandonne. Je sors mon vélo du garage et pars faire un tour. Cette fois, dans mon iPod, que des chansons mélancoliques. Qui sait pourquoi la musique qu'on écoute reflète toujours nos sentiments. Une chose est sûre, ce n'est pas une bonne idée d'écouter James Blunt quand on s'apprête à mourir.

Je fais un plus grand tour que d'habitude, je remonte le long de la côte et prends la via Aurelia. Je pédale, je pédale, je pédale. Tel un cyclotouriste. Pour une fois, j'apprécie le panorama. Je respire l'odeur des pins, de l'iode et des pots d'échappement des voitures qui me dépassent comme des missiles. J'apprécie le coucher de soleil sur un promontoire depuis lequel j'aperçois quelques surfeurs obstinés qui chevauchent des vagues trop paresseuses pour les porter. Être surfeur à Rome,

c'est comme être pizzaïolo à Bora-Bora. Dans les deux cas, on est inadapté.

Au km 58, je commence à manquer d'énergie et m'arrête dans un petit restaurant au bord de la mer. Une maison en bois sur pilotis, construite à même la plage, qui peut accueillir une trentaine de clients maximum. En cuisine, deux dames âgées, la tante et la grand-mère du jeune serveur. La vue est à couper le souffle. La lune resplendit fièrement sur les flots. Je m'assieds à une petite table dans un coin et commande une grillade mixte et des anchois frits. Pourvu que je ne tombe pas sur le docteur Zanella. Je regarde autour de moi comme si je craignais qu'on m'espionne. Aux autres tables, des amoureux en tête à tête et une famille romaine assez bruyante. Je me sens très seul. Maintenant que j'y pense, c'est la première fois de ma vie que je vais au restaurant sans être accompagné. Je me suis toujours dit qu'aller seul au restaurant était la chose la plus triste au monde. Je confirme.

# – 28

— Alors tu pars ou tu pars pas ? me lance Giannandrea, mon dépressif préféré.

C'est comme l'histoire de la musique qu'on écoute en fonction de son humeur, plus on est dépressif plus on fréquente des dépressifs.

Nous sommes dans le magasin de bavardages et Massimiliano prépare le déjeuner, un couscous de légumes que j'ai déjà goûté, digne du guide Michelin.

— Je ne veux pas partir sans Paola.

— Elle va changer d'avis, me dit Massimiliano en coupant des courgettes.

— Je ne crois pas, hélas.

— Et où voudrais-tu aller ? me demande Giannandrea.

Bonne question.

— Tout ce que je sais, c'est que j'aimerais faire une sorte de tour d'Italie.

— En vélo ?

Massimiliano est curieux.

— Hier j'ai fait une centaine de kilomètres à vélo et je suis presque mort. En plus j'allais à vingt-cinq/trente à l'heure, un escargot à roulettes. Je pensais partir en voiture, il y a plein d'endroits que je connais et que je veux faire découvrir à Lorenzo et Eva. D'autres que je ne connais pas et où je voudrais aller pour la première fois avec eux. D'autres qui sont importants par rapport

à mon histoire avec Paola. D'autres encore que le destin nous indiquera en cours de route.

— Cela me semble être un beau programme, commente notre chef en faisant revenir les légumes. Le couscous sera prêt dans dix minutes. Vous allez tenir ou je vous fais une petite tartine ?

Question rhétorique. Tartine.

— Mais surtout, il y a tellement de choses que j'aimerais raconter à mes enfants et à ma femme. Mon vœu le plus cher est qu'ils gardent le souvenir d'un papa imprévisible, drôle, plein de vie et d'idées.

— Où vas-tu chercher toute cette soif de vivre ? me demande Giannandrea, les yeux brillants d'admiration.

— Si tu étais sur le point de mourir, tu l'aurais toi aussi.

— J'ai tenté de me suicider trois fois.

Je le savais déjà, Massimiliano m'en avait parlé. Mais j'ai envie d'entendre la version de l'intéressé.

— De manière peu efficace apparemment, j'ironise.

— La première fois, c'était juste une affaire de malchance. J'ai fait partir un tuyau du pot d'échappement de ma voiture, je l'ai passé par une fenêtre et je me suis enfermé dans l'habitacle. Je me suis endormi presque tout de suite, mais une minute plus tard il n'y avait plus d'essence. La jauge était cassée et je ne le savais pas.

— La deuxième ?

— La deuxième fois, j'ai fini à l'hôpital parce que j'avais avalé une boîte de somnifères.

— Lavage d'estomac ?

— Même pas, ils étaient très légers. J'ai dormi deux jours et, quand je me suis réveillé, je me sentais mieux qu'avant.

— Et la troisième ?

— La troisième, je ne te la raconte pas parce que je me sens trop stupide.

Je lui souris.

— Allez, tu m'en as trop dit là.

— D'accord, j'ai voulu me jeter d'une falaise avec ma voiture. Mais la glissière de sécurité a résisté, l'airbag s'est déclenché et je me suis retrouvé dans une posture très inconfortable. Résultat des courses, je me suis cassé un bras. C'était il y a trois mois.

— Y aura-t-il une quatrième tentative ?

— Je ne crois pas.

— Je ne crois pas ne veut pas dire non.

— Non, il n'y en aura pas. En grande partie grâce à Massimiliano.

Le gérant de notre boutique préférée sourit.

— Surtout grâce à mon couscous. Encore cinq minutes, mes enfants.

Massimiliano s'assied en face de moi.

— Je peux te donner un conseil tactique ?

— À quel propos ?

— À propos de ton voyage.

— Vas-y.

— Organise-toi pour partir quand même avec les enfants. Commence à leur en parler. Tu verras, Paola va changer d'avis. Elle ne vous laissera pas partir seuls.

— Tu ne la connais pas.

— C'est comme si je la connaissais maintenant. On parie qu'elle va venir ?

— Un dîner ?

— Ça marche !

Nous nous serrons la main pour sceller le pari.

Quand, après avoir fait honneur au spectaculaire couscous, je m'apprête à payer les heures passées au magasin, Massimiliano refuse mon argent en souriant.

— Tu n'es plus un client. Tu es un ami.

Giannandrea intervient :

— Ça vaut aussi pour moi.

Deux nouveaux amis viennent de monter *in extremis* dans l'autobus de ma vie. Je remets l'argent dans mon portefeuille et leur souris.

# – 27

Lorenzo et Eva me regardent, les yeux écarquillés.

— Une aventure ? s'extasie mon aîné.

— Exactement. Trois semaines sur les routes d'Italie à la découverte de lieux mystérieux et inconnus. Ça vous dit ?

J'obtiens un oui enthousiaste de Lorenzo. J'étais assez confiant.

Eva en revanche a des questions :

— Je peux emmener Loup ?

— Non, Loup, on va le confier à Giovanna qui de toute façon viendra arroser les plantes et nourrir les chats et le hamster.

— Je ne peux même pas emmener Alice ?

— Elle souffrirait dans la voiture. Les hamsters n'aiment pas voyager.

— Pfff ! Alors on fera au moins une journée « c'est moi qui commande ».

La journée « c'est moi qui commande » est une invention de Paola qui remonte à quelques années, quand ils étaient petits. C'est une récompense pour les choses importantes, une bonne note à l'école ou une période de bonne conduite à la maison. Il s'agit, comme vous l'avez sans doute deviné, d'une journée de pouvoir absolu sur les parents, durant laquelle la petite reine ou le petit roi peuvent décider du programme, des menus et demander, dans des limites économiques raisonnables, tout ce qu'ils veulent.

— Affaire conclue, dis-je à ma petite négociatrice. On part samedi soir, tout de suite après votre dernier jour d'école.

— Samedi il y a le spectacle et la fête de fin d'année, me rappelle Lorenzo.

— Ah oui, alors partons dimanche.

Une heure plus tard, Paola est de retour après avoir passé l'après-midi à préparer les derniers conseils de classe avec les autres professeurs.

Les enfants l'accueillent tout excités et elle comprend immédiatement qu'elle est piégée. Sa participation est tenue pour acquise. Elle me prend à part dans la cuisine.

— Qu'est-ce que c'est que cette histoire ?

— Tu m'as dit que je pouvais partir avec les enfants, non ? Eh bien je le fais. On part dimanche. Trois semaines.

— Trois semaines ? Mais tu es fou ?

— Tu n'es pas obligée de venir.

— Et en effet, je ne viens pas.

— Dommage parce que je pensais conclure le voyage en Suisse. Je ne repasse pas par la maison.

L'idée me vient en parlant. Je ne repasse pas par la maison. Tout à coup cela me semble évident. Je ferai un bout de mon dernier voyage avec ceux que j'aime.

La phrase est trop violente pour ne pas faire de vagues. Paola hurle à voix basse pour que les enfants ne l'entendent pas. Les mots qui reviennent le plus sont « irresponsable », « fou » et « piège ».

Elle a raison, j'ai peut-être été irresponsable mais je veux y remédier, je suis probablement fou mais ce n'est pas un défaut et certes, ce voyage est un piège. Un piège amoureux dans lequel j'espère que ma petite femme va tomber. Dans mon cahier Zoff, se détache encore l'objectif principal de ces cent jours :

*Me faire pardonner par Paola.*

— Je ne repasse pas par la maison, ne me laisse pas faire ce voyage seul. Nous sommes une famille.

— Nous étions une famille. Et tu l'as détruite.

— On commet tous des erreurs.

— Je sais. T'épouser par exemple.

Ne faites pas attention, ce sont des choses qu'on se dit quand on se dispute, je sais qu'elle ne le pense pas.

Paola se débat encore dix minutes avant de capituler :

— Que dois-je mettre dans ma valise, mer ou montagne ?

— Tout, mon amour. Tout.

J'ai perdu un dîner. Mais je suis heureux.

J'allume l'ordinateur et commence à faire quelques recherches et réservations. Ne plus googler de façon obsessionnelle les mots « tumeur », « mort » et « traitement contre le cancer » est un vrai soulagement. En revanche, chercher le mot « hôtel » ou « restaurant en bord de mer » procure toujours une joie immense. Une sorte de *Samedi du village* moderne. Voilà, je le savais, ça me reprend, je rends hommage à Leopardi aussi ; non, Leopardi ce n'est pas possible, mettez un coup de blanc sur ces dernières lignes, merci.

## – 26

Le plus amusant quand on part en vacances, je vous l'ai dit, c'est de faire sa valise. Mais quand c'est votre dernier voyage, cela devient déchirant. Un tee-shirt laissé à la maison n'aura plus aucune chance de trouver sa place d'honneur dans une valise à roulettes. Fin de partie. Même chose pour les chaussures, mes récompenses sportives ou les maillots de bain qui s'entassent dans les armoires et les commodes. Ma dernière valise m'oblige à constater l'inutilité d'une grande partie des objets qui remplissent mon appartement, stratifiés au fil des ans comme des ères géologiques. Chez moi, un archéologue distinguerait facilement la période des sandales, la phase sportive, la passion transitoire pour les thrillers ésotériques, la glorieuse année aquatique. Un bric-à-brac poussiéreux digne d'un grenier d'antiquaire qui constitue la mémoire visuelle de ma vie, et dans lequel je dois faire le tri. La majeure partie de mes affaires ne partent pas avec moi.

Je tourne dans l'appartement en scrutant surtout les bibliothèques. Elles sont pleines de livres que je n'ai jamais lus et de films que je n'ai jamais vus. J'ai envie de demander pardon aux écrivains et réalisateurs, à tous ceux qui se sont employés à m'offrir des heures de divertissement, pardon de leur avoir donné de faux espoirs en achetant leurs œuvres que j'ai finalement abandonnées à la poussière sur des étagères. Peut-être qu'elles

y seraient restées pour toujours. Ou peut-être qu'elles auraient fini par avoir leur quart d'heure d'attention pendant des vacances. En tout cas, aujourd'hui, je les salue tous. J'emporte juste un roman, je l'ai déjà mis dans ma valise, après une intense réflexion. La super-finale s'est jouée entre *Pinocchio* et *L'Île au trésor*, et c'est le second qui a gagné. Un de ces jours, je vous expliquerai pourquoi. Je continue l'exploration des bibliothèques et caresse doucement ma collection de *Diabolik*. Il m'a fallu des années pour la compléter en remportant des enchères exorbitantes sur eBay et en écumant les bouquinistes. Maintenant les petits volumes à la tranche colorée me fixent tristement depuis leurs étagères comme pour dire : « Ne nous abandonne pas. » Je connais chaque aventure par cœur, chaque fuite rocambolesque du héros en combinaison noire et je peux affirmer, sans crainte de me tromper, que je me rappelle où j'ai lu chaque numéro. Paola a sans doute raison. Je suis fou. Un fou follement enthousiaste de partir pour son dernier voyage. Je prends alors conscience que la chose la plus compliquée ne sera pas l'adieu à ma collection de *Diabolik* mais à tous les acteurs de ma vie.

Je ne sais pas si j'aurai assez de courage.

# – 25

Je suis face à l'Armée Brancaleone. C'est le moment des adieux. Je les ai tous convoqués au bord de la piscine une heure avant le début de l'entraînement. Avec eux, il y a mon fidèle adjoint. J'ai essayé de coucher sur le papier quelques idées pour leur faire un dernier discours, mais au bout d'une minute je me retrouve à improviser. Je sais que je suis une figure importante pour eux, peut-être plus importante que leurs parents, et je tiens à leur laisser quelques messages fondamentaux. Je me lance sans détour :

— Jeunes gens, j'ai un cancer du foie. Très grave, avec des métastases aux poumons. Il me reste peu de temps à vivre. Et malheureusement, c'est la dernière fois qu'on se voit.

Ils ne s'y attendaient pas. Ils se jettent des regards en se demandant si je plaisante. Mais le ton de ma voix leur fait comprendre que je ne plaisante pas.

— Il y a quelques mois, j'ai décidé d'affronter mon cancer avec le sourire. Je n'ai pas toujours réussi, mais je fais mon possible pour être heureux chaque jour qu'il me reste à vivre. Je suis encore en assez bonne forme et j'ai tenté de lutter contre la maladie. Mais elle s'était cachée en moi et, quand je l'ai dénichée, il était trop tard pour avoir une chance de gagner le combat. Vous savez, à votre âge j'avais plein de rêves. Je dois vous avouer que je n'en ai réalisé aucun, cependant je n'ai jamais

cessé d'y croire. Rappelez-vous toujours que nos rêves d'enfants sont notre seule richesse. C'est le moteur de notre vie, la seule force qui nous pousse à aller de l'avant quand les choses tournent mal. Réaliser vos rêves d'enfant doit être votre seul but. N'oubliez jamais qu'être adulte n'est qu'une apparence, et que le petit homme que vous étiez vivra toujours en vous. Donnez-vous à fond dans votre travail, que ce soit le water-polo ou n'importe quoi d'autre. Vous devez vous efforcer d'être le meilleur dans tous les domaines. La vie vous soumettra à de nombreuses épreuves, bien plus importantes que les play-off d'un championnat, et vous ne devrez jamais faire marche arrière. Avancez, toujours, même si vous devez vous tromper. Et si vous vous trompez et que vous faites du mal à quelqu'un, demandez pardon. Demander pardon et reconnaître une erreur est la chose la plus difficile qui soit. Si par contre quelqu'un vous fait du bien, souvenez-vous-en toujours. Montrer sa gratitude est tout aussi compliqué. Quand il vous arrivera de gagner quelque chose, ne vous moquez pas de vos adversaires et ne vous vantez pas.

Ils échangent des regards amusés : gagner est un mot qui ne leur est pas familier.

— Comme vous le savez, j'ai deux enfants, et savoir que je ne les verrai pas grandir est ma plus grande souffrance. Dans deux jours, je partirai avec eux et ma femme pour mon dernier voyage. Je ne reviendrai pas. Je ne pourrai pas assister aux matchs des play-off. Mais je serai de tout cœur avec vous et Giacomo me racontera vos exploits. Il reste là et vous pouvez vous adresser à lui en cas de besoin. Il est prêt pour vous entraîner l'année prochaine, il a les qualités et le tempérament pour le faire.

Mon timide assistant qui ne s'attendait pas à cette investiture est ému.

— Je vous demande juste une chose importante : quelle que soit la tournure du match, battez-vous jusqu'à la fin. Et si vous pouvez, gagnez ces trois matchs pour moi.

Ce serait un cadeau d'adieu fantastique. Un jour, quand vous aurez des enfants, j'espère que vous vous souviendrez de votre vieil entraîneur et que vous les emmènerez à la piscine pour leur transmettre la passion de notre merveilleux sport. Vous avez été la meilleure équipe qu'un entraîneur puisse souhaiter. Même quand nous perdions. Ça me fait tellement de peine.

J'ai craqué. Je m'étais promis de ne pas pleurer mais je n'y suis pas arrivé. Je les embrasse tous, un par un, Savonnette et Martino en dernier.

— Allez les gars, faites-moi honneur.

Puis vient le tour de Giacomo.

— Bon voyage, coach, murmure-t-il quand je le serre dans mes bras. Où que vous alliez, je ne vous oublierai pas.

Une minute après je sors de la piscine, laissant mon équipe à son entraînement. Je suis effondré. Je commence à penser que ce projet de voyage va me soumettre à un stress émotionnel dont je n'avais pas vraiment pris la mesure. Je l'ai dit un peu plus tôt, c'est le moment des adieux. Et les adieux ne sont jamais faciles.

## – 24

Quand je le rejoins en pleine nuit, Oscar est seul à la pâtisserie, enveloppé d'odeurs croustillantes.

— Salut…

Il se retourne.

— Salut, Lucio…

— Que fais-tu ici tout seul, tu as licencié le Sri Lankais ?

— Non, c'est sa nuit libre. D'habitude, Martina vient me donner un coup de main, mais ce soir elle est chez sa fille. C'est une femme merveilleuse, tu sais ?

Je l'observe garnir des beignets de crème avec ses trente années de savoir-faire.

— Ça te dit de me donner un coup de main ?

— Mais je ne sais pas…

— Eh bien, tu vas apprendre !

Je passe les heures qui suivent dans la farine et la crème. Je m'amuse.

À l'aube, nous faisons frire une vingtaine de beignets. Nous les égouttons et attendons qu'ils refroidissent un peu pour les plonger dans le sucre.

Nous restons assis en silence une minute. Puis Oscar pose une question qui en contient mille autres :

— Alors ?

Cet « alors » vaut tous les discours. Il contient l'affection paternelle qu'il a à mon égard et sa douleur face à la situation. Je ne réponds pas. C'est inutile. Deux minutes

plus tard nous goûtons deux beignets. Pour la première fois, il en mange un avec moi. Chaud, le beignet est la meilleure chose de l'univers. Je suis à deux doigts de le pardonner de m'avoir assassiné.

# – 23

J'ai organisé un dîner spécial pour les trois mousquetaires. Le dernier moment ensemble avant le départ de Porthos. C'est comme quand un guitariste quitte un groupe de rock, une tragédie pour tous les fans. Par chance, nous n'en avons pas.

Umberto et Corrado. Deux prénoms qui pour moi signifient des millions de choses. Je pourrais écrire une encyclopédie sur eux, et vice versa. Heureusement, ils ne m'en veulent pas d'avoir fait brutalement péricliter notre voyage. Ils ont compris que je me trouvais dans un moment d'extrême confusion.

Lorsqu'ils arrivent devant le restaurant convenu, prêts pour une soirée riche en émotions, ils ont une surprise. Je suis devant l'entrée, mais le restaurant est fermé. C'est leur jour de repos et je le savais très bien. J'accueille mes amis avec un seul mot sans équivoque :

— Déconnade.

Ils ne s'y attendaient pas mais acceptent la proposition avec enthousiasme. Je les fais monter dans ma voiture et file en direction des thermes de Caracalla. Ce soir-là on y joue une énième version de l'immortelle *Tosca.* J'ai acheté trois places séparées. Nous écoutons le début bien sagement puis, à la moitié du premier acte, alors que Cavaradossi fait des roulades dans une scénographie minimaliste qui symbolise Sant'Andrea della Valle, Corrado se lève au troisième rang et crie de toutes ses forces :

— Et ça pour vous c'est un ténor ?

Autour de lui, c'est l'esclandre.

— Chut ! Hou ! Assis !

Saboter les représentations théâtrales est un des chevaux de bataille de notre stupide répertoire. Corrado insiste :

— Cette mise en scène est une insulte à l'art de Puccini ! Pardonne-les Giacomo !

Tandis que sur la scène le pauvre Cavaradossi tente de ne pas se laisser distraire et continue ses roulades, j'entre en action :

— Quelle honte, asseyez-vous sinon vous allez voir !

— Je vais voir quoi ? C'est une menace ?

Je le rejoins en enjambant un rang avec élan. Quand nous faisons les idiots il n'y a pas d'infirmité qui tienne. Je lui saute dessus avec une agilité féline qui ne m'appartient plus.

— Oui, c'est une menace. Je vous demande d'arrêter ça tout de suite.

— Sinon quoi ?

À cet instant, même Cavaradossi s'interrompt avec l'orchestre. Nous sommes au cœur du spectacle. Mission accomplie.

C'est le moment de donner la première baffe. Nous nous frappons avec art, sans nous faire mal, en nous bousculant ici et là, mais l'effet est saisissant. Les gens font tout pour nous séparer pendant que nous continuons à hurler. C'est le chaos total.

— Mal élevé !

— C'est vous qui êtes mal élevé ! Je vais porter plainte, vous savez ?

Le mot « plainte » est le signal pour l'entrée en scène d'Umberto qui se fraie un passage dans la foule amassée autour de nous. Il montre brièvement la carte de son club de tennis.

— Police, s'il vous plaît. On reste calme !

— Parfait, dis-je, je voudrais porter plainte contre ce monsieur pour agression.

— Non, c'est moi qui porte plainte, j'ai au moins mille témoins, réplique Corrado.

La deuxième partie de la plaisanterie prévoit un débat général pour savoir qui a giflé l'autre en premier. Puis Corrado perd patience, bouscule le policier et se fait arrêter. D'habitude, pour notre sortie de scène, Corrado passe devant menotté et tenu par Umberto avec moi qui suis derrière pour aller déposer plainte. Seulement, cette fois, notre représentation bien rodée connaît un rebondissement fâcheux mais assez prévisible : il y a un vrai policier dans le public. Et il ne tarde pas à intervenir. Il nous démasque en trente secondes, nous menotte tous les trois et la soirée se termine en beauté au commissariat. Cela devait arriver tôt ou tard. Ils prennent nos empreintes et nous posent mille questions. Ils ne savent pas quelle infraction enregistrer, en réalité ils s'amusent beaucoup de notre petite mise en scène. C'est Umberto qui en théorie risque le plus gros parce qu'il s'est fait passer pour un officier de police. Au bout de deux heures environ, un vieux commissaire qui devrait déjà être en retraite décide de fermer les yeux sur cet incident et de nous laisser partir. Ironie du sort : notre dernière déconnade aura été la plus rocambolesque.

Nous ne parlons de rien jusqu'au moment de nous dire au revoir. L'étreinte finale, tous les trois ensemble, vaut toutes les discussions du monde.

Tous pour un. Un, c'est moi.

# – 22

Peter Pan se place au centre de la scène et hurle :

— Capitaine Crochet ! Où es-tu ?

Autour de lui, dans une clairière du Pays imaginaire sont rassemblés tous les Enfants Perdus, Clochette et Wendy avec ses petits frères.

Soudain apparaît le perfide Capitaine, accompagné de son fidèle Monsieur Mouche et de deux autres pirates.

— Je suis là ! rugit-il, c'en est fini pour vous ! Je vais tous vous donner en pâture au crocodile.

— Je ne crois pas ! réplique l'intrépide Peter.

Commence un combat chorégraphié dans lequel les épées se croisent au rythme de la musique. C'est le clou du spectacle de fin d'année de Lorenzo. Mon petit acteur est caché derrière l'épaisse moustache du Capitaine Crochet et, ce n'est pas parce que je suis son père, mais depuis presque une heure il vole la vedette à Peter Pan, interprété par un enfant trop antipathique pour endosser le costume du héros du Pays imaginaire. Eva et Paola sont à côté de moi. Nous rions et applaudissons au milieu d'une centaine de parents et enfants. J'ai toujours aimé les spectacles de fin d'année, mais je n'ai jamais eu la chance d'en vivre un en tenant le premier rôle. Comme je vous l'ai dit, j'étais grassouillet et je jouais toujours l'ami fidèle du héros. Une fois, pour le spectacle de Noël, j'ai subi l'humiliation suprême : j'ai joué le bœuf.

La pièce se termine sous un tonnerre d'applaudissements. Pour l'anecdote, Capitaine Crochet est deux fois plus applaudi que Peter Pan. Je prends Eva par la main, Paola par le bras et nous allons attendre notre petit Laurence Olivier dehors. En sortant, je m'aperçois qu'une des vitres de notre voiture a été fracturée et qu'on a volé le GPS imprudemment laissé bien en vue. Je suis désormais esclave de la douce voix informatisée qui me dit « tournez à droite » ou « faites demi-tour ». Sans elle, je suis perdu. Abandonné par mon Virgile portable, je suis un étranger dans ma propre ville. Je ne suis même plus capable de lire un plan. Pourtant, je vous jure, il y a eu une époque où je circulais en voiture dans Rome avec assurance, je n'avais pas de téléphone portable, je ne consultais pas mes mails aux quatre coins du monde, je remplissais mes poches de cassettes audio et, attention, je rentrais de vacances avec une poignée de photos toutes *floues*. Je décide de ne pas racheter de GPS pour le voyage, j'utiliserai les cartes routières. Je serai peut-être le seul en Italie. L'aventure, c'est l'aventure. Quand Lorenzo arrive, il est accueilli par les maîtresses et les mamans comme un héros. Je suis rassuré de l'entendre dire qu'il n'a aucune intention de devenir acteur.

Dans l'après-midi je vais faire remplacer la vitre de mon majestueux monospace, je le lave et remets de l'essence. Je le bichonne un peu en prévision du long voyage qui l'attend. Son vaste coffre, ennemi juré des parkings citadins, est maintenant un allié précieux. Entre les sacs et les valises, nous avons une vingtaine de bagages. Nous sommes prêts à toute éventualité.

En déposant les derniers sacs dans l'entrée, la peur me gagne. La peur qui vous tombe dessus quand vous approchez du point de non-retour. La fin de l'ascension sur les montagnes russes. Google. Point de non-retour : phase finale, irréversible, d'un processus ou d'un voyage.

Encore vingt-deux jours et je serai au point de non-retour.

# – 21

Levez la main ceux qui savent qui est Edmond Haraucourt.

Si vous ne le connaissez pas, sachez que c'est un écrivain français et que l'incipit de son plus célèbre poème sonne comme un proverbe : « Partir, c'est mourir un peu. »

Cela n'a jamais été aussi vrai que dans ma situation. Le reste du poème est magnifique aussi. Voici ce qu'il dit :

Partir, c'est mourir un peu,
C'est mourir à ce qu'on aime :
On laisse un peu de soi-même
En toute heure et dans tout lieu.
C'est toujours le deuil d'un vœu,
Le dernier vers d'un poème ;
Partir, c'est mourir un peu.
Et l'on part, et c'est un jeu,
Et jusqu'à l'adieu suprême
C'est son âme que l'on sème,
Que l'on sème à chaque adieu...
Partir, c'est mourir un peu.

Nous partons aujourd'hui. Comme prévu, nous avons laissé notre chien-loup Loup à Giovanna qui a un petit jardin et qui se charge aussi de nourrir les chats et le hamster. Loup me regarde charger les bagages dans la

voiture avec un air morose, comme s'il avait compris que je ne reviendrais pas. Au fond, j'étais son esclave préféré.

Les enfants ne tiennent pas en place, des vacances merveilleuses et pleines de surprises vont commencer pour eux.

— Mais on peut savoir où on va exactement ? me demande Eva.

— L'itinéraire est secret, comme dans une chasse au trésor.

Ils s'installent à l'arrière, pendant que Paola rassemble encore quelques babioles qu'elle glisse dans le coffre déjà archicomble. Il était temps de prendre un peu de vacances, même si je n'arrive pas à envisager les trois semaines d'aventure qui nous attendent comme des vacances. Je préfère parler de « voyage ». À mes yeux le synonyme le plus doux et poétique de « mort » est bien « dernier voyage ».

Nous sommes prêts. Il est 17 heures, nous avons attendu que le soleil descende un peu sur l'horizon pour éviter la chaleur étouffante du mois de juin. Je mets le contact. Au lieu de rugir le moteur émet une toux asthmatique. Puis enfin, nous partons. Notre immeuble qui s'éloigne dans le rétroviseur est la dernière image que je conserve de ma vie passée. Dans un film dont j'ai oublié le titre, le héros disait que la vie n'est qu'une succession de dernières fois. Tout à fait vrai.

La dernière fois que vous saluez le surveillant de votre école.

La dernière fois que vous bavardez avec votre père.

La dernière fois que vous voyez le Colisée.

La dernière fois que vous mangez une figue cueillie sur l'arbre.

La dernière fois qu'un moustique vous pique.

La dernière fois que vous vous baignez dans la mer.

La dernière fois que vous embrassez la femme que vous aimez.

La liste est infinie, chacun de nous a déjà vécu des milliers de dernières fois sans le savoir. En effet, dans

la plupart des cas, vous n'imaginez pas que ce que vous êtes en train de vivre ne se reproduira pas. C'est là le bon côté des choses d'ailleurs. Le fait de ne pas savoir. Si au contraire, comme dans ma situation, vous savez précisément quelles sont vos dernières fois, les règles changent du tout au tout. Les choses prennent un poids et une importance autres. Même boire un bitter devient une expérience poétique et mélancolique.

En sortant de Rome, je laisse derrière moi une quantité démesurée de dernières fois. Tellement démesurée que j'arrête de les répertorier. Après de nombreux jours à regretter le passé et à imaginer un futur qui n'aura pas lieu, il est temps de penser à aujourd'hui.

J'ai avec moi le cahier Zoff que j'ai rempli de notes pour ce voyage. J'ai fait une liste des choses que je voudrais enseigner à Lorenzo et Eva. Et j'ai une femme à reconquérir en vingt jours. Je n'ai plus une minute à perdre.

Je m'engage sur l'autoroute et mets résolument le cap vers le sud. Il y a un semblant d'itinéraire, mais la marge d'improvisation est élevée. Je suis excité comme un enfant qui part pour la première fois en vacances sans ses parents.

Je lance un CD de génériques de dessins animés et mes passagers de moins de dix ans chantent à tue-tête. Paola fixe le paysage, elle ne s'est pas encore détendue. J'appuie sur l'accélérateur, ignorant une crampe à l'abdomen plus forte que d'habitude.

# – 20

Je suis sûr que l'hôtel où nous avons dormi sur l'autoroute un peu après Salerne, un trois étoiles qui en mérite à peine la moitié, est construit près du grand quartier général des moustiques. Nous avons passé la soirée encerclés par ces maudits insectes, d'abord au restaurant et ensuite dans la chambre. Nous avons pris une double avec deux petits lits supplémentaires et au bout de dix minutes, elle était déjà sens dessus dessous, en partie à cause des bagages, en partie à cause de la grande chasse aux moustiques qui, comme tout le monde le sait, implique la projection de divers objets contondants.

Notre destination est Craco, un lieu très spécial situé en Basilicate. Un village fantôme.

Lorenzo et Eva ont un seul point commun : la peur des fantômes. Ils sont capables d'affronter à visage découvert zombies, ogres, sorcières et vampires, mais ils sont tétanisés devant les fantômes. La moindre pièce sombre, le moindre rideau qui bouge, la moindre porte qui claque cache pour eux la présence d'un esprit malin revenu sur Terre pour se venger.

C'est pour leur permettre de dépasser cette peur que j'ai décidé de les emmener là, dans ce village abandonné depuis les années soixante. Le bourg minuscule semble suspendu dans le temps et a servi de décor à de nombreux films. Nous entrons dans la rue principale déserte.

Il fait très chaud et il n'y a pas un brin d'ombre. Paola porte une petite robe à fleurs, j'aimerais la prendre dans mes bras, mais elle marche toujours deux pas derrière moi. Je trouve cela très symbolique. Parfois j'ai le sentiment qu'elle n'est que spectatrice dans ce voyage, qu'elle refuse d'y prendre part. Mais pour le moment, ça me suffit. C'est déjà très positif d'être là tous ensemble. Tandis que nous marchons, je raconte la légende du village.

— Il a été fondé par des colons grecs au VIIIe siècle avant Jésus-Christ, et habité jusqu'à la moitié du siècle passé. Depuis le départ des derniers occupants, il est resté inhabité pendant quelques années. Aucun signe de vie à part les moustiques, le vent et de rares aboiements lointains.

— Pourquoi tu dis pendant quelques années ? Il a été de nouveau habité après ?

Lorenzo est attentif.

— Dans un certain sens, oui. Beaucoup se sont aperçus que le petit village était désert et qu'il y avait plein de maisons vides, alors ils sont venus vivre ici.

— Beaucoup qui ?

Doute légitime d'Eva.

— Beaucoup de fantômes.

Mes deux héritiers se figent.

— Alors ce village est rempli de fantômes ? demande Lorenzo, terrifié.

— Tous les fantômes d'Italie pour être précis.

— Mais tu es fou ? s'exclame Eva.

Je sens le sourire silencieux de Paola dans mon dos.

— D'abord je vous rappelle que les fantômes ne sortent jamais le jour et qu'il est 11 heures et demie du matin, ensuite je voulais justement vous expliquer que s'ils sont tous venus s'installer ici, on peut être tranquilles dans le reste du pays.

— Tous tous ? demande la petite.

— Tous tous. Ils ont profité du fait que le village était désert pour se retrouver un peu entre eux.

— Et que font-ils ici, s'ils n'ont personne à effrayer ? s'interroge Lorenzo.

— Tu sais, ça n'amuse pas du tout les fantômes d'effrayer les gens.

— Au contraire, intervient Paola pour me prêter main-forte. Les fantômes préfèrent rester entre eux à ne rien faire. Ils ont déjà fait beaucoup de choses alors maintenant ils se reposent.

Nous arrivons sur la place centrale du village. Les deux enfants regardent autour d'eux avec circonspection.

— Tu es sûr qu'ils ne sortent pas la journée ? dit Lorenzo.

— Archisûr.

Nous flânons pendant une petite heure dans les ruelles abandonnées, et nous finissons par parler des fantômes en rigolant. Nous nous demandons combien peuvent tenir dans une maison et s'ils ont un repère fixe pour apparaître, comme le coucher du soleil pour les vampires. Quand nous sortons du village et commençons la descente vers le parking où nous avons laissé la voiture, nous saluons carrément nos amis fantômes désormais « banalisés ».

— Salut, à la prochaine !

— Chalut !

J'espère que toutes leurs peurs vont rester dans ces ruelles. Nous nous arrêtons pour manger un morceau dans une belle trattoria juste en face du village fantôme. Quand je lève les yeux de mon assiette après avoir englouti apéritif-entrée-plat-garniture-dessert-café-digestif, j'aperçois des centaines de silhouettes un peu floues rassemblées à la sortie du bourg qui me saluent de loin comme les passagers d'un transatlantique en partance pour l'inconnu. Je cligne des paupières et ne les vois plus. J'ai sans doute trop mangé.

## – 19

Le Salento. Soleil. Transats et parasol de location. Châteaux de sable. Éclats de rire. Air iodé. Sauté de moules et de palourdes.

C'est ainsi que j'avais imaginé notre deuxième jour.

En fait, grâce à ma compétence indéniable pour lire les cartes routières, nous nous sommes perdus au fin fond des Pouilles alors que je cherchais un couvent où l'on produit du fromage aux herbes dont je n'ai jamais oublié la saveur quinze ans après. Résultat : ni fromages ni plage. Notre voiture se démène sur un chemin muletier, avant de s'arrêter dans un bruit sourd et définitif.

— La courroie de transmission a lâché, conclut le mécanicien venu nous dépanner après l'autopsie.

— Vous pouvez la réparer ?

— Bien sûr.

— Ah, tant mieux.

— Il faut que je commande la pièce au fabricant. Dans quinze jours elle sera comme neuve.

— Quinze jours ? Mais nous sommes en voyage. Nous ne pouvons pas attendre quinze jours.

— Que voulez-vous que je vous dise ? Louez une vraie voiture. Celle-ci, sauf votre respect, c'est une épave.

Ça me fait mal au cœur qu'on traite ma fidèle automobile d'épave. Mais il a raison : c'est une épave.

Je me fais accompagner à Tarente, loue un break dernier cri et retourne chercher les miens au milieu de nulle part. Nous trouvons un charmant hôtel avec vue, cette fois choisi après un examen attentif pour éviter les mauvaises surprises. Je couche les enfants de bonne heure. J'ai de grands projets pour la journée du lendemain.

— C'est-à-dire ? me demande Paola.

— Je voudrais louer une barque à moteur pour aller pêcher.

— Je ne peux pas passer la journée sur une barque à moteur. Je vais avoir le mal de mer au bout de dix minutes.

Je n'insiste pas. Je sais que c'est vrai, que ce n'est pas une excuse.

— Si tu veux on annule.

— Non, ne t'inquiète pas. C'est ton voyage. Je vous attendrai ici en lisant sur la plage. Je ne l'ai pas fait depuis une éternité.

« Ton voyage » est une formule résignée. Comme j'aimerais qu'elle se transforme rapidement en « notre voyage ». Je m'endors et rêve que je suis sur le bateau du capitaine Achab en train de l'aider à capturer la baleine blanche.

# – 18

La passion de mon grand-père Michele était la pêche. Chaque année au mois d'août il fermait la loge et nous partions à la mer. Souvent le matin il me réveillait avant l'aube et m'emmenait au large de l'exotique Ostie sur sa barque à moteur pour pêcher le calamar, créature romantique qui choisit le lever et le coucher du soleil pour se rapprocher des côtes. Parfois nous attrapions aussi un petit thon ou une bonite que grand-mère Alfonsina nous préparait le soir, en parfait cordon-bleu. Grand-père était un as de la pêche à la ligne et je ne me débrouillais pas mal non plus.

J'ai loué tout l'équipement du pêcheur expérimenté : deux cannes complètes et différents types de lignes, des appâts, un tube de crème solaire indice cinquante et une barque avec un moteur de dix chevaux. Paola vient nous dire au revoir sur l'appontement. Je crois qu'une journée seule lui fera du bien. Entre ses cours, les enfants et un mari malade qui la trompe, ç'a été une période difficile pour elle aussi.

— Maman, ne mange pas trop à midi parce que ce soir on va se faire griller plein de poissons, fanfaronne Lorenzo.

J'en rajoute une louche :

— On en aura tellement qu'on devra en vendre au restaurant de l'hôtel.

Je suis sûr de moi, je ne suis jamais rentré bredouille d'une journée de pêche.

La mer Ionienne est lisse comme un miroir. Nous faisons un mille vers le large et commençons à pêcher. Les enfants sont enthousiastes. Ils boivent mes paroles et m'assaillent de questions.

— Qu'est-ce qu'on fait si un requin mord à l'hameçon ?

— Avec un appât de cette taille, cela ne risque pas d'arriver. Il est trop petit. Les requins sont presque aveugles, ils ne peuvent pas le voir.

— Et si un orque mord à l'hameçon ?

— Il y en a très peu en Méditerranée. Soyez tranquilles. Ici c'est plein de thons.

— Si un dauphin mord à l'hameçon, je le libère, conclut Eva.

Deux heures plus tard, seul un rouget distrait de passage a mordu, mais nous ne baissons pas les bras. Nous multiplions les appâts et changeons de secteur. Nous croisons la bouée d'un plongeur et respectons la distance de sécurité. Quand je le vois refaire surface, près de son petit bateau, je lui hurle :

— C'est poissonneux par ici ?

— Nom de Dieu, pas qu'un peu ! Il y a des bancs de thons énormes là-dessous. Un sacré spectacle.

Je suis rassuré. Nous ne rentrerons pas les mains vides, c'est juste une question de patience, la vertu première du bon pêcheur.

Mes jeunes assistants redoublent d'effort. Nous formons une équipe très efficace. Les heures défilent à toute allure et bientôt le soleil descend vers l'horizon.

Résultat de notre partie de pêche ?

Nous nous sommes bien amusés et avons ramené le rouget déjà cité, trois malheureux petits poulpes et une bouteille en plastique. Nous avons également perdu une canne qui a glissé des mains de Lorenzo. En deux mots : Échec total.

— Qu'est-ce qu'on va dire à maman ? s'inquiète Lorenzo.

— Pas de panique. Il existe un endroit incroyable où on pourra à coup sûr se procurer du poisson. Un endroit magique.

— Et c'est où ? demande Eva. Comment ça s'appelle ?

— C'est au village, et ça s'appelle la poissonnerie.

— Mais c'est de la triche ! lance ma brillante fille.

— Exactement.

Lorenzo se réjouit de mentir à sa maman, Eva, elle, est perplexe : son sens moral est encore très développé. Peut-être trop.

Nous achetons des poissons variés et deux énormes calamars. Notre panier plein, nous nous présentons triomphants devant Paola à une heure plutôt avancée. Nous lui montrons le résultat de notre journée et elle nous regarde bouche bée.

— Mais c'est incroyable. Tous ces poissons !

— Papa est très fort ! s'exclame Lorenzo.

— Et la mer, là-devant, est pleine de poissons, ajoute Eva.

— C'est papa qui a pêché tout ça ? demande Paola.

— Non, le plus grand c'est moi et ce calamar-là, c'est Lorenzo.

Eva ment avec un talent et un sang-froid exceptionnels. Deux menteurs chevronnés. Je suis fier de mes enfants. Surtout de ma fille qui aujourd'hui a appris à pêcher et à mentir. Une performance notable.

Nous déposons notre butin dans la cuisine de l'hôtel et les enfants, exaltés, vont jouer sur la petite plage attenante. Je me retrouve seul avec Paola qui m'aligne en une seule phrase :

— J'ignorais qu'il y avait des brochets dans la mer.

— Quels brochets ?

— Le plus grand poisson que vous avez pêché est un brochet, on le reconnaît à son bec de canard.

— Ah, c'est un brochet ?

— Oui. Et les brochets sont des poissons d'eau douce.

— Il a dû se perdre… les brochets n'ont pas le sens de l'orientation. Tout le monde le sait.

Je suis sur une pente de plus en plus glissante.

— Bien sûr…

Le regard de Paola contient un sourire. Du moins l'ombre d'un sourire.

— Combien ça vous a coûté ?

Je capitule :

— Pas grand-chose. Ils allaient fermer. C'était mon idée. Les enfants n'y sont pour rien.

Maintenant elle me sourit franchement. J'ai l'impression d'être un gamin pris la main dans le pot de confiture.

— Ce n'est pas un brochet. Où veux-tu trouver un brochet par ici ?

Elle m'a tendu un piège et je suis tombé les deux pieds dedans. Sans attendre ma réplique, elle rejoint les enfants sur la plage, retire son paréo et les invite à faire un dernier bain au soleil couchant.

Aujourd'hui je ne peux pas les suivre. La virée en bateau m'a vraiment éprouvé. Je m'assieds dans un transat et observe ma petite famille aquatique qui court et s'éclabousse dans l'eau. Je ne voudrais être nulle part ailleurs.

## – 17

Nuit. Notre chambre d'hôtel est plongée dans le noir. Les fenêtres sont ouvertes. Paola dort. Moi non. Je respire lentement. La douleur à l'estomac ne me quitte plus. Je tousse fort, je n'arrive pas à m'arrêter, c'est presque un long râle. Je me lève, vais à la salle de bains. Impossible de calmer cette maudite toux. Mon corps se tord à chaque quinte. J'ai envie de vomir. Et je vomis, un peu par terre, un peu dans les toilettes, un peu sur mon tee-shirt. Puis je me laisse tomber le dos contre le mur, épuisé, anéanti, impuissant. Je ne vais pas pouvoir tenir comme ça longtemps.

Paola entre dans la salle de bains. Je l'ai réveillée.

— Ça va ?

— Non, ça ne va pas du tout.

Ma femme tire la chasse d'eau, prend du papier hygiénique pour nettoyer par terre et s'approche de moi.

— Attention, mon haleine risque de te tuer dans l'instant.

— Si tu arrives encore à plaisanter, tout va bien.

Elle me fait un demi-sourire, peut-être plus qu'un demi. Elle me nettoie le visage et les lèvres. Elle m'enlève mon tee-shirt plein de taches. Elle fait couler l'eau dans le bidet à côté, imbibe une serviette et me la passe délicatement dans le cou et sur le torse.

Je la laisse faire. J'adore quand elle prend soin de moi. J'espère qu'elle le fait par amour et non guidée

par cet instinct d'infirmière de la Croix-Rouge qui la caractérise.

Elle s'assied par terre et me prend dans ses bras. Je me laisse aller.

— On ressemble à la Pietà de Michel-Ange, dit Paola pour dédramatiser.

Je ris. Et recommence à tousser.

Quelques minutes après elle m'aide à me remettre au lit et rabat la couverture, comme nous le faisions pour nos enfants il y a encore peu de temps.

— Il faut qu'on rentre à la maison, me dit-elle alors que je m'attendais à un baiser de bonne nuit.

— C'est juste une crise passagère. Je me sens beaucoup mieux depuis qu'on est à la mer. Je respire plus facilement.

— J'ai vu, j'ai entendu plutôt. Lucio, je t'en prie, arrête avec cette lubie de dernier voyage, c'était une très mauvaise idée. Je te le dis franchement : tu as besoin de soins, d'autant plus que tu arrives dans la phase la plus violente.

— Mon amour, s'il te plaît, ce sont mes derniers jours. Je veux les vivre jusqu'au bout. On a encore beaucoup d'étapes au programme.

— Moi, je rentre avec les enfants.

— Tu ne peux pas faire ça. Vous ne pouvez pas m'abandonner maintenant. Si vous faites marche arrière, je ne viendrai pas avec vous. Il ne reste que quelques jours. Je t'en prie.

Silence d'abdication. Elle cède. Elle ne le regrettera pas.

# – 16

J'ai mis sur CD quelques compilations de mes chansons préférées. Je n'ai pas envie d'écouter des chansons sélectionnées au hasard par la bande FM durant ce voyage. J'adore le mot « compilation », il évoque tout de suite les amours du lycée et les étés à la mer. Ma génération a été la dernière à pouvoir faire des compilations sur cassettes pour ensuite les oublier dans la voiture, sur le tableau de bord, et les retrouver démagnétisées.

Mes compilations sont anarchiques, sans aucun autre critère que mon goût personnel. Aujourd'hui c'est le tour de :

*Romeo and Juliet* Dire Straits
*Through the Barricades* Spandau Ballet
*Meraviglioso* Domenico Modugno
*Yesterday* The Beatles
*Rain and Tears* Aphrodite's Child
*Un giorno credi* Edoardo Bennato
*Can't Smile Without You* Barry Manilow
*In My Room* Beach Boys
*Father and Son* Cat Stevens
*Goodbye My Lover* James Blunt

Je prends conscience à la moitié du disque que ce ne sont que des tubes plutôt mélancoliques. J'éjecte le CD et tombe sur une émission de radio régionale qui fait des blagues téléphoniques. Nous nous dirigeons vers le

Molise qui est un peu le Liechtenstein de l'Italie, une région magnifique mais absente des guides touristiques. On n'y trouve pas de monuments historiques et aucune célébrité n'y a vu le jour à part les grands-parents de Robert De Niro. J'y suis venu la première fois pour un camp scout avec les louveteaux, dans le massif du Matese. Et ç'a été un vrai coup de foudre. Cette région n'a rien à envier à ses voisines plus fréquentées. Un seul élément pour vous faire comprendre qu'on y vit mieux qu'ailleurs : le Molise compte en moyenne 72 habitants au kilomètre carré quand le Latium en compte 330, la Lombardie 412 et la Campanie 429. Il y a de l'espace, une chose à laquelle nous ne sommes plus habitués.

Nous choisissons un hôtel familial qui n'a que cinq chambres, dont une seulement avec vue sur la mer. Je la laisse volontiers aux enfants. Paola et moi, nous nous installons dans la « suite Gardenia » avec vue sur la route côtière peu fréquentée. Les propriétaires sont un couple de septuagénaires, Sabino et Alba, aidés par leurs trois enfants et leurs deux petits-enfants. Sabino nous raconte qu'il a hérité cette affaire de son père et qu'il a réussi à convaincre les siens de vivre et travailler à ses côtés. Un privilégié en cette époque qui disperse aux quatre vents parentés et sentiments.

— Si vous voulez ce soir il y a un concours de danse au village, me dit Sabino comme s'il me proposait un billet pour assister à la finale de la Coupe du monde de football.

— Quelle danse ?

— Toutes les danses. Un concours de qualité. Il y aura même le maire dans le jury et quelqu'un dont j'ai oublié le nom mais qui a dansé avec Carla Fracci.

— Et comment on s'inscrit ?

Paola m'interrompt :

— Je ne suis pas sûre que danser soit...

Je ne la laisse pas finir et répète :

— Comment on s'inscrit ?

— Directement sur la place, mon beau-frère prendra vos noms et vous donnera des numéros. C'est trois euros l'inscription avec une bière offerte. Si madame ne veut pas danser il y a aussi le marché artisanal, c'est la fête patronale. Ma femme ne danse pas non plus parce qu'il y a trois mois, elle a glissé sur un rocher et s'est cassé le col du fémur. Elle fait encore de la rééducation.

— Merci, mais je ne crois pas que nous viendrons, coupe court mon épouse, décidément acerbe aujourd'hui. Le voyage a été long, mon mari écoute de la musique horrible et les enfants sont fatigués.

— En tout cas, ça commence à 21 h 30, dit Sabino avec un sourire qui dénote une fréquentation insuffisante des cabinets dentaires.

Deux heures après je suis avec Lorenzo et Eva au guichet pour nous inscrire tous les quatre. Nous l'avons emporté démocratiquement 3 à 1, et Paola a été obligée de nous suivre. Du reste, la cuisine de l'hôtel est fermée parce que le gérant et toute sa joyeuse petite famille participent au concours, sauf Alba qui, maintenant que j'y fais attention, boite un peu. Sabino est très content que nous soyons là.

— Qui danse avec qui ? Il faut s'inscrire en couples.

— Je pense que je danserai avec ma femme, et mes enfants ensemble.

— Non, moi je ne danse pas, précise Paola, je suis venue mais je ne danse pas.

Lorenzo ne semble guère plus intéressé. Il tourne déjà autour d'un baby-foot pris d'assaut par les garçons du village.

Je regarde Eva :

— On danse tous les deux ?

— Mais je ne sais pas danser, papa.

En effet, la danse ne figure pas au panel des multiples compétences de ma brillante enfant. Pourtant ce grain de folie et de laisser-aller inhérent à la danse lui ferait beaucoup de bien.

— Je vais t'apprendre, dis-je comme si j'étais Noureev et non l'ours Baloo.

Nous sommes le seul couple avec soixante centimètres de différence. Nous ne passons pas inaperçus. Je comprends que, dans le village, ce concours est pris très au sérieux. À la fin de chaque danse le jury donne des notes au cours d'un bref et mystérieux conclave.

Au début, Eva n'est pas très à l'aise : nous improvisons un timide twist. À deux pas de nous, Sabino s'exhibe avec sa fille dans un style assez statique et maladroit. Cependant il faut se rendre à l'évidence, nous n'avons aucune chance de gagner. Je regarde autour de moi, certains couples semblent tout droit sortis de *Dirty Dancing*.

Quand vient le moment de la mazurka, je transpire déjà d'une façon embarrassante. Paola flâne entre les stands du marché artisanal et nous lance un regard de temps en temps. Lorenzo, pris dans une partie de babyfoot endiablée, nous ignore royalement.

Dix minutes plus tard Eva et moi quittons la piste. Au sens métaphorique du terme, soyons clairs. Vous voyez cet étrange état de transe qui s'empare de vous parfois, en lisant par exemple ? Vous êtes plongé dans le dernier roman de Ken Follett sur la plage et, soudain, vous vous retrouvez en pleine Angleterre médiévale, jusqu'à ce qu'un événement extérieur vous ramène brutalement à la réalité. Voilà, ce type de transe-là. Dix minutes plus tard ma petite fille et moi dansons seuls, nous sommes au sommet d'une montagne, tout n'est que neige et silence autour de nous. Nous dansons comme des fous, sans ressentir la fatigue et presque sans respirer. Un sentiment d'euphorie que je n'avais pas éprouvé depuis longtemps et que ma fille, je crois, ne connaissait même pas. Je ne l'ai jamais vue aussi heureuse que pendant le rock'n'roll, quand je la fais glisser entre mes bras en pensant aux lointaines fêtes du lycée. Elle est légère, c'est un avantage. Nous continuons à danser, indifférents au monde qui nous entoure. Il n'y a plus que nous deux. Moi et ma petite princesse déchaînée.

Juste avant le collapsus cardiovasculaire, une voix dans le mégaphone me sauve :

— Stop ! Remise des prix dans cinq minutes !

Je m'affale sur un banc avec ma partenaire.

— On a été bons, papa ?

— Très bons.

— Tu crois qu'on va gagner ?

— Non, je ne crois pas qu'ils feront gagner des gens qui ne sont pas du village.

J'ouvre sagement le parapluie, ne présageant pas un classement excellent.

Paola et Lorenzo nous rejoignent. Je découvre qu'ils nous ont encouragés pendant les dernières danses. Ma femme nous tend deux tranches de pastèque fraîches. C'est aussi pour ça que je l'aime.

Nous plongeons la tête dans la pulpe rouge feu en écoutant le jury proclamer le couple vainqueur. C'est carrément le maire qui prend la parole, accueilli par une salve de sifflets et d'applaudissements.

— Le gagnant est, avec 128 points, le couple formé par Sabino et Gabriella Antinori.

Sabino et sa fille ont gagné. Vu que le mari de la jeune femme est un des organisateurs du concours, je soupçonne légitimement une magouille à l'italienne. Les deux exultent comme s'ils avaient remporté un oscar.

— Voici le tableau avec le classement général, conclut le président du jury.

Eva se précipite pour regarder. Je n'ai pas la force de la suivre. Elle revient au bout de trente secondes, la tête basse.

— On est derniers, m'annonce-t-elle.

— Je suis sûr qu'il y a eu une magouille. La prochaine fois on s'entraînera, et ça ira mieux. Tu veux une autre tranche de pastèque ?

Elle me lance un oui enthousiaste, oubliant instantanément le mauvais résultat du concours. Je la prends par la main et nous courons jusqu'au stand de ravitaillement sous le regard inquiet de Paola.

— Repose-toi maintenant.

Je ne l'écoute pas et commande deux autres supermégatranches de pastèque. Je suis un papa comblé. Aujourd'hui, Eva a appris à se laisser aller et à perdre. Deux choses qui lui seront très utiles dans sa vie future. J'essaie de déchiffrer dans ses traits la femme qu'elle deviendra. Une très belle femme qui fera tourner la tête de tous les hommes qui auront la chance de la rencontrer. Quelle tristesse de savoir que je ne la verrai pas dans sa robe de mariée. Et que je ne pourrai pas l'accompagner à l'autel. C'était ma mission.

Une larme coule sur ma joue.

— Tu pleures, papa ?

— Non, c'est juste de la sueur.

Je lui tends sa supermégatranche. Et je lui souris.

## – 15

J'avais pris quelques informations sur Internet avant de partir. Un descriptif particulièrement accrocheur pour un endroit au nom mystérieux : *Village Néosapiens.*

Il s'agit d'un parc de loisirs unique en son genre, construit comme un véritable village préhistorique, où l'on peut découvrir le quotidien de nos ancêtres et se défier à travers de multiples activités parmi lesquelles le tir à l'arc, la construction d'abris, les parcours de survie et le lancer de javelot.

Cela m'est tout de suite apparu comme une étape incontournable de notre voyage. Se confronter, pendant une journée, aux modes de vie d'un temps reculé où il n'y avait pas l'électricité, les briquets ou les supermarchés est une expérience formatrice. Je n'ai jamais réussi à convaincre mon anxieuse Paola d'envoyer Lorenzo et Eva chez les scouts, c'est donc l'occasion de leur offrir un cours en immersion complète sur la vie au grand air. En réalité mes enfants n'ont jamais été très enthousiastes non plus à l'idée de passer leurs week-ends dans les bois, et cela m'a toujours un peu contrarié. Je considère que mes années de scoutisme ont été les plus amusantes de ma vie et, en même temps, les plus enrichissantes, deux choses qui vont rarement de pair.

À notre arrivée, un sympathique animateur nous accueille et nous explique les règles du parc : durant la journée il est interdit de fumer et d'utiliser son téléphone

portable ou tout autre appareil électronique. Il nous invite à faire l'effort de penser et de nous comporter comme des hommes primitifs.

— Est-ce qu'il y a des dinosaures ? demande Lorenzo, plein d'espoir.

— Non, il n'y en a pas, répond l'animateur. Heureusement je dirais, car même avec nos armes actuelles nous n'aurions aucune chance de survivre à l'attaque d'un vélociraptor ou d'un tyrannosaure.

— Quand vous dites primitifs, à quel stade de l'évolution humaine vous pensez exactement ?

La question est posée par Eva bien sûr.

— C'est-à-dire ?

L'animateur est stupéfait.

— C'est-à-dire, avons-nous déjà un langage commun ? Savons-nous écrire ? Avons-nous déjà inventé la roue ?

Le jeune homme me regarde, perplexe. Je lis dans ses yeux qu'il se demande si Eva ne serait pas une professeure d'anthropologie naine déguisée en petite fille avec des nattes. Puis il formule une réponse sensée.

— Alors... vous avez un langage commun, vous ne savez pas écrire, vous savez faire du feu mais vous ne connaissez pas la roue.

— Merci, dit Eva poliment.

Avez-vous déjà essayé d'allumer un feu avec deux pierres et quelques brindilles ? Faites-le, je vous en prie. C'est un merveilleux antistress. Au bout d'une heure de « pierre contre pierre », nous abandonnons. Autour de nous les autres familles qui participent à la journée primitive ont presque toutes réussi. Lorenzo sort une boîte d'allumettes et propose de tricher. Je refuse et continue de frotter mes cailloux l'un contre l'autre dans l'espoir de provoquer l'étincelle convoitée. Paola m'observe avec cette tendresse mêlée de compassion qu'on a quand on regarde un hamster courir dans sa roue. Un quart d'heure plus tard une brindille prend feu, mais la flamme est trop faible pour se propager au bouquet entier. Je

propose qu'on se rattrape dans l'activité suivante : le tir à l'arc. Là aussi, je vous invite à le faire au moins une fois dans votre vie. Décocher une flèche est un geste violent et instinctif, ancré dans notre ADN. Un geste qui nous vient naturellement, comme si nous le faisions tous les jours. Paola est la meilleure, on dirait Robin des Bois. Elle effectue une série de tirs centrés avec l'assurance d'une championne olympique. Je la fixe comme si je la voyais pour la première fois. Elle ressemble à une guerrière sioux. Elle a dû en être une d'ailleurs, dans une autre vie. Lorenzo et Eva s'appliquent avec leurs arcs miniatures et s'amusent comme rarement je les ai vus s'amuser.

Au lancer de javelot par contre, nous sommes moins brillants. La discipline requiert une technique et une force auxquelles la chance ne peut se substituer. Nos lances se plantent, inoffensives, à cinq mètres de nos pieds. Les heures suivantes, nous assistons à un spectacle de fauconnerie, je montre aux enfants comment lire une carte, nous fabriquons deux pots en terre cuite et imaginons un abri pour la nuit que nous n'avons pas le temps de construire car la fermeture du parc approche. Nous repartons avec nos poteries dans un sac plus quelques souvenirs, dont deux silex. Aujourd'hui, pour la première fois depuis que nous sommes partis, j'ai vu Paola participer un peu. Serait-ce le début du dégel ?

## – 14

Comme vous le savez, *Pinocchio* est mon deuxième livre préféré. L'auteur est le plus grand monoécrivain de tous les temps, Carlo Lorenzini, dit Collodi. Le petit pantin de bois a balayé tout le reste de son abondante production.

C'est certainement l'adaptation télévisée de Luigi Comencini qui a contribué à éveiller ma pinocchiesque passion. Je crois que la plupart des gens de ma génération, si on leur demandait de raconter l'histoire de Pinocchio, se référeraient à la version du téléfilm qui est un peu différente. Il suffit de prendre le premier épisode où Pinocchio devient un enfant alors que dans le livre, la transformation ne se produit qu'à la dernière page. Aujourd'hui encore si je pense à Geppetto je vois Nino Manfredi, si je pense au Chat et au Renard je vois Franco Franchi et Ciccio Ingrassia, si je pense à la Fée bleue je vois évidemment Gina Lollobrigida, et Pinocchio aura toujours le visage toscan impertinent d'Andrea Balestri.

Voilà pourquoi une autre étape incontournable de notre voyage est le Parc de Pinocchio en Toscane. Il ne s'agit pas d'un parc à thème ultrasophistiqué avec des montagnes russes et des animations 3D, et c'est justement ce qui fait son charme. Dans un décor XIXe siècle, on a vraiment l'impression de respirer l'air du Pays des Jouets. Le restaurant s'appelle *L'Auberge de l'Écrevisse Rouge* et il y a de nombreuses sculptures et œuvres d'art

qui reproduisent des scènes ou des personnages de l'histoire.

Je suis dans mon élément : je sais tout sur Pinocchio.

— Savez-vous, les enfants, qu'en réalité Pinocchio n'est pas une marionnette mais un pantin ? Les marionnettes s'enfilent directement sur la main tandis que les pantins sont manœuvrés à l'aide de fils, c'est le cas de Pinocchio. L'erreur est déjà dans le texte de Collodi qui ne cesse de parler de marionnette.

— Alors Collodi était bête ?

Question impertinente d'Eva.

— Non, mais il s'emmêle un peu les pinceaux. Par exemple, il appelle requin le monstre qui avale Pinocchio, mais ensuite il le décrit comme une baleine. D'ailleurs dans le *Pinocchio* de Walt Disney il est dessiné comme une baleine.

— Moi, je n'aime pas Pinocchio. Je préfère Peter Pan, dit Lorenzo encore dans l'émotion de sa prestation de fin d'année.

— Ils ne sont pas très différents, dois-je argumenter, ce sont tous les deux des enfants qui ne veulent pas grandir. Ils étaient même amis.

— Mais si ce sont des personnages inventés, comment peuvent-ils être amis ? demande ma petite.

— Personne ne le sait, mais ils se sont rencontrés au Pays des Jouets.

— Le Pays des Jouets n'existe pas ! s'exclame Lorenzo.

— Bien sûr que si il existe ! J'y suis allé. C'est là-bas que j'ai rencontré Roméo.

— Et qui est Roméo ?

Même Paola commence à s'intéresser à mon récit alambiqué. Son attitude un peu distante est la constante de ce voyage.

— Roméo est l'ami de Pinocchio que nous connaissons tous sous le nom de Lumignon, son surnom en fait.

— Tu as rencontré Lumignon ? s'étonne Eva.

— Plus que ça, nous étions amis.

— *Pinocchio* est un roman de la fin du XIX^e siècle, tu as quel âge papa ?

Lorenzo tente d'éliminer toute forme de poésie en une seule question.

— Je l'ai rencontré dans les années soixante-dix, j'étais un petit garçon et lui avait presque cent ans.

— Tu étais ami avec un vieux ? note Eva, sidérée.

— Bien sûr ! L'amitié n'est pas une affaire d'âge.

— Tu étais ami avec un âne centenaire ? insiste Lorenzo.

Ah, c'est vrai, j'avais oublié que dans le livre Lumignon se transforme en âne.

— En effet, c'était un âne, mais au bout de quelques années il a été pardonné et est redevenu un petit garçon. Moi je l'ai connu des années plus tard. Je suis arrivé au Pays des Jouets après avoir perdu mon chemin au cours d'une promenade à vélo.

— Et où se trouve le Pays des Jouets ?

Lorenzo commence à baisser la garde.

— Personne ne le sait. On y arrive uniquement par hasard. J'ai tout de suite reconnu l'entrée illuminée, un peu comme l'entrée d'un parc d'attractions. À l'intérieur il y avait des milliers d'enfants et un seul vieux monsieur, Lumignon.

— Et pourquoi il était encore là ?

Eva est curieuse à présent.

— Parce que dehors il n'avait pas d'amis, Pinocchio était parti on ne sait où et il avait trouvé ce travail de gardien du Pays des Jouets.

— Et comment vous êtes devenus amis ? demande ma petite.

— C'est une longue histoire.

— Je vais vous la raconter, intervient Paola par surprise.

— Tu la connais ? lancent en chœur Eva et Lorenzo.

— Bien sûr que je la connais. J'y étais. Mais à l'époque je ne connaissais pas papa. J'étais aussi de passage au Pays des Jouets.

Je suis soufflé. L'histoire à deux voix est la spécialité de la maison. Paola et moi en avons raconté des dizaines comme ça, mais aujourd'hui c'était complètement inattendu. Presque un miracle.

Paola continue :

— J'étais en vacances avec mes parents à la campagne. J'avais environ dix ans et, en jouant avec mon cerf-volant, je me suis perdue dans la forêt. La nuit s'apprêtait à tomber.

Je prends le relais :

— À ce moment-là, j'étais déjà arrivé au Pays des Jouets et Lumignon ne voulait pas me laisser entrer parce que mon nom ne figurait pas sur la liste des invités. J'étais un intrus. Je lui ai expliqué que je m'étais perdu en faisant une promenade à bicyclette mais il ne m'a pas cru.

— Alors je suis arrivée et j'ai dit au gardien que papa était mon frère, et que j'étais très inquiète pour lui parce qu'il était un peu fou.

— Au début, Lumignon était un peu sceptique, mais finalement il s'est laissé convaincre, il nous a pris en sympathie et nous a invités à dîner. Un délicieux dîner à base de chocolat, de bonbons et de barbe à papa, le tout produit par un pâtissier très doué qui travaillait sur place.

— Après le dîner, il nous a fait faire le tour du Pays des Jouets dans son carrosse tiré par des souris blanches, acheté d'occasion à la Fée bleue. Il y avait des manèges partout, des cinémas, des théâtres, une avalanche de divertissements. Et des milliers d'enfants comme nous. Le paradis.

— Nous avons joué jusqu'à l'aube, tandis que Lumignon s'était endormi dans son carrosse. Le lendemain il nous a révélé que, pour notre bien, il valait mieux que nous partions. Au Pays des Jouets, le deuxième jour est fatal.

— Parce qu'on se transforme en âne ? demande Lorenzo.

— Oui, répond Paola, ce n'est pas une légende comme nous le pensions. Et pour nous convaincre, Lumignon

nous a montré l'étable où étaient enfermés tous les enfants transformés en ânes.

— Ce jour-là donc, nous sommes partis ensemble et nous sommes rentrés chez nous. Nos parents étaient très inquiets. Les mois suivants, je suis retourné plusieurs fois voir Lumignon et nous avons passé de belles soirées à rire et à refaire le monde.

— Moi, malheureusement, je n'ai pas pu y retourner parce que grand-père ne voulait pas. Je pense qu'il était jaloux du pâtissier qui travaillait là-bas et qui était meilleur que lui.

— Quelques années après, Lumignon a fêté ses cent ans et a pris sa retraite. Moi, j'ai grandi et je n'ai plus réussi à trouver le chemin pour me rendre au Pays des Jouets.

— Dommage, commente Eva.

— En effet mais, par chance, après toutes ces années j'ai réussi à retrouver maman.

Je cherche le regard de Paola et l'intercepte juste un court instant. L'histoire à deux voix l'a amusée autant que moi. Les enfants, eux, sont un peu déçus par l'absence de dragon, d'ogre ou de cavalier mystérieux.

C'est Lorenzo qui prononce l'impitoyable jugement :

— Si c'est une histoire vraie, elle est très triste. Si vous venez de l'inventer, elle est pas mal mais vous pouvez mieux faire.

Nous nous regardons enfin, Paola et moi. Nous éclatons de rire. Je m'apprête à la prendre dans mes bras, mais elle m'esquive et lance :

— Tous à *L'Auberge de l'Écrevisse Rouge*. Vous n'avez pas faim ?

Le chœur d'approbation qui s'élève est sans équivoque. Nous allons manger. J'observe Paola piloter sa petite troupe affamée. Je me sens comme un attaquant qui a marqué un but. Mais le match des sentiments est loin d'être terminé.

# – 13

Monte Argentario. Un nom scintillant qui pour Paola et moi a une signification magique : c'est là que dix ans plus tôt nous avons conçu Lorenzo. J'ai réservé dans le même petit hôtel dont la gestion a changé entretemps mais qui est toujours aussi romantique. Il se trouve sur le promontoire entre Porto Ercole et Porto Santo Stefano, dans la zone la moins accessible aux touristes. J'ai gardé le souvenir d'un petit paradis et, allez savoir pourquoi, nous n'y sommes jamais retournés.

— Tu sais, Lorenzo, que maman et papa t'ont conçu ici ?

— Jc ne suis pas romain ?

— Tu es né à Rome, mais tu as été conçu ici.

Eva intervient :

— Ça veut dire quoi conçu ?

Nous y voilà, la discussion la plus périlleuse pour tous les parents de la planète.

— Ça veut dire qu'ici, maman et papa se sont fait plein de bisous, et ont décidé d'avoir un bébé. Lorenzo, en l'occurrence.

— Les bisous ne suffisent pas pour faire un bébé, précise Lorenzo, il faut faire l'amour.

Parfait. Nous sommes déjà au niveau du dessus.

— Oui, en effet, nous avons fait l'amour et neuf mois plus tard Lorenzo est né. Nous étions précisément dans cet hôtel.

— Papa était déjà un gros patapouf ? demande Eva.

Paola, tendue jusqu'alors, ne peut retenir un sourire.

— Oui, disons qu'il était déjà costaud.

— On est arrivés !

Je coupe court à la discussion en passant le portail de l'hôtel. Tandis que nous déchargeons les valises, je fais part aux enfants de mon projet.

— Ce soir, papa et maman dînent tous les deux. J'ai trouvé une personne qui vous tiendra compagnie.

Paola qui me voit venir contre sans attendre :

— Je n'ai aucune intention de laisser mes enfants à une jeune fille que je ne connais pas.

Je savoure ce moment, prévu depuis des jours.

— À vrai dire, ce n'est pas exactement une jeune fille, et puis surtout tu la connais.

Je montre quelqu'un dans son dos. Paola se retourne et découvre, sur le seuil de l'hôtel, Martina qui la salue de la main. Derrière Miss Marple, il y a Oscar qui porte des lunettes de soleil et qui sourit. Ils semblent avoir rajeuni de dix ans.

— Les baby-sitters te conviennent ? je demande, narquois.

Les enfants courent vers leurs grands-parents en hurlant de joie.

— Aujourd'hui la pâtisserie est fermée, alors j'ai proposé à ton père une petite excursion sur le Monte Argentario avec Martina. Je dois dire qu'il ne s'est pas fait prier.

Paola abdique. Elle vient de prendre un but en pleine lucarne.

Au coucher du soleil nous confions Lorenzo et Eva à nos baby-sitters et j'emmène Paola dîner dans le petit restaurant de l'hôtel, un bijou de romantisme qui surplombe les eaux cristallines. Nous commandons un plateau de fruits de mer.

— Pourquoi tu m'as emmenée ici ? me demande-t-elle en attendant qu'on soit servis.

— Parce que je voulais montrer à Lorenzo l'endroit où il a été conçu.

— Je répète ma question. Pourquoi tu m'as emmenée ici ?

Je vais droit au but :

— Parce que c'est un endroit important pour nous, et tu n'imagines pas à quel point j'aimerais faire la paix avec toi. Pardon pardon pardon pardon mille fois pardon.

— Tu sais quoi, Lucio ?

Quand elle m'appelle Lucio, et pas mon amour, c'est toujours mauvais signe.

— Si j'avais épousé un Corrado, j'aurais pu m'attendre à une trahison, ou plutôt à des centaines. Disons que la chute aurait été moins violente. Mais avec toi, j'aurais mis ma main au feu que ça n'arriverait jamais.

— J'ai dérapé, que veux-tu que je fasse ?

— Ne me harcèle pas, laisse-moi du temps.

— Je n'ai plus de temps.

Elle comprend qu'elle a eu, sans le vouloir, un mot très malheureux. Elle se tait quelques instants, puis reprend :

— Je voudrais pouvoir tout effacer. Tu n'imagines pas à quel point. Je voudrais te serrer dans mes bras et te dire que je t'aime. Mais je n'y arrive pas. C'est sans doute difficile à comprendre, mais c'est comme ça. Aujourd'hui, c'est comme ça.

Un grand plat de crustacés arrive pour détendre l'atmosphère. Tandis que nous nous régalons de crevettes et de langoustines, Paola continue :

— Tu te rappelles quand, il y a un an, je suis allée voir un nouvel orthopédiste à cause de ce mal de dos qui ne passait pas ?

— Oui.

Ce changement de sujet inattendu éveille mes soupçons.

— Ce n'était pas un vieux ponte des hôpitaux comme je te l'avais dit. Il avait quarante-cinq ans, un visage et un corps splendides et il en jouait un maximum. Il me plaisait terriblement.

Je suis cloué sur ma chaise.

— Un jour, à la fin d'une consultation, il m'a embrassée.

— Et toi ?

— Je suis restée figée de surprise, puis je l'ai embrassé à mon tour et...

— Et ?

— Et je me suis enfuie. J'ai changé d'orthopédiste sans te le dire.

— Il y a juste eu un baiser ?

— Juste un baiser. J'ai résisté, moi.

Ce « moi » sonne le glas de notre conversation. Nous finissons de dîner en silence comme un vieux couple fatigué.

Dans le hall de l'hôtel, nous trouvons les baby-sitters en pleine partie de cache-cache avec nos enfants, et ceux des propriétaires de l'établissement.

— Tout va bien ? s'inquiète Oscar en lisant l'échec sur mon visage.

— Tout va bien, dis-je, mais je mens très mal.

Peu après nous les saluons Martina et lui, en les remerciant pour leur visite éclair. Ils logent dans le même hôtel que nous, mais le lendemain ils partiront à l'aube, avant notre réveil.

— Ne vous habituez pas à ce service à domicile, bougonne Oscar.

— Continuez bien votre voyage, les jeunes, nous lance Martina.

Lorenzo relève mon étreinte étrangement longue avec son grand-père.

— Papa, je te rappelle qu'on va le revoir dans deux semaines à Rome !

J'ai un mouvement de recul, comme pris en flagrant délit de sentimentalité. Quand nos vieux tourtereaux s'engagent dans les escaliers bras dessus bras dessous, un petit bout de moi les suit.

# – 12

Voilà le moment que j'ai attendu toutes les vacances : la journée entre hommes. Lorenzo et moi.

Nous laissons Paola et Eva à l'hôtel, chacune à son activité : spa pour la première et tournoi de mini-volley pour la seconde, puis nous partons à pied, sac au dos, le long du promontoire du Monte Argentario. Nous sommes en short et en tee-shirt, nous avons de l'eau et des fruits, ainsi que des crèmes solaires et des serviettes de plage. Deux parfaits randonneurs.

— À une heure de marche d'ici, dis-je à Lorenzo, il y a un accès à la mer creusé dans la falaise que personne ne connaît.

— Et toi, comment tu le connais ?

— Ton arrière-grand-père me l'a fait découvrir quand j'avais ton âge.

— Et lui, comment il le connaissait ?

— Quand il était dans la marine, il avait débarqué un jour dans le coin et avait exploré la côte.

Je lui montre la crique où nous allons sur Google Maps avec mon iPhone. Il a l'air convaincu.

— On a pied ? me demande-t-il.

L'eau profonde est son ennemi numéro un.

Je le rassure.

— Oui, il y a une petite plage avec des rochers, mais on a pied.

Il semble rassuré. Nous marchons vaillamment sous un soleil de feu. Nous prenons un sentier qui côtoie le surplomb. Un sentier de bouquetins.

— Attention, regarde où tu mets les pieds et prends appui sur le rocher avec tes mains.

Le sentier commence à descendre en petits lacets. Le terrain rocailleux est dangereux. Ça glisse. Nous allons doucement pour ne pas prendre de risques. Je tousse de temps en temps mais essaie de dissimuler ma fatigue. Je me sens très faible, presque vidé.

Ma mémoire photographique s'enclenche et, soudain, je me souviens de tout. Les rôles sont inversés, je prends la place de Lorenzo et grand-père la mienne. Je me souviens que je n'arrêtais pas de glisser. Lorenzo est plus habile, à moins que ses chaussures soient plus performantes que mes Adidas d'alors.

— Je peux te poser une question, papa ?

— Oui, bien sûr.

— Qui est cet ami Fritz dont vous parlez des fois avec maman ? Je le connais ?

— Non, tu ne le connais pas. Il n'est pas très sympathique et j'espère que tu ne le rencontreras jamais.

— Alors pourquoi tu utilises le mot « ami » ?

— C'est une façon de parler un peu ironique. Comme quand Eva parle de toi en disant que tu es le premier de la classe.

— C'est pour te moquer de lui ?

— Pas exactement. L'ironie est plus subtile. Pour dire une chose, tu dis son contraire. Par exemple, la semaine dernière quand tu as cassé ce cadre avec ton ballon, qu'est-ce que je t'ai dit ?

— Tu m'as dit : « Bravo, je te félicite ! »

— Eh bien voilà, j'étais ironique.

Lorenzo sourit. Il a compris.

Je lui souris aussi. Dommage que nous n'ayons pas fait plus de journées entre hommes. Vraiment dommage.

La mer est toute proche maintenant. Je me rappelle qu'il y a un dernier passage délicat entre les arbres, avant d'accéder à la merveilleuse petite crique.

Un signal sonore inattendu présage une mauvaise surprise : nous entendons résonner les voix superposées du Trio Medusa qui, sur les ondes de Radio Deejay, invitent les Italiens à voyager malin en évitant de prendre la route le premier week-end noir de ces vacances estivales. Puis les trois humoristes lancent un succès intemporel : le générique de *Goldorak*.

Sur l'inoubliable premier couplet : « Goldorak go ! Rétrolaser en action, Goldorak go ! Va accomplir ta mission », nous débouchons sur la crique paradisiaque. Ex-crique paradisiaque. Elle est à présent envahie par une horde de vacanciers, débarqués de deux gros bateaux qui attendent en rade à une trentaine de mètres du rivage. Parasols, hurlements, effluves d'huiles bronzantes, beach ball, bikinis, bombes à eau, paninis tomate-mozzarella. Une petite plage rocheuse de cinquante mètres bondée comme un grand magasin le premier jour des soldes.

Lorenzo me fixe et s'exclame :

— Super ta plage paradisiaque, bravo papa !

Il a parfaitement intégré le concept d'ironie. J'éclate de rire.

Nous trouvons un petit coin dans les rochers où poser nos sacs à dos et nos serviettes.

— On ne va pas nous les voler ? demande Lorenzo.

— On gardera un œil dessus… Viens, allons nous baigner.

J'enlève mon tee-shirt et l'invite à me suivre. Il hésite, puis se résigne.

Je cours dans l'eau et plonge. Lorenzo fait quelques pas et barbote avec de l'eau jusqu'à la taille. Le contact avec le fond sableux le rassure ; c'est un peu comme la couverture de Linus dans *Snoopy*.

Je le rejoins.

— Tu veux faire la planche ? Je te tiens si tu veux.

Il accepte et se laisse porter. Une main sous la tête, l'autre sous les fesses.

— Respire profondément. Le corps humain est comme un bout de bois. Il flotte. Il ne peut pas couler.

— Même si je bois vingt litres d'eau ?

— Qu'est-ce que tu racontes ? Si tu bois tout ça, bien sûr que tu vas couler. Mais garde la bouche fermée quand tu vas sous l'eau et tu ne couleras pas.

Lorenzo se détend. Il ferme les yeux et se laisse bercer par l'onde. Je le soutiens sans grand effort grâce à la poussée d'Archimède. Petit à petit je relâche ma prise. Puis je le laisse flotter librement. Il ne s'en aperçoit pas. Je reste près de lui pour le protéger. Sa ligne de flottaison est parfaite jusqu'à ce qu'il ouvre les yeux et qu'il comprenne que je ne le tiens plus. Il s'agite et cherche le fond, mais le courant nous a fait dériver de quelques mètres et il n'a plus pied.

— Papa, je me noie !

— Calme-toi... tu ne vas pas te noyer. (Je suis à deux mètres de lui et ça le rassure.) Essaie de bouger les jambes comme quand tu fais du vélo.

Il s'exécute. Mais ses mouvements de bras frénétiques l'empêchent de trouver l'équilibre.

— Ça suffit, papa. Aide-moi !

— Plus tu seras détendu, mieux tu flotteras. Allez, pédale avec tes jambes et repousse l'eau avec tes bras, comme si tu voulais ouvrir un passage.

Pédale, ouvre les bras... C'est déjà mieux.

— Retournons au bord. J'y arrive pas !

— Mais si, tu y arrives ! Allez... pédale avec les jambes et ouvre les bras, comme une grenouille.

Il finit par prendre le rythme. Il se détend. Il flotte.

— Tu vois que tu y arrives ?

Il sourit, étonné de sa performance.

Jambes, bras, jambes, bras.

Lorenzo sait nager. Pour apprendre les différents styles, il a le temps.

Je le récupère et le serre contre moi. Il s'abandonne épuisé dans mes bras. Je le ramène là où il a pied.

— Tu as été très courageux !

— Tu es ironique ? me demande-t-il, encore essoufflé.

— Non, je suis sérieux.

Nous nous allongeons au soleil pour sécher, puis nous mangeons les sandwichs qu'on nous a préparés à l'hôtel le matin. Nous restons là jusqu'à ce que les bateaux repartent et que le soleil effleure l'horizon. La petite plage est jonchée de détritus, meurtrie par l'invasion des baigneurs. Nous décidons de la nettoyer. Nous faisons deux énormes tas de déchets, en espérant qu'un des responsables des bateaux se sentira coupable le lendemain et les emportera.

Le soleil est déjà couché quand nous rejoignons les filles. Nous sommes morts de fatigue et n'avons même pas la force de dîner.

— Comment c'était ? me demande Paola dès que nous nous retrouvons seuls.

— J'aurais dû passer plus de temps avec lui.

— Je sais.

La réponse de ma femme est douloureuse.

— Je sais.

# – 11

Nous parcourons la via Aurelia à vitesse modérée, les vitres baissées. Je me prends pour Bruno Cortona, alias Vittorio Gassman, dans le chef-d'œuvre de Dino Risi, *Le Fanfaron*, l'archétype de tous les road movies qui ont suivi. Je conduis en ignorant une douleur thoracique qui me coupe le souffle. Paola s'est assoupie à côté de moi tandis que notre automobile laisse derrière elle la Toscane pour entrer triomphalement en Ligurie. Eva aussi s'est endormie, appuyée contre Lorenzo qui, lui, est attentif à la route et aux panneaux.

— Va doucement, papa, y a un radar.

— Merci.

À cet instant, une voiture passe dans l'autre sens et nous fait des appels de phares.

— Qu'est-ce qu'il voulait celui-là ?

— Nous avertir qu'il y a une patrouille de police postée un peu plus loin. Un classique. Tu ralentis en voyant le radar et puis tu accélères à nouveau. Et c'est là que la police t'arrête et te met une amende.

— Et pourquoi il nous avertit ? Tu le connais ?

— C'est une tradition italienne. Tous unis contre la police et les gendarmes.

— Pourquoi ?

— Bonne question. Parce qu'on est italiens, et qu'on a tous à un moment ou à un autre enfreint la loi. C'est une des rares choses qui nous rassemble.

— Toi aussi tu as enfreint la loi, papa ?

Comme d'habitude je me suis aventuré sur un terrain miné. Même si ce n'est pas très éducatif, je décide de dire la vérité tandis que nous croisons en effet un barrage de police sans être arrêtés.

— Quelquefois, mais j'essaie de ne pas trop le faire.

— Et quelles infractions tu as commises ?

— Infractions, c'est un bien grand mot. Disons plutôt transgressions. Il y a plein de façons de transgresser la loi, comme ce matin à l'hôtel par exemple, quand le patron m'a demandé si je voulais une facture et que j'ai dit non, pour avoir une ristourne.

— Une ristourne, c'est gentil pourtant.

— Oui, mais en faisant ça l'hôtelier ne paie pas ses taxes et moi je suis son complice.

— Ça ne me semble pas être une grave infraction.

— C'est tout le problème de l'Italie, Lorenzo. Les infractions qui ne semblent pas graves. Personne ne tuerait son voisin parce qu'il met sa télévision à plein volume, mais il y a de bonnes chances que ce voisin n'ait pas payé sa redevance ou qu'il regarde un film piraté. Tu télécharges, toi ?

— Beaucoup, mais que des dessins animés. Pourquoi, c'est une infraction ?

— C'est très grave. C'est comme si tu volais au supermarché.

— Au supermarché, si je vole quelque chose, ça sonne à la sortie. À la maison, personne me voit.

— Bonne réponse. Voilà pourquoi beaucoup de gens téléchargent et peu de gens volent au supermarché. Parce qu'on ne nous voit pas. Sais-tu comment on distingue un homme honnête d'un escroc ? En observant la manière dont il se comporte quand personne ne le voit. N'oublie jamais ça.

Je suis fier de ma leçon d'éducation civique improvisée. Je m'aperçois alors que Paola est réveillée et qu'elle a tout entendu. Elle attendait impatiemment de pouvoir intervenir.

— Par exemple, papa, quand personne ne le voit, va dans le frigo et mange du parmesan.

— Ça m'est arrivé une fois.

— Et quand vous étiez petits, il volait vos petits pots.

— Ils étaient trop bons…

— Et vos biscuits.

— Trop bons aussi. Mais techniquement ce n'était pas du vol, puisque c'est moi qui les achetais.

— Mais ils étaient pour moi, précise Lorenzo.

— Je les goûtais pour m'assurer qu'ils étaient bons, je suis un papa protecteur.

— Tu les goûtais parce que tu es un gourmand et un goinfre, me renvoie ma femme.

— Comment ça, un goinfre ? J'en prenais pas plus d'un ou deux.

— Un ou deux ? Tu avais une réserve secrète dans ton tiroir à chaussettes.

— Tu l'avais trouvée ?

— Qui rangeait tes chaussettes propres ? Le pape ?

Je voudrais que cette conversation ne s'arrête jamais. Une des plus belles choses de la vie, ce sont les prises de bec familiales qui débordent d'intimité et d'affection. Nous continuons à glisser sur la via Aurelia comme sur un tapis roulant, et je suis un conducteur heureux.

## – 10

J'observe Paola et les enfants qui marchent, une dizaine de pas devant moi, dans les ruelles de Gênes. Il y a entre eux un lien spécial et irremplaçable. Depuis des années, il est clair pour moi que je suis hors-jeu ; accepté, sans doute aimé, mais tenu à l'écart par ce magique cordon ombilical qui ne lâche jamais entre une mère et ses enfants. Tous les articles de psychologie infantile, dans les numéros d'été des magazines, nous expliquent que, pendant la grossesse, la mère nourrit le fœtus non seulement au sens physique mais aussi spirituel du terme, créant une tendre et éternelle affinité élective. Leurs âmes et leurs cœurs partagent neuf mois de vie avec des moments de joie et de douleur. Deux êtres qui vivent ensemble et se transmettent émotions, rêves et souvenirs.

Savez-vous qui a eu le premier conscience de cette relation prénatale ?

Ce n'est pas difficile.

Léonard de Vinci.

L'immense artiste aimait également se frotter aux questions de psychologie ou de maternité, et on peut lire dans ses *Carnets* :

> … et une même âme gouverne ces deux corps ; ce petit être a part aux désirs, aux peurs et aux douleurs comme tous les autres membres animés. De là vient que

les choses désirées par la mère se trouvent gravées dans les membres de l'enfant. Et une peur soudaine tue aussi bien la mère que l'enfant.

Comment un papa qui arrive neuf mois après cette interaction continue peut-il rivaliser ? Les Anglais appellent cette relation prénatale *bonding*, et les médecins conseillent de nourrir l'enfant à naître d'air pur, d'aliments sains, de musique classique, d'art et de bons sentiments.

Je continue d'observer le trio de loin en spectateur autorisé. Paola s'est arrêtée devant un stand où l'on vend de la focaccia de Recco, sans doute la meilleure focaccia au fromage du monde et en même temps la plus létale selon les critères de ma naturopathe. Elle me fait signe pour me demander si j'en veux. J'acquiesce. Lorenzo dit quelque chose à Eva qui rigole. Je comprends soudain que le spectacle qui s'offre à moi n'est autre que le futur. Mes yeux sont une parfaite machine à explorer le temps qui me permet, durant quelques minutes, d'avoir une vision de ma famille sans moi.

Sans moi.

On dirait le titre d'une mauvaise chanson.

Je m'approche du stand en faisant un zoom naturel sur le visage de ma femme qui m'offre un morceau de focaccia chaude. Je croque et savoure. Du fromage fondu coule sur mon menton puis sur mon tee-shirt. Cette pause casse-croûte m'offre un peu de temps pour réfléchir et faire le point sur la situation.

Y a-t-il une chose particulière que je voudrais faire dans les dix jours de voyage qu'il nous reste ?

Je ne sais pas. Les enfants s'amusent bien mais je sens que je n'ai pas encore trouvé la bonne idée pour reconquérir Paola. Et vu que les idées, quand tu réfléchis trop, ne viennent jamais, je m'efforce de ne pas trop réfléchir.

Paola me dit quelque chose, mais je ne l'entends pas. Elle répète :

— Tout va bien ?

Je réponds du tac au tac :

— Bien sûr, mon amour. On va à l'aquarium ?

Les hurlements hystériques d'Eva me font comprendre que la proposition est acceptée.

## – 9

— Aujourd'hui, nous allons conclure la phase « explorateurs des mers » de notre voyage en allant au sanctuaire des cétacés.

— C'est quoi ? Une église dédiée aux baleines ?

Eva me fixe de bas en haut tandis que nous marchons main dans la main. Elle est encore tout excitée par la visite à l'aquarium d'hier. Elle a raison, le nom peut prêter à confusion.

— Non, c'est une zone dans la mer Ligure où vivent des dauphins, des baleines, des cachalots et des tortues.

— Je veux ramener une tortue à la maison ! Comme celle qu'on a vue hier.

— Elle doit rester dans la mer. C'est une tortue de mer.

— Elle n'est déjà plus dans la mer. Elle est dans un aquarium !

Comme toujours, son raisonnement ne fait pas un pli. Ma jeune accompagnatrice et moi-même sommes en mission pour aller acheter des croissants. Ce ne sont pas ceux de mon beau-père mais nous nous en contenterons. Le petit-déjeuner de l'hôtel est tellement déprimant que nous sommes contraints de partir à la chasse aux gourmandises.

Deux heures plus tard, nous montons à bord d'une petite embarcation équipée pour le *whale watching*. Nous sommes en tout une trentaine.

Lorenzo est plus intéressé par le fonctionnement du bateau que par la rencontre imminente avec les plus gros cétacés de la Méditerranée. Paola est étrangement détendue. Depuis qu'on est partis, j'ai l'impression d'être un voyagiste qui essaie de divertir ses clients en trouvant chaque jour des idées originales. Aujourd'hui, c'est clairement la passion d'Eva pour les animaux et la nature qui est à l'honneur.

Les premiers à venir vers nous sont les dauphins. Ils pirouettent et suivent le bateau comme des athlètes du Cirque du Soleil qui exécutent leur numéro répété pendant des années. C'est tellement beau que cela semble artificiel.

Le soleil et le sel me brûlent, mais je ne sens pas la fatigue. Je m'efforce de respirer lentement et tranquillement, tandis que ma fille piaille de joie en courant le long du parapet. J'inspire et j'expire, j'inspire et j'expire. J'écoute le crépitement de l'air qui gonfle mes poumons meurtris. On dirait un rugissement. On ne dirait pas, c'est un rugissement.

Je me retourne et le spectacle qui se déroule sous mes yeux est incroyable : une gigantesque baleine nage parallèlement à notre bateau en crachant de puissants jets d'eau. Il n'y a que moi de ce côté, tous les autres se sont précipités à l'opposé pour assister au spectacle plus pittoresque des dauphins. Je voudrais sortir de mon petit sac à dos mon polaroïd mais je suis comme hypnotisé. L'énorme mammifère m'observe. Son œil de géant me fixe avec insistance. Je lui souris. Il ne comprend pas. Il semble vouloir me dire quelque chose. Nous nous étudions mutuellement avec en arrière-fond les cris d'émerveillement suscités par les dauphins acrobates. Il flotte à quelques mètres de la coque sans effort apparent. Je peux entendre distinctement sa respiration. C'est un moment de paix infinie.

L'espace d'un instant je caresse l'idée de plonger avec lui et de disparaître dans l'eau bleue pour toujours. Ce

serait sans doute une fin plus élégante. Je m'apprête à poser un pied sur le parapet pour l'enjamber quand Eva, qui a repéré notre nouveau compagnon de voyage, arrive en courant et hurle :

— Une baleine ! Là-bas !

Tout le monde se rue de l'autre côté de l'embarcation, la faisant tanguer dangereusement. Adieu paix infinie.

Le timide cétacé plonge promptement et met fin à son show. Nous ne croisons pas d'autres créatures marines de toute la matinée. Quand nous rentrons au port l'heure du déjeuner est déjà largement dépassée. Eva est contente : elle a vu douze dauphins, quatre goélands et une baleine. Moi, je me sens plus calme, comme si le cétacé m'avait transmis un peu de sa sérénité.

# – 8

Petit-déjeuner au bord de la mer. Paola progresse dans son *Télé 7 Jeux*, je m'informe sur les transferts d'un championnat que je ne verrai pas, Eva et Lorenzo se sont lancés dans la construction d'un château de sable démesuré qui survivra difficilement jusqu'à demain. Nous ressemblons à une de ces nombreuses familles en vacances. Il nous manque juste un bateau gonflable ou une bouée en forme de crocodile. Aujourd'hui, c'est mon anniversaire. Nous avons décidé de le fêter en déjeunant dans le meilleur restaurant du coin. Mes quarante ans, je les imaginais un peu différemment. J'abandonne mon journal et me lève de mon transat.

— Lorenzo ! Eva ! On fait un jeu tous les trois ?

Pas besoin de le leur dire deux fois.

Une course de billes.

D'abord nous réalisons le circuit. Eva s'assied par terre et nous la traînons par les jambes avec Lorenzo pour tracer la piste. Ce ne sera pas une piste banale, mais le plus incroyable circuit à billes de l'histoire de l'humanité : des virages paraboliques, des tunnels, des fossés et des pièges.

— Je vous explique les règles. Trois tours de qualification où on compte le nombre de coups par tour. Celui qui fait le moins de coups commence à jouer et a le droit de partir en pole position. Ensuite on fait cinq fois le circuit, un coup chacun son tour.

Je sors les billes d'un petit sac. Je les ai conservées jalousement, ce sont les billes de mon enfance, rayées et cabossées, avec à l'intérieur des photos jaunies de cyclistes : Baronchelli, Moser et Saronni. Ces noms mythiques suffisent à faire resurgir des souvenirs de folles montées dans le Tour d'Italie, de maillots jaunes ou roses détrempés, de gourdes jetées sur le bord des routes et ramassées par le public en fête. La course pour nous cyclistes des sables commence à midi, sous un soleil synonyme de crème indice cinquante. Je suis un as, comme dans tous les jeux de pichenette, mais j'y vais doucement pour permettre aux enfants de me défier. Au final Lorenzo est premier, Eva deuxième, et moi troisième. Nous allons déjeuner transpirants et enthousiastes. J'obtiens qu'on m'accorde rapidement une revanche.

À la fin du repas le gâteau arrive avec deux bougies dessus : un quatre et un zéro. Je m'empresse de les souffler et feins d'être heureux tandis que le reste de la famille applaudit et entonne le traditionnel *Joyeux anniversaire*.

De retour dans notre chambre, pendant que Paola prend sa douche, je fouille dans sa valise à la recherche d'un chargeur de téléphone, vu que le mien semble s'être dématérialisé.

Sous une pile de chemisiers et un sac à chaussures, je ne trouve pas de chargeur, mais une lettre. Une page jaunie avec quelques taches d'humidité, arrachée d'un cahier. C'est une lettre que j'ai écrite à Paola. Douze ans plus tôt. Sans doute la dernière lettre que j'ai écrite, avant de tomber sous le joug de l'aride et obscène dictature des e-mails.

Je sors sur le balcon pour la relire. Je ne me souviens de presque rien.

Mon cher amour,

Nous y sommes presque. Demain nous nous marions. Ne sois pas en retard, j'ai toujours eu pitié de ces futurs maris qui attendent devant l'église et doivent supporter l'immanquable boutade de leur meilleur ami : « Je crois

qu'elle a changé d'avis ! » Demain je serai ému, fatigué peut-être, et je risque de ne pas réussir à te dire tout ce que je voudrais, alors je te l'écris maintenant. Te rencontrer et (je l'espère) t'épouser est le plus beau cadeau que la vie m'a fait. L'autre jour, un type sympathique du bureau du Destin m'a téléphoné et m'a donné quelques éléments sur notre vie future : nous aurons quatre enfants (moi aussi je lui ai dit que c'était beaucoup, mais le Destin fait comme il l'entend) ; chaque année nous irons avec ton père et ta mère quinze jours à Fregene (j'ai négocié et on a dit une semaine maximum) ; un jour notre fille aînée nous annoncera qu'elle est enceinte de l'homme qu'elle aime et nous pleurerons de joie ; quand nous aurons soixante ans et que nos enfants auront quitté la maison, nous vendrons tout pour aller vivre sur un voilier, et enfin faire ce tour du monde que je t'ai toujours promis et qui ne s'est jamais fait ; puis nous nous retirerons dans une cabane sur une plage, tout le monde le dit mais nous, nous le ferons, et nous vieillirons côte à côte en regardant le soleil se coucher sur la mer et sur notre vie (ça, ce n'est pas de moi, je l'ai copié je ne sais plus où), avant de nous endormir enlacés pour ne plus nous réveiller. Je t'aimais, je t'aime et je t'aimerai. Je suis à toi,

Lucio

Je replie la lettre. Je pleure.

C'est curieux… je me suis trompé dans toutes mes prévisions. Rien de ce que j'avais espéré ne se réalisera.

Je m'aperçois à cet instant précis que Paola est derrière moi. Elle pleure elle aussi.

— Tu t'en souvenais ? me demande-t-elle avec un sourire en coin.

— Oui, bien sûr…

Ce n'est pas vrai, comme tous les hommes j'oublie des choses fondamentales.

Paola s'approche. Elle me serre dans ses bras.

Je glisse mon nez dans son cou. Odeur familière.

Une étreinte sans fin.

Si ce n'est pas un pardon, ça y ressemble.

Deux heures après, je téléphone à Umberto. En m'enivrant de l'odeur de Paola, j'ai eu une idée qui me semble compliquée à mettre en œuvre mais merveilleuse.

— Salut mon ami. Bon anniversaire ! Je t'ai envoyé un SMS.

— Je l'ai reçu, merci.

— Comment ça va ?

— Tout va bien, on est à la mer…

— Et quel temps fait-il ? Vous avez du soleil ?

— Mais qu'est-ce que ça peut te faire, écoute-moi une minute, je vais te demander une grande faveur… Promis, c'est la dernière.

Je lui confie une mission presque impossible avec moins d'une semaine pour l'accomplir. Je le connais bien, mon Athos, je sais qu'il y arrivera.

– 7

La mer Ligure à l'aube a toujours une folle envie de bavarder. Je l'observe de la petite fenêtre de notre hôtel deux étoiles d'Arma di Taggia et écoute ses histoires pendant que Paola et les enfants, derrière moi, sont encore en plein sommeil paradoxal.

Le vent ébouriffe mes spaghettis grisonnants et me murmure à l'oreille les incroyables aventures d'un corsaire ottoman qui a réellement existé, un certain Turghud Alí, connu dans la région sous le nom de Dragut. Je me souviens très bien de son histoire, mon grand-père me l'a racontée quand j'avais l'âge de Lorenzo. Je me rappelle aussi comment grand-père était habillé ce soir-là, où il était assis, et ce que grand-mère cuisinait. Tout me revient, soudainement. C'est curieux ces souvenirs qui resurgissent sans crier gare, comme une vieille cassette VHS oubliée dans un coin poussiéreux de votre bibliothèque, mais sur laquelle sont encore enregistrés tous les moments fondamentaux de votre vie. Cela ne se produit peut-être que pour les bons moments, les mauvais se démagnétisent rapidement et se dissipent telle la poussière balayée par un courant d'air. Parmi les bons moments de ma vie, on retrouve en première position les histoires que me racontait mon grand-père et aussi le jour où s'est révélée ma passion pour les romans d'aventure. C'était un dimanche. Mes concierges préférés m'avaient offert, sans raison ni occasion particulières,

une édition luxueuse de *L'Île au trésor*. Je me rappelle encore la couverture vert émeraude, avec un dessin de Jim caché derrière un tonneau dans son auberge pour ne pas être découvert par le cruel Silver. Un livre cartonné, au papier épais, plein d'illustrations colorées, que j'ai dévoré dans l'après-midi. C'est le seul roman que j'ai emporté avec moi pour ce voyage. Même si je sais déjà que je ne le lirai pas. Depuis ce lointain dimanche, les histoires de pirates, de corsaires et de boucaniers sont devenues mes lectures préférées.

J'aime tous les flibustiers, qu'ils soient nés sous la plume d'un écrivain ou qu'ils aient vraiment existé, du communiste Sandokan, à l'aristocrate Corsaire Noir, en passant par l'extravagant Capitaine Crochet, le cruel et déjà cité Long John Silver, jusqu'aux moins connus et aux oubliés. Les romans de pirates sentent les embruns, la transgression et les grandes vacances, un cocktail enivrant pour les garçons de tous les âges. Voilà, si au terme de ma vie interrompue je devais me réincarner, s'il vous plaît, je voudrais naître cinq cents ans en arrière et me consacrer corps et âme à la piraterie. Attention, je serai sans pitié, menteur et vindicatif, exactement comme le brave Dragut qui était enfoui dans mon esprit depuis plus de trente ans. Contrairement aux nombreux pirates exotiques qui sévissaient en Malaisie ou aux Caraïbes, le perfide Ottoman avait établi son territoire le long des côtes italiennes. L'espace d'un instant, sous mes yeux, la mer à peine moutonneuse d'Arma di Taggia se remplit de galions, de brigantins et de goélettes. Si je ferme les yeux j'entends même l'écho assourdi de lointains coups de canon et le bruit sourd des crochets d'abordage qui atteignent le navire pris d'assaut.

Je me retourne. Paola est encore dans le lit. Les enfants campent sur le canapé et un petit lit supplémentaire. Ils n'ont pas entendu les coups de canon.

On dirait des vacances. Et c'est sans doute un peu ça.

Je m'accroupis au chevet de ma femme. Je l'entoure de mes bras et respire son odeur. Il faut que je fasse le plein.

La journée commence, environ deux heures plus tard, avec une visite des tours de guet de Civezza, construites par les paysans il y a un demi-millénaire, pour combattre justement le pirate Dragut, du coup j'en profite pour raconter mon histoire. Lorenzo et Eva – le premier étrangement patient, la seconde étrangement intéressée par un récit de guerre –, sont assis chacun entre deux merlons de la fortification et m'écoutent sans broncher. Paola reste quelques pas en retrait, elle prend des photos et m'écoute peut-être d'une oreille.

— Le corsaire Dragut était le plus cruel flibustier qui ait jamais infesté les mers italiennes.

— D'où vient le prénom Dragut ? m'interrompt aussitôt Lorenzo.

— C'est un prénom ottoman. C'est-à-dire turc. Il était venu en Italie pour chercher des villes et des navires à piller.

— Et il en a trouvé ? demande une Eva pointilleuse.

— Oui. Les villes et les îles qu'il a mises à feu et à sang existent encore aujourd'hui : Olbia, Portoferraio, Rapallo, Vieste et aussi l'île d'Elbe. Dragut appréciait beaucoup les mers italiennes, la nourriture italienne et les femmes italiennes. Il s'est marié une dizaine de fois.

— Et comment il entretenait toutes ces femmes ?

Eva et son sens pratique.

— Il était pirate donc il était très riche.

Je prends un ton un peu solennel pour capter leur attention et ne plus être interrompu. Je décide d'insérer des variantes fantaisistes dans la véritable histoire du pirate ottoman.

— Vous devez savoir que l'arrière-grand-père de l'arrière-grand-père de l'arrière-grand-père… de mon arrière-grand-père, Igor « N'a-qu'un-œil » Battistini, un gros bonhomme très habile à l'épée, était le bras droit de Dragut.

— Je ne te crois pas, dit Eva.

— C'est pourtant vrai.

— Tu imagines si on a un tris-tris-trisaïeul pirate, renchérit Lorenzo.

— Ce n'était pas un pirate au départ, il gérait une taverne. Puis, un jour, un corbeau géant lui arracha un œil et vola vers la mer. Igor s'embarqua alors sur le premier navire en partance pour poursuivre le corbeau. Ce navire était celui de Dragut. Ainsi il devint progressivement le second du perfide Ottoman. Mais il ne retrouva jamais ni le corbeau ni son œil.

— C'est une histoire inventée, me coupe Eva.

— Continue, me concède Lorenzo.

Ils n'y ont pas cru, mais mon histoire les a captivés et ils ont envie de connaître la fin. Cela flatte mon ego de conteur.

Paola sourit de loin. Et moi je continue avec enthousiasme :

— Son plus redoutable ennemi (tous les pirates ont un ennemi officiel) fut Andrea Doria. Nous pensons tous qu'Andrea Doria est un paquebot qui a coulé dans l'océan Atlantique alors qu'en fait ce fut d'abord un éminent amiral génois, né à quelques kilomètres d'ici, à Oneille. Les deux s'affrontèrent fièrement durant des années.

— Andrea Doria était méchant comme lord Brooke, l'ennemi de Sandokan ? demande Lorenzo.

— Non, techniquement, l'amiral Doria était le gentil et Dragut le méchant.

— Moi, je suis pour Dragut, lance Lorenzo.

— Moi aussi, je précise, on peut parfois être du côté des méchants. Un matin de fin d'automne, après s'être poursuivis à travers toutes les mers, Dragut est capturé par Doria et emprisonné au terme d'une bataille navale de dix jours.

— De toute façon il va s'échapper, avance mon aîné.

— Dragut devient esclave sur une galère de la flotte de l'amiral. Mais un pirate comme lui ne peut terminer ainsi sa brillante carrière.

— Donc il s'échappe, insiste Lorenzo.

— Non. Quelques années passent, et Barberousse...

— Frédéric Barberousse ? intervient Paola, finalement intéressée.

— Non, pas Frédéric, mais un collègue corsaire qui s'appelait ainsi du fait de la couleur de sa barbe, bref ce pirate Barberousse paie à Doria une grosse rançon et obtient la libération de Dragut.

Murmures de déception. Mon minuscule public aurait préféré une évasion ingénieuse et rocambolesque.

— Loin d'être repenti, l'infatigable Dragut revient à sa vieille activité marinière. Il assaille plusieurs villes et plusieurs navires italiens jusqu'à arriver ici, en 1564, derrière Arma di Taggia, dans un village de montagne qui s'appelait et s'appelle encore Civezza. Précisément là où nous nous trouvons maintenant. Le vaillant corsaire, toujours désireux d'aller plus loin, ne limitait pas ses razzias aux galions et aux villes portuaires. Il aimait innover dans l'art de la piraterie. Mais, cette fois-là, il se heurte à la résistance héroïque des habitants de Civezza.

— Ils le tuent ? demande Lorenzo, inquiet.

— Non. Malgré les assauts répétés, les villageois se défendent en construisant cette forteresse et obligent le corsaire à essuyer de nombreuses pertes. À l'issue de cette incursion, l'Ottoman décrète que l'Italie est devenue une zone dangereuse pour les envahisseurs et se dirige du côté de Malte qui lui semble plus tranquille. En 1565, il participe avec la flotte turque au siège du fort Saint-Elme.

— Elme, quel drôle de nom ! Ils ont tous des noms moches dans cette histoire.

— C'est un nom ancien. Il y avait un saint qui s'appelait Elme et qui a donné son nom au fort. Bref, à la mi-juin, juste au moment où Dragut s'apprête à prendre des vacances bien méritées, un éclat de rocher projeté par l'impact d'un boulet de canon ennemi le blesse à la tête.

— Il meurt ?

Cette fois, les enfants me posent la question à l'unisson.

— Attendez. Notre corsaire préféré refuse de faire marche arrière et continue à diriger l'assaut de ses troupes avec courage, mais il perd beaucoup de sang par les oreilles et par la bouche. Ses hommes tentent de le secourir et le couche sous une tente où il meurt deux jours plus tard.

— Et ensuite il ressuscite comme Jésus ?

Lorenzo est plein d'espoir.

— Non, il ne ressuscite pas. Son corps est transféré à Tripoli pour y être enterré avec tous les honneurs dans une mosquée. La légende raconte que son ennemi suprême, Andrea Doria, avait tellement de respect pour lui qu'en apprenant la nouvelle de la mort du corsaire ottoman, il a appelé son chat Dragut.

— Et N'a-qu'un-œil ? s'interroge Eva.

Elle y a peut-être cru un peu. Je persiste et leur offre un épilogue haut en couleur. Je reprends avec l'enthousiasme d'un enfant qui découvre l'existence du Nutella.

— N'a-qu'un-œil partit en Malaisie où il rencontra Sandokan et Yanez. Il s'allia avec eux et changea de nom de bataille : en effet, dans les romans de Salgari il est appelé Tremal-Naik.

— Tremal-Naik avait deux yeux et était indien, me piège Lorenzo.

Je me suis emballé. Je tente de sortir de ce labyrinthe narratif en expliquant qu'en réalité, il y avait deux Tremal-Naik, mais je me perds encore un peu plus dans les méandres de ma piètre créativité. Un diligent gardien de la forteresse vient à mon secours en nous annonçant la fermeture du site pour la pause-déjeuner.

Il y a une chose qui ne fait aucun doute : mon grand-père était meilleur que moi pour raconter les histoires.

L'après-midi, après une collation pantagruélique à base de penne au pesto, nous sommes assaillis par le plus classique des orages estivaux. Il nous tombe dessus alors que nous sommes à cinq cents mètres de la voiture, le temps nécessaire pour prendre une bonne douche. Quand nous entrons dans l'auto, un fou rire incontrôlable nous prend.

Nous n'arrivons pas à nous arrêter pendant dix minutes. Paola me regarde et, pour la première fois du voyage, me sourit vraiment.

Du coup, la miteuse pension *Gina* où nous nous réfugions ce soir-là a des allures de *Four Seasons* pour moi.

# – 6

J'ai décidé de ne pas prendre l'autoroute pour laisser les fenêtres ouvertes et profiter du paysage. C'est une matinée *on the road*, rythmée par une de mes compilations pop préférées : auteurs-compositeurs-interprètes italiens des années soixante-dix. Nous arrivons à destination avant l'heure du déjeuner, alors que De Gregori entonne hors contexte *Buonanotte fiorellino*.

— Et voilà, nous y sommes !

— Où est l'hôtel ? demande Paola.

— Il n'y a pas d'hôtel ici. On va camper !

Les hurlements jubilatoires des enfants couvrent le « Nooon ! » de Paola qui ferme les yeux, résignée. J'ai passé toutes mes vacances sous la tente pendant des années, puis j'ai arrêté quand j'ai rencontré Paola parce que s'il y a une chose qu'elle déteste, c'est bien le camping. Quand nous nous sommes fiancés, elle m'avait promis qu'un jour elle viendrait camper avec moi. C'était un joker que je pouvais utiliser à n'importe quel moment. Et j'ai décidé de le jouer aujourd'hui.

Notre break entre triomphalement dans le camping.

J'ai réservé un emplacement juste au bord du lac. Nous garons la voiture et commençons à monter la super-tente que j'ai achetée au marché de la via Sannio. Je suis un expert en montage de tente, c'est un don naturel. Il y a ceux qui savent jouer au tennis, jouer du piano, peindre, cuisiner, eh bien moi je sais monter toutes sortes de

tentes, de la vieille canadienne à la moderne tente igloo. La nôtre est une super-igloo géante qui en réalité se monte presque toute seule, il suffit de la lancer en l'air. J'explique à mes petits assistants comment creuser une rigole autour pour éviter les inondations en cas de pluies imprévues, comment fixer les piquets sans se faire mal avec le maillet et comment gonfler les matelas. J'ai acheté tout le nécessaire. Même le manuel du parfait campeur ne prévoit pas toute cette quincaillerie : lanternes à gaz, réchauds, assortiment de casseroles gigognes, deux poêles empilables.

Paola se prend au jeu et aménage un coin cuisine parfaitement fonctionnel. J'ai également acheté en cachette de quoi nous préparer un vrai dîner de trappeurs.

— On réessaie de faire un feu avec des pierres ? lance Lorenzo avec une ironie qu'il maîtrise désormais presque trop bien.

— Non. J'ai de l'actifeu. Vous avez faim ?

Nous ramassons ici et là quelques branches et brindilles puis, cinq minutes plus tard, nous avons notre feu de camp protégé par un cercle de pierres. Nous cuisinons des pommes de terre en papillotes, des saucisses et une omelette aux fayots. Même Tex Willer et ses amis auraient trouvé notre dîner un peu lourd. Nous mangeons toutefois de bon cœur, avec du pain. À une poignée de jours de la fin, tous les préceptes alimentaires de ma naturopathe sont tombés aux oubliettes. J'applique désormais une règle unique et incontestable : je mange tout ce que j'ai envie de manger. Nous avons presque terminé quand la pluie commence à tomber. Depuis quelques années en Italie le climat est devenu tropical, mais personne n'a le courage de l'annoncer officiellement : en été, il pleut.

Une minute plus tard, l'orage se déchaîne, accompagné des coups de tonnerre et des éclairs d'usage. Nous avons eu tout juste le temps de nous réfugier dans notre tente igloo et de mettre à l'abri notre cuisine aménagée.

Se calfeutrer dans une tente quand il pleut est toujours magique. Les éléments se déchaînent à un centimètre de toi, protégé dans ta bulle qui semble vraiment être l'œuvre d'un magicien de passage.

Le bruit est assourdissant mais nous restons tous les quatre couchés à l'écouter comme s'il s'agissait d'un concert de musique classique. Quand l'orage est passé nous sortons constater les dégâts : la tente a tenu bon, grâce aux canaux d'écoulement que j'avais creusés avec les enfants, et même la cuisine, bien couverte d'une toile imperméable, s'en est sortie indemne.

— Quelle aventure ! s'exclame Eva.

Je me retourne et lui souris. Je leur demande à tous les trois de poser devant la tente et programme le retardateur de mon polaroïd. Puis je les rejoins en courant et me force à sourire.

*Clic !*

À ce moment-là je ne le savais pas, mais c'était notre dernière photo tous ensemble.

# – 5

Mon attraction préférée à Gardaland, célèbre parc à thèmes situé près du lac de Garde, s'appelle Space Vertigo. Une tour carrée de quarante mètres du haut de laquelle on vous précipite dans le vide à une vitesse supersonique, en vous arrêtant juste avant l'impact au sol. Chaque côté de la tour accueille quatre personnes maximum. Nous.

Nous faisons la queue en compagnie d'un grand groupe de jeunes Autrichiens en vacances. Je m'accroche avec un des employés à l'entrée parce que Eva n'a pas la taille réglementaire et, pour des raisons de sécurité, n'est pas autorisée à faire cette attraction. Nous la confions à Persil, la mascotte du parc, un dragon derrière lequel se cache un jeune homme au fort accent calabrais.

Nous nous retrouvons, Lorenzo, Paola et moi, avec une lycéenne bergamasque terrorisée, montée on se demande pourquoi sur ce manège. Pendant toute l'ascension, elle pleure, hurle, se lamente. Nous, nous rions euphoriques. Plus haut, plus haut, plus haut, plus haut... Au lieu de regarder en bas, je regarde en haut. Le ciel me semble plus proche. Allez savoir pourquoi l'au-delà paradisiaque a été assimilé au ciel. Personnellement, je préférerais la mer comme résidence *post mortem*.

Soudain la nacelle est lâchée, j'ai le cœur qui remonte dans la gorge et je ressens une décharge électrique le long de ma colonne vertébrale. Quatre secondes qui semblent durer un mois. Nous mettons pied à terre en riant

comme des fous, en proie à une euphorie incontrôlable. Nous faisons signe à Persil qui joue avec Eva, et nous nous mettons tout de suite dans la queue pour remonter. Un deuxième tour s'impose. Cette fois nous sommes en compagnie d'un Japonais taciturne, et je n'arrête pas de tousser. Il faudrait peut-être écrire sur le panneau à l'entrée : interdit aux enfants mesurant moins d'un mètre vingt, aux personnes souffrant de problèmes cardiaques et aux *morituri*. J'ai mal à l'estomac, je sens un poids sur ma poitrine comme si, en faisant des exercices de musculation, la barre m'était tombée dessus. J'ai la nausée et le cœur qui bat comme un métronome affolé. La descente est une libération. Je quitte la nacelle, m'éloigne de Paola et des enfants en disant que j'ai avalé de travers. Je fais un signe à ma femme pour lui faire comprendre qu'elle ne doit pas s'inquiéter. Je m'allonge sur le dos dans un petit espace vert, et respire doucement. J'essaie de réguler mon rythme cardiaque comme au yoga.

Il faut vraiment être un crétin pour venir à Gardaland quatre jours avant de mourir. Mais j'aime les parcs d'attractions. Voilà, si je pouvais choisir mon paradis personnel, je ne prendrais pas le ciel, ni la mer d'ailleurs, je prendrais Gardaland, le Pays des Jouets.

Je rejoins Paola au bout d'un quart d'heure. Ils sont assis dans un fast-food et mangent des cheeseburgers avec des frites.

— Ça va ? me demande ma femme, préoccupée.

— Mieux. Presque bien.

Je souris aux enfants.

Je ne dois jamais oublier de sourire.

Eva me propose un morceau de sandwich tout écrasé. Je refuse. Je n'ai pas faim. J'ai très soif en revanche et vide une bouteille d'eau. Je sais que c'est mauvais signe quand la faim n'est plus au rendez-vous.

Très mauvais signe.

Je me lève et convaincs toute la tablée d'aller sur le bateau pirate. J'entonne même la chanson de *L'Île au trésor* : « Quinze hommes sur le coffre du mort ! »

Ces derniers mois, le mot « mort » revient très souvent dans ma vie, un peu comme le mot « amour » dans les chansons populaires. Je ne le fais pas exprès, croyez-moi.

Nous ne sommes pas arrivés au bateau que j'ai à nouveau du mal à respirer, la tête me tourne, je vais tomber. Je m'assieds sur un banc et dis à Paola d'y aller seule avec les enfants.

— Je l'ai déjà vu mille fois, ce galion…

Je reste là, au milieu des clameurs enfantines, des odeurs de barbe à papa, des musiques festives et des hurlements lointains de peur joyeuse. Je ferme à demi les yeux. Personne ne fait attention à moi. Un vieux de quarante ans abandonné sur un banc au Pays des Jouets, sans même un pigeon pour lui tenir compagnie.

## – 4

La dernière fois que je suis venu dans ce coin, j'étais en cinquième, et je participais à un de ces classiques voyages scolaires. La destination principale était Milan, mais notre professeur de technologie nous a obligés à faire un détour par Bergame. À cette époque, j'étais éperdument amoureux d'une certaine Letizia Calamai, une rousse plantureuse avec un cheveu sur la langue, protagoniste d'un des moments les plus tristes de ma vie. Je l'avais courtisée avec acharnement et ténacité pendant les quatre années de collège, sans obtenir ne serait-ce qu'un chaste baiser sur la joue, et voilà qu'on se retrouve, ironie du sort, dans la même classe au lycée. Le jour de la rentrée, après avoir découvert l'heureuse coïncidence, je l'aperçois qui attend la sonnerie dans la cour et me précipite vers elle. Je m'exclame, triomphant :

« Salut ! Tu sais qu'on est dans la même classe ? »

Et elle me répond : « Ah, c'est bien. Je m'appelle Letizia. Et toi ? »

Et toi ?

Je reste immobile, fusillé sur place.

Elle ne m'avait pas reconnu ! Pour elle j'étais un nouveau camarade de classe quelconque. Quatre années à lui courir après – j'étais peut-être trop timide alors –, pour finalement découvrir qu'elle n'avait jamais remarqué ma présence. J'étais l'homme invisible.

Je n'ai plus fait aucune allusion aux années passées ensemble au collège et j'ai cessé également de la courtiser. Elle ne me méritait pas. Je suis sorti pendant un mois avec une certaine Antonella Jenemesouvienspasdunomdefamille et j'ai passé un début d'année scolaire assez tactile.

Des années après, une vingtaine environ, j'ai rencontré par hasard Letizia, la rousse. Elle avait un nouveau-né dans une poussette, un autre enfant dans les bras, un sac de courses, mais surtout elle avait pris trente kilos, chose qui nous rapprochait.

Nos regards se sont croisés rapidement aux caisses d'un supermarché. Je crois qu'elle ne m'a pas reconnu cette fois-là non plus.

Quand nous arrivons à Imbersago, au bord du fleuve Adda, le soleil est déjà très haut dans le ciel. Nous sommes quatre marrons chauds dans un four en forme d'automobile. Même avec la climatisation, cela ne change pas grand-chose.

Nous descendons et marchons sur les berges.

Nous prenons des billets et montons sur le bac qui fait la jonction entre Imbersago et Villa d'Adda. C'est le seul bac à bras qui fonctionne encore dans le monde. Les rives sont reliées par un câble en acier auquel est accrochée l'embarcation. Il suffit d'un homme pour la pousser d'une rive à l'autre. Génial.

Et là, il n'y a pas de doute possible sur le nom de l'inventeur : le curieux moyen de transport s'appelle « bac de Léonard ». Bien qu'il ait été plusieurs fois rénové, il conserve un côté ancien qui plaît beaucoup aux enfants. Je leur raconte l'histoire de cette invention.

— Léonard était amoureux d'une princesse qui s'appelait Isabella. Elle habitait dans un château non loin de la maison où logeait le jeune inventeur. Ils ne s'étaient vus qu'une seule fois et s'étaient aimés au premier coup d'œil. Mais le père d'Isabella avait déjà promis sa fille au fils d'un ami et, du coup, le pauvre Léonard n'eut plus

le droit de la revoir. Il élabora cependant un stratagème pour rester en contact avec elle. Il tendit en cachette entre le toit de sa maison et la fenêtre de la chambre de sa princesse une ficelle de couleur sombre. Personne ne pouvait la voir d'en bas, elle était parfaitement invisible. Au moyen de cette ficelle, la nuit, il parvenait à faire passer à la princesse des lettres d'amour et des dessins pour la conquérir. Seulement, arriva un jour funeste où le père d'Isabella découvrit le fil et alla menacer de mort le courageux courtisan. Léonard dut tout abandonner et son histoire d'amour s'arrêta là. Toutefois, quelques années plus tard, il repensa à l'idée de la ficelle et l'appliqua à un projet de bateau.

— Pourquoi il n'a pas fait un pont ? demande la pointilleuse Eva.

— Peut-être que ça coûtait plus cher, ou peut-être que les deux rives n'auraient pas supporté les fondations.

— Donc tu ne sais pas, conclut-elle.

— Mais ce n'est pas tout, plusieurs années après, Léonard, en hommage à sa bien-aimée Isabella, réalisa son plus célèbre tableau : Monna Isa.

Cette fois c'est Lorenzo qui intervient :

— Il ne s'appelle pas Monna Isa, il s'appelle Monna Lisa.

— C'est à cause d'une erreur d'impression du premier savant qui en parla dans un livre d'histoire de l'art.

Ils ne sont pas vraiment convaincus par mon explication mais font semblant d'y croire. J'enchaîne pour ne pas leur laisser le temps de réfléchir :

— Vous savez qui a inventé l'imprimerie ?

— Gutenberg ! répond Lorenzo comme s'il participait à un quiz télévisé.

— C'est exact, mais qui fut le premier à inventer une presse typographique dotée d'un système d'alimentation automatique pour le papier pareil à celui des imprimantes actuelles ? Léonard de Vinci.

— Moi je ne l'aime pas trop ce Léonard, marmonne Eva, il fait trop de choses.

Nous allons manger dans un petit restaurant qui s'appelle justement *Chez Léonard.* Menu de poisson qui inclut une divine et assassine friture. Je voudrais que ce voyage dure à l'infini. Doucement il s'est vraiment transformé en vacances. Mais c'est bien connu, toutes les vacances ont la mauvaise habitude de passer trop vite.

## – 3

C'est le soir. La rive du lac de Garde est illuminée par un alignement régulier de flambeaux. Sur les pelouses du camping qui descendent jusqu'à l'eau, il règne une grande effervescence. Des dizaines de personnes, des jeunes, des familles avec des enfants, prennent place et sortent de leurs sacs à dos des petits objets blancs. Chaque année, début juillet, c'est la fête du saint patron local qui finit en apothéose avec une cérémonie spéciale. Notre camping y participe.

Eva et Lorenzo sont à mes côtés et observent la scène avec curiosité. Paola se trouve à quelques pas devant nous et prend des photos. Elle a renoué avec sa vieille passion pour la photographie précisément durant ce voyage.

— Qu'est-ce que c'est ? lance Eva.

— Des lanternes chinoises. Quand on allume la flamme, la lanterne s'envole et disparaît dans le ciel.

— Comme une montgolfière ! s'exclame Lorenzo.

— Exactement, c'est le même principe, la chaleur la fait monter dans les airs.

— J'en veux une ! dit mon aîné tout de suite imité par sa petite sœur.

J'ouvre mon sac et en sors quatre.

— On est là pour ça.

Je fais la distribution. Paola s'approche et attrape la sienne. J'extrais un briquet de ma poche.

Pendant ce temps la soirée organisée par le camping suit son cours et un animateur invite tous les participants à se préparer pour le « lancement ». Une musique très évocatrice prend le relais, on dirait Enya ou un truc du genre.

Eva manifeste une curiosité légitime :

— Mais à quoi ça sert, papa ?

— À exaucer nos vœux... dès que les lanternes commencent leur voyage vers le ciel, chacun doit exprimer son vœu le plus cher... tu demandes ce qui te tient le plus à cœur et ensuite les lanternes portent ton message aux étoiles.

Je me tourne vers Paola.

— Tu es prête, mon amour ?

Je m'aperçois qu'elle est émue.

— Prête.

Le volume de la musique monte d'un cran. L'animateur donne le signal.

J'allume les lanternes l'une après l'autre.

Celle de Lorenzo décolle d'abord...

— Attention, n'oublie pas le vœu !

Puis celle d'Eva...

— Ne le dis pas sinon il ne se réalisera pas !

Celle de Paola...

— Bravo maman !

Tandis qu'elle laisse s'envoler sa lanterne à vœux, Paola me fixe avec intensité. Je doute que ton vœu puisse être exaucé, mon amour, si c'est ce à quoi je pense.

Je suis le dernier.

Pour moi, c'est simple. Je souhaite que Lorenzo, Eva et Paola soient heureux. Qu'ils aient une vie longue et sereine. Je ne leur demande rien de plus, aux étoiles.

Ma lanterne rejoint les trois autres, et ensemble elles volent vers les cent petites flammes lancées par nos voisins. Un cortège de lumière qui monte vers le ciel. Une Voie lactée qui se déplace comme un nuage de lucioles.

Nous restons le nez en l'air à les regarder rapetisser. Nous nous enlaçons. Peut-être que Paola et moi, nous ne sommes pas encore redevenus un couple mais pour sûr, tous les quatre, nous sommes une famille. Ma famille.

– 2

Le lac de Garde défile à droite de notre voiture. Il est presque midi. Nous nous sommes réveillés tard. Je conduis en essayant de dissimuler les douleurs abdominales et les quintes de toux de plus en plus insistantes.

— J'ai dû prendre froid à cause de la climatisation, dis-je aux enfants d'un ton convaincant.

Paola me lance un regard complice, tandis qu'Eva entame une dissertation sur l'utilisation de l'air conditionné qui devrait être interdite parce que non respectueuse de l'environnement.

Je souris à mon héritière militante.

— Sais-tu qui a inventé l'air conditionné ? je lui demande.

Elle secoue la tête.

— Un ingénieur new-yorkais, un certain Willis Haviland Carrier, en 1902. À la différence de beaucoup d'autres inventeurs malheureux, le fourbe Willis fonda une société, encore active aujourd'hui, et devint milliardaire. Mais qui a en réalité dessiné le premier projet de climatiseur ?

— Léonard, répond Lorenzo.

Ce n'était pas difficile.

L'infatigable Toscan imagina une machine pour comprimer l'air et, après l'avoir refroidi, le faire sortir par un conduit pour réguler la température ambiante. L'air conditionné en somme.

Il est temps que je vous révèle ma théorie sur Léonard. En analysant ses œuvres, on peut voir clairement

qu'il excellait surtout dans un domaine : le dessin. Le reste, ce sont des hypothèses, des inventions, des projets de machines et de constructions. Seuls les projets les plus simples ont vu le jour, les autres, c'est-à-dire la plus grande partie, sont restés à l'état de croquis ou d'ébauches parce que trop difficiles à réaliser avec les moyens de l'époque. Mais qui était vraiment Léonard ? Un génial inventeur ou un imposteur ?

Voici ma réponse : Léonard est un dessinateur virtuose de notre génération qui, allez savoir pour quelle obscure raison et de quelle manière, a remonté le temps. Il connaît tout de notre époque : les hélicoptères, les avions, les appareils mécaniques et électroniques en tous genres, mais il est uniquement capable de les dessiner, pas de les reproduire. Comme chacun de nous du reste. Qui serait capable de construire *ex nihilo* une chose aussi simple qu'une bicyclette par exemple, avec les moyens du XV$^{e}$ siècle ? Pas moi. La plupart d'entre vous non plus. En revanche, je saurais la dessiner avec une certaine précision. En somme, le brave Léonard est le plus grand esbroufeur de tous les temps. Clé du mystère simple et logique. Et, comme nous l'enseigne le lieutenant Colombo, la solution la plus simple et la plus logique est toujours la bonne.

Je n'arrive pas à me concentrer sur ma conduite.

Pourquoi nous n'avons pas fait ce voyage l'année dernière ?

Il y a deux ans ?

Tous les ans ?

Pourquoi n'avons-nous pas passé plus de temps ensemble ?

Pourquoi n'ai-je pas été plus présent chaque jour pour voir grandir Lorenzo et Eva ?

Des questions d'une cruelle banalité.

Des questions auxquelles je ne sais pas répondre.

— Nous sommes presque arrivés..., dis-je à la cantonade.

— Où ça ? demande Paola.

Puis elle regarde autour d'elle, ses synapses endormies reconnaissent soudain le paysage. Elle finit par comprendre où je l'emmène. Où je l'emmène à nouveau.

— Saint-Roch ?

— Martyr et supplicié.

La petite église gothique où nous nous sommes mariés plus de dix ans en arrière. Nous n'y sommes plus retournés depuis. C'est une étape fondamentale de notre voyage.

Paola ne dit rien. Je ne sais pas si cette destination surprise lui fait plaisir.

Il est presque midi quand nous arrivons. Nous serpentons un moment dans les collines avant de voir Saint-Roch apparaître dans toute sa minuscule majesté. On dirait une petite Notre-Dame de Paris. Une version miniature de sa célèbre sœur française, citée dans les romans et les comédies musicales à succès. Personne ne connaît l'église Saint-Roch. Elle est située à l'écart du village, entourée de verdure, une cathédrale dans le désert au sens propre.

Je gare la voiture sur l'esplanade en terre battue devant l'entrée. Autour de nous règne un silence irréel, interrompu seulement par quelques cigales obstinées. Nous descendons. Je n'ai rien oublié de cette journée. Où je me trouvais quand j'attendais nerveusement l'arrivée de Paola, les voitures garées tout autour, le visage en mine de crayon de don Walter, le prêtre calabrais qui célébra la messe.

— Les enfants, voici l'église où papa et maman se sont mariés !

Mes deux jeunes héritiers ne semblent guère intéressés par cette visite.

— Elle est petite, commente un Lorenzo laconique.

— C'est une copie de Notre-Dame de Paris, observe finement Eva.

Ils ont raison tous les deux.

— Ça vous dit de la visiter ?

Ma proposition ne soulève pas un grand enthousiasme. J'ajoute :

— Peut-être que don Walter est encore là…

Nous nous dirigeons vers l'entrée.

Au moment où nous allons pousser la porte, Eva appelle sa mère.

— Mon lacet s'est défait, tu m'aides ?

Sacrée Eva, elle suit mon plan à la perfection.

Paola s'attarde quelques instants pour refaire le lacet de sa fille. Je ne l'attends pas et entre, suivi de Lorenzo. J'écarte l'épais rideau rouge et avance dans l'allée centrale.

L'église est restée exactement comme dans mes souvenirs, sobre mais fascinante. J'ai juste quelques secondes pour me placer. Je cours et Lorenzo s'installe sur un banc du côté gauche.

Paola et Eva entrent à leur tour. Ma femme est paralysée tandis que l'orgue entonne la marche nuptiale. Elle n'en croit pas ses yeux.

L'église est bondée, tous nos amis sont là. En grande tenue, ils applaudissent et sourient à la mariée. Umberto a fait du beau travail. Je savais que je pouvais lui faire confiance. Il y a vraiment tout le monde : Corrado à côté d'Umberto sur le banc des témoins (ils étaient à la même place douze ans plus tôt naturellement), les collègues professeurs de Paola, y compris celle qui pose trop de questions, des couples d'amis de longue date, le soporifique Gigi, Massimiliano du magasin de bavardages et l'ex-dépressif Giannandrea, Roberto mon libraire mythique, Martina, la nouvelle compagne d'Oscar, plus quelques-uns de nos voisins. Surprise, même d'Artagnan est là, tout content. Le seul absent justifié est Giacomo, mon ancien adjoint et maintenant entraîneur officiel de l'Armée Brancaleone, parce que cet après-midi c'est la demi-finale des play-off.

À l'entrée Oscar sourit à sa fille, boudiné dans son complet bleu qui sent la naphtaline.

Eva a été fantastique avec son lacet défait. Je ne lui avais pas donné de détail, j'avais seulement dit qu'on allait faire une blague à maman. Lorenzo en revanche

était au courant, pour éviter qu'il s'étonne en entrant et qu'il gâche d'une certaine manière la surprise. Tout s'est déroulé pour le mieux. Je suis devant l'autel avec don Walter égal à lui-même, un vrai fil de fer.

Tout est prêt pour mon deuxième mariage. Il ne manque que le consentement de la mariée.

Oscar lui offre le bras, pour l'accompagner une nouvelle fois à l'autel.

— On y va, mon trésor ?

Paola hésite, elle est bouleversée. Elle n'a rien vu venir, le silence à l'extérieur était complet et l'illusion de solitude du lieu parfaite. Umberto a amené tout le monde avec deux cars du village. Une organisation digne d'une campagne militaire.

Je souris à Paola depuis l'autel.

« Ne me laisse pas tout seul ici comme un crétin », je me dis. L'espace d'un instant, je suis terrorisé à l'idée qu'elle fasse demi-tour. Tout le monde est avec moi. Les amis continuent d'applaudir. L'orgue poursuit sa marche triomphale à plein volume. Je suis à deux cents pulsations par seconde mais peu importe, mon cœur a de l'énergie à revendre, je le rendrai en parfait état.

Paola reste immobile.

Chaque seconde qui passe est une éternité et j'ai du mal à décrire l'émotion qui se propage alors dans l'église.

Je sais, j'ai triché, mais j'avais besoin de l'aide de toutes les personnes que j'aime pour la reconquérir. Au fond, c'était la seule chose vraiment importante que je devais faire durant ces cent jours.

Quand Paola prend le bras de son père et accepte qu'il la conduise à l'autel, les applaudissements se transforment en ovation. Et mon cœur est un feu d'artifice.

On appelle ça « cérémonie de confirmation du mariage » et c'est la plus belle cérémonie qui existe. Le mariage est une pochette surprise pleine d'espoirs, la confirmation signifie que vous avez ouvert cette pochette et que son contenu vous a plu. Je sais que vous vous demandez

pourquoi je me suis marié à l'église, et ce à deux reprises en plus. Parce que Paola y tenait, parce que le lieu était fascinant et parce que je suis une couille molle. La réponse vous suffit ?

— Paola De Nardis, veux-tu prendre à nouveau pour époux Lucio Battistini ici présent ?

Elle me regarde. Elle n'a cessé de pleurer durant toute la cérémonie.

— Oui, bien sûr que je le veux.

— Et toi, Lucio Battistini, veux-tu prendre à nouveau pour épouse Paola De Nardis ici présente ?

Paola est très belle. Même sans sa robe de mariée, pour moi elle est encore cette jeune fille émue d'il y a douze ans.

— Je le veux.

Don Walter sourit.

— Alors je vous déclare, une nouvelle fois, mari et femme !

Nos amis applaudissent comme jamais je n'ai entendu applaudir. J'embrasse Paola comme jamais je ne l'ai embrassée. Je voudrais que cela ne finisse pas.

Nous sortons de l'église dans un nuage de riz, de rires et d'applaudissements. Nous avons les enfants dans les bras. Aramis a déjà mis le grappin sur la plus jolie collègue de Paola et nous nous envoyons des poignées de riz Basmati à la figure. Tout est parfait. Nous posons Lorenzo et Eva et abordons le moment le plus ardu : saluer et faire la bise à tout le monde.

Je serre longuement Umberto dans mes bras. Il y a tout dans cette étreinte. Il a été un ami extraordinaire.

Je glisse une lettre dans sa poche.

— Tu la liras après…

— Après quoi ?

Il a toujours été un peu long à la détente.

— Après.

Il me fait un sourire en coin.

— Je vois…

Quand il l'ouvrira, il trouvera peu de mots. J'espère qu'il comprendra.

« Sois tranquille, mon ami. Je comprendrai. »

Je sais depuis toujours qu'il est amoureux de Paola et qu'il a refoulé ses sentiments par amitié. J'ai remarqué sa façon de la regarder, de lui sourire. Cela se passe de mots. Je le sais, point. Et je sais aussi qu'il sera à ses côtés dans toutes les difficultés, qu'il ne l'abandonnera jamais. J'espère qu'il fera en sorte qu'elle tombe amoureuse de lui et qu'il deviendra ainsi le père de substitution de mes enfants. Il n'y a pas homme plus juste que lui. Au fond, c'est seulement une promotion du statut d'oncle au statut de papa. Je ne désire rien d'autre.

J'ai à peine le temps de lui dire au revoir que je suis happé par Oscar et son affection débordante. Cette fois c'est lui qui a quelque chose pour moi.

— Tiens. C'est pour demain.

Il me tend un sac en papier. Pas besoin de l'ouvrir pour savoir ce qu'il contient. Je note une petite tache de gras sur le fond.

L'après-midi se déroule dans la gaieté et la bonne humeur. Umberto a organisé la réception dans un agritourisme du coin où il y a une piscine. Je me baigne avec Lorenzo qui, désormais plus à l'aise dans l'eau, n'arrête pas de sauter et de faire des bombes. Nous avons l'air d'un joyeux groupe de vacanciers.

Nous passons des vieux tubes des années soixante et dansons sur une piste improvisée au bord du bassin : Oscar et Martina sont déchaînés, on dirait la version de John Travolta et Uma Thurman dans *Pulp Fiction* (avec quelques kilos de plus). Quand arrive enfin le premier slow, je prends ma cavalière dans mes bras et la serre contre moi. Pourquoi les slows sont-ils démodés ? Ceux qui n'ont jamais dansé de slow ne savent pas ce qu'ils perdent. J'espère que ma cavalière de six ans et demi n'oubliera jamais ces quatre minutes passées dans les

bras de son papa, à cinquante centimètres du sol, sous le regard ému de sa maman qui danse à ses côtés avec Lorenzo.

À 18 heures, juste avant l'arrivée de l'apéritif, mon portable sonne : c'est Giacomo, mon adjoint.

— Lucio... on a gagné la demi-finale ! 9 à 8 ! Sur une boulette de leur gardien à la dernière minute.

J'exulte comme un gamin. Cette journée est parfaite.

Presque parfaite.

En réalité, la perfection est atteinte quelques heures plus tard. Tous les invités ont quitté l'agritourisme, Umberto leur a réservé des chambres dans un hôtel du village. Quant à nous, deux splendides suites communicantes avec pierres apparentes et vue sur les montagnes nous attendent. Un endroit de rêve.

Alors que les enfants dorment, j'observe Paola se déshabiller avant de se mettre au lit. La journée a été merveilleuse et riche en émotions, mais très éprouvante. Cependant l'adrénaline ne m'a pas encore abandonné. Si on me faisait un contrôle antidopage, je serais disqualifié à vie. Donc brièvement.

Je m'approche de Paola et effleure son épaule nue. Elle me laisse faire.

Nous n'avons pas fait l'amour depuis presque cinq mois.

Je laisse la suite à votre imagination. Je vous dis juste pour vous aider que nous l'avons fait trois fois (cela ne s'était pas produit depuis huit ans), que nous avons ri comme des fous, qu'elle s'est fait un bleu sur une hanche avec un pommeau du lit, que je me suis cogné le genou sur un angle de la table de chevet et que, par chance, les enfants ne se sont pas réveillés.

Nous nous sommes endormis enlacés à 4 heures et demie du matin.

Maintenant, la journée est vraiment parfaite.

# – 1

Hier soir nous n'avons pas bien fermé les volets et le soleil entre de plein fouet dans notre chambre. J'entrouvre mes yeux collés. Paola dort encore et les enfants, dans la chambre communicante, sont étonnamment silencieux. Je peine à m'asseoir dans le lit, une douleur intermittente m'enflamme le thorax. L'intermittence est liée à ma respiration. Si je ne respire pas, je me sens presque bien. À part ce fourmillement qui envahit mon corps. Une démangeaison intérieure désagréable que je ne peux gratter, comme si j'avais avalé un essaim et que les abeilles tentaient de sortir en même temps par tous mes pores.

Je me traîne jusqu'à la salle de bains, mets non sans difficulté mes lentilles de contact et prends une douche plus longue que d'habitude. Chaude, puis froide, j'essaie désespérément de calmer cet insupportable picotement. Mais l'eau n'y fait rien. Je prends trois comprimés d'Ibuprofène qui m'offriront quelques heures de paix illusoire.

Quand je retourne dans la chambre, en peignoir, Paola a déjà réveillé les enfants. Nous descendons petit-déjeuner dans l'accueillant séjour de l'agritourisme. *Continental breakfast* hyper-classique avec confitures maison et pain frais. Je joue avec Lorenzo et Eva à Mister Muffin, en faisant se disputer un cake au chocolat un peu gras avec un autre plus léger aux myrtilles qu'on imagine être sa femme. Ils hésitent entre des vacances à la mer ou à la

montagne. Sans attendre qu'ils se mettent d'accord sur une destination, nous les dévorons allègrement.

Paola est la seule qui n'arrive pas à sourire aujourd'hui. Moi en revanche, je m'en suis bien sorti ces dernières semaines. Durant tout le voyage, devant les enfants, j'ai réussi à minimiser mes douleurs et mes angoisses : je veux qu'ils gardent le souvenir d'un papa souriant, drôle et en pleine forme, pas de sa pâle copie altérée par l'ami Fritz.

Après le petit-déjeuner, nous reprenons la route. C'est moi qui conduis. Je mets la climatisation parce que aujourd'hui il fait presque quarante degrés. Les petites grilles de ventilation libèrent tout de suite une délicieuse et salvatrice bouffée d'air glacé.

Je m'engage sur l'autoroute. Cap vers le nord.

J'allume l'autoradio, dont j'ignore l'inventeur, et lance le CD préféré de mes loupiots. Nous chantons à tue-tête, tellement faux que ça nous fait rire.

« Il y a des gros crocodiles et des orangs-outans / Des affreux reptiles et de jolis moutons blancs / Des chats, des rats, des éléphants / Il ne manque personne à part / La mignonne, la jolie licorne ! »

Nous sommes presque arrivés à la frontière suisse quand nos petits chanteurs, assis à l'arrière, s'endorment. J'en profite pour changer de musique.

Elvis.

*Always On My Mind.*

Notre chanson.

Paola la reconnaît dès le premier accord.

La voix suave du King commence à vibrer après sept secondes d'anthologie.

Paola me serre la main, sans parvenir à me regarder. Comme si elle percevait ce moment d'émotion, la voiture passe en mode automatique et continue toute seule sur l'autoroute. Nous fixons le paysage qui défile en écoutant les paroles nostalgiques du grand Presley. À l'époque,

il venait de se séparer de Priscilla et les auteurs de la chanson avaient merveilleusement décrit sa tristesse.

Ce morceau, très simple mais extrêmement efficace, a été écrit par Wayne Carson, Mark James et Johnny Christopher. Des génies absolus qui pour moi valent autant que le célèbre duo Lennon/McCartney. Thanks guys !

Quand la chanson se termine, comme dans les films, apparaît le panneau : « Frontière suisse, 1 km ». Nous sommes arrivés.

L'heure du déjeuner approche, nous nous arrêtons pour manger quelque chose dans un petit restaurant familial. Je triture une portion de pâtes à contrecœur parce que la faim m'a quitté depuis longtemps. J'observe mes enfants en essayant d'enregistrer chaque instant de ce repas. Nous parlons peu, comme s'il s'agissait d'un repas quelconque un samedi quelconque.

Les adieux se font devant le car qui me conduira à Lugano. Je charge ma valise dans la soute, j'embrasse les enfants et prends Paola dans mes bras. Une étreinte sans fin. Nous avons dit aux enfants que papa partait pour un nouveau travail. Un travail très long. Je vais travailler dans une salle de gym en Suisse parce que là-bas, à cause du chocolat, ils ont tous besoin de maigrir. Je sais qu'un jour Paola trouvera le courage de leur dire la vérité. Mais pas aujourd'hui.

Le moment est venu de donner à Paola un cadeau spécial.

— C'est pour toi.

Je lui tends un paquet. Elle m'observe, étonnée.

— Ce n'est pas son anniversaire ! objecte Eva.

— Je sais, mais pour son dernier anniversaire je m'étais trompé de cadeau. Alors je lui en fais un autre.

Paola ouvre son paquet. À l'intérieur il y a un gros cahier, genre cahier d'écolier. Il semble usagé. Elle ne

comprend pas. Elle l'ouvre à la première page et a le souffle coupé.

J'ai recopié à la main tout *Le Petit Prince*, sans sauter un seul mot et en essayant d'être le plus lisible possible. Presque un mois de travail, en cachette.

— Celui-là tu ne l'as pas. C'est un exemplaire unique.

Paola éclate en sanglots et se jette dans mes bras. Cette fois, je l'ai étonnée.

En réalité ce n'est pas moi qui ai eu l'idée, mais Roberto qui était désolé que je lui rapporte son édition originale.

Mon étreinte avec Paola semble durer une éternité. Quand elle s'écarte, son visage ruisselle de larmes. Ce sont des larmes de joie. Je ne l'avais pas fait pleurer de joie depuis Dieu sait combien de temps.

Il est l'heure de partir mais je n'arrive pas à monter dans le car. Un baiser, un autre, encore un autre. Difficile de décider lequel doit être le dernier. Je traîne. Je dis des bêtises pour faire rire les petits. Je suis très fort pour dire des bêtises. Je caresse la joue de Lorenzo, puis celle d'Eva. Mais je dois me contrôler. Il faut qu'ils pensent que ce n'est qu'un au revoir.

— Tu ne veux pas qu'on t'accompagne en voiture ? insiste Paola.

— Non, vraiment, merci.

Leur dernier voyage, les éléphants le finissent seuls. Elle a plusieurs heures de voiture qui l'attendent. Je donnerais n'importe quoi pour rentrer avec eux et jouer pendant tout le trajet à l'alphabet des plaques d'immatriculation. Mais je n'ai rien à donner.

J'embrasse encore tendrement Paola quand un coup de klaxon nous interrompt. Le chauffeur s'impatiente. J'abandonne mon petit monde et m'apprête à monter dans le car. Arrive enfin la phrase que j'attendais depuis près de cent jours.

— Ciao, mon amour.

Mon cœur explose de joie. Je souris à Paola et monte m'installer.

Dans la minute qui suit, il n'y a que des larmes et un autocar qui s'en va doucement.

Le nez collé à la vitre, je regarde mon trio adoré s'éloigner. J'envoie un « Je t'aime » télépathique à Paola. Elle me salue de loin. Elle a reçu le message.

Elle reste là, sur l'asphalte brûlant, en tenant la main des enfants, jusqu'à ce que le car devienne un petit point noir dans le ciel bleu.

Je l'imagine se ressaisir, sourire aux enfants et reprendre la route. Elle a toujours été une grande actrice.

De l'extérieur, la clinique que j'ai choisie ressemble à un hôtel de Rimini.

Je suis accueilli par un médecin, un certain Patrick Zurbriggen, avec lequel j'ai déjà échangé quelques e-mails. Il parle italien avec un accent allemand franchement comique et a une poignée de main vigoureuse. Par chance ici, à Lugano, on parle italien. C'est la plus grande ville « italienne » en dehors de la péninsule.

Il me décrit l'organisation de mon séjour éclair dans leur établissement. Il ne prononce jamais les mots « suicide assisté ». C'est pourtant de cela que nous parlons. Ce ne sera pas un médecin qui m'ôtera la vie, je le ferai moi-même. La loi suisse le permet, à condition que la personne qui souhaite accéder au « service » (j'adore le concept de service) soit informée des alternatives, capable de les comprendre et de choisir.

Mon nouveau chez-moi.

Chambre simple.

Je n'ai réservé que pour une nuit. Comme dans un motel.

D'ailleurs ma chambre a un air de *Bates Motel.*

Un *Bates Motel* suisse.

Vingt mètres carrés. Au moins, il y a de l'espace.

Les murs sont d'un vert aqueux angoissant.

Une commode en bois terne avec deux exemplaires d'un journal sportif local et un programme télé datant

de février avec en couverture la photo des participants au Festival de San Remo.

Un lit en métal avec des draps blancs. Un de ces lits avec des manivelles pour relever les jambes ou le buste.

Une armoire Ikea, le modèle Stolmen, montée de travers par un ouvrier paresseux.

À l'intérieur, trois cintres dépareillés aux couleurs trop vives.

Une chaise en bois qui ressemble à celle que j'avais au lycée. Quelqu'un a écrit dessus en français. Un hôte précédent avec une écriture incompréhensible. Il a même signé. Alain quelque chose. Dieu sait qui c'était.

Un cadre avec une aquarelle représentant le lac de Lugano. Ou un autre lac.

Des rideaux blancs légers et flottant au vent comme dans les films d'horreur.

Une porte-fenêtre donnant sur un petit balcon d'un mètre sur deux avec vue sur le parc. Pas d'horizon. Juste le vert et le bleu du ciel. Une prison naturelle.

Enfin, une grande salle de bains immaculée, de celles où on peut également entrer en fauteuil roulant.

Un motel correct qui coûte autant qu'un cinq étoiles. Autant qu'une semaine dans un cinq étoiles même.

De toute façon personne ne peut se plaindre après.

Ici le mot « après » n'existe pas.

Une infirmière, le sosie de Ralph Malph dans *Happy Days*, se présente et me demande dans un italien incertain si tout va bien.

Je mens et lui réponds que oui.

Elle m'informe qu'elle reviendra vers 19 heures pour le dîner. Je l'interroge sur le menu. Question rhétorique. Je m'attends au blanc de poulet hospitalier cuit à la vapeur, avec de la purée lyophilisée et une salade de fruits discount.

Mais je suis surpris par la réponse : macaronis sauce tomate, blanc de poulet rôti accompagné de pommes de terre et une part de *sachertorte* avec de la crème Chan-

tilly. Peut-être qu'ils veulent que je meure d'une crise d'hyperglycémie.

Ralph Malph me sourit et disparaît.

Mon bourreau personnel est gentil. C'est déjà ça.

Je mets la chaise sur le balcon. Je m'assieds. Je respire.

Je retire mes lentilles de contact jetables et le monde devient flou et confus. Les arbres et le ciel ne font qu'un.

Ce sont mes dernières lentilles de contact. Je n'ai pas de paire de rechange pour demain matin. Peu importe.

J'attrape le sac en papier qu'Oscar m'a donné. Il est tout graisseux et son contenu m'est familier. Un beignet.

Oscar est spécial. Ce n'est pas un beau-père comme les autres.

J'observe ma chère et sirupeuse friandise.

Parfumée. Attirante. Presque sexy.

Ce n'est pas vrai toutes ces horribles choses qu'on raconte sur elle. En tout cas, cela m'est égal.

La première bouchée est un orgasme.

Je mâche doucement. Tout doucement, en savourant chaque instant.

Je sens les petits grains de sucre fondre sur mon palais.

Elle a presque deux jours alors, naturellement, elle est un peu sèche. Mais c'est quand même un nectar.

Une autre bouchée.

Je ne pense à rien.

Je fais le vide dans ma tête. Un contenant sans contenu.

Il n'y a que moi et mon beignet.

Je ferme les yeux.

J'écoute le néant qui résonne dans ma boîte crânienne.

J'entends la mer aussi, comme quand on colle un coquillage à son oreille.

Un léger froufrou attire mon attention.

Je me retourne.

Rouvre les yeux.

Un petit oiseau s'est posé sur la rambarde, à ma droite.

Enfin, je crois que c'est un oiseau. Je n'ai pas mes lentilles de contact.

Je me penche pour mieux voir.
C'est un moineau.
Il me fixe avec un air curieux et mutin.
Je l'observe attentivement en plissant un peu les paupières pour faciliter la mise au point. Je rêve ou… non. Ce n'est pas mon habituel compagnon du petit-déjeuner. C'en est un autre, semblable mais plus luisant et plus vif. Un fringant moineau indigène. Dommage. Quand vous raconterez cette histoire à quelqu'un, dites plutôt que c'était le petit oiseau qui venait me retrouver tous les matins à la pâtisserie. Comme ça, la fin sera plus magique.
J'émiette un peu de beignet dans le creux de ma main. Le moineau vient sur mon pouce et picore avec appétit.
Puis il se redresse fièrement et semble me dire : « C'est tout, mon ami ? »
Mais pas question de me laisser attendrir.
Le reste du beignet est pour moi, cher Helvète à plumes.
Mon nouveau commensal comprend tout de suite que je suis un dur et s'envole sans même me remercier. Je le regarde planer au-dessus de la barrière d'arbres et disparaître. J'aimerais tant le suivre en m'élançant de cette rampe de lancement lilliputienne où je me trouve.
Je me lève et regarde en bas.
Sauter depuis un balcon du premier étage, ce n'est même pas une tentative de suicide. C'est une pure idiotie.
Je finis mon beignet debout, accoudé à la rambarde.
Puis je lèche mes lèvres sucrées et, pendant un bref et délicieux instant, je suis au paradis.

Je rentre. Je froisse le sachet huileux et cherche une poubelle que je ne trouve pas. Peut-être dans la salle de bains. Il y en une sous le lavabo, emplacement logique pour une poubelle. Je jette ma boulette de papier qui rebondit sur le bord avant d'atteindre son but.

Je retourne dans la chambre et m'allonge sur le lit. Je sors de ma poche la dernière photo que j'ai prise avec le polaroïd. Nous quatre, heureux.

Je la repose, prends mon téléphone et sélectionne « Maison ».

Sont-ils arrivés ?

Je change d'avis.

J'appelle Umberto.

— Salut mon Lucio ! me répond-il avec un enjouement des plus factices. Je viens de les avoir au téléphone. Ils sont à la maison, tout va bien. Et toi, comment ça va ?

La question à laquelle j'espérais échapper.

Je lui demande de passer directement à la suivante. Joker.

— Quel temps fait-il à Lugano ?

Idem. J'exige une troisième question.

Enfin un peu d'originalité.

— J'ai lu ta lettre. Je n'ai pas pu résister. Tu me pardonnes ?

Je le savais.

Je lui réponds un oui plein d'émotion, puis nous restons silencieux quelques minutes. Je n'ai pas l'habitude de rester silencieux au téléphone. Pas aussi longtemps. Personne ne reste silencieux au téléphone. Un silence assourdissant qui contient tout ce que nous ne nous sommes jamais dit. Comme si on jouait au roi du silence, entre adultes. C'est lui qui perd.

— Ne t'inquiète pas... Je prendrai soin d'eux, mon ami.

Ça aussi, je le savais.

Je parviens juste à murmurer un :

— Merci.

Avant que la conversation devienne compliquée, je lui demande une dernière chose :

— Embrasse Aramis...

Et je raccroche. Je reste là, mon portable à la main.

Je sais qu'Umberto fait de même.

À 19 heures, je renvoie le dîner qui s'annonçait délicieux : les pâtes sont trop cuites, le blanc de poulet est tout desséché et les pommes de terre sont caoutchou-

teuses. En revanche, j'accepte volontiers une délicieuse injection d'antidouleur. Double ration de morphine. Je veux passer une nuit sereine, rêver et me réveiller en pleine forme.

Demain c'est le 14 juillet. Un jour important.

# 0

J'ai pris avec moi un costume élégant. Les morts sont toujours élégants, même s'ils ont passé leur vie en tongs et en marcel.

Quand je le sors de ma valise, je réalise tout de suite que c'était une très mauvaise idée. Je ne peux pas mourir en costume cravate.

Je le range et sors le survêtement de mon équipe de water-polo. Cela me ressemble plus.

Je l'enfile en évitant le miroir. Ce matin la toux ne m'accorde aucun répit et mes joues sont plus creusées que d'habitude. Depuis que j'ai dit adieu à Paola, c'est comme si mon corps avait cessé de lutter. J'ai l'impression d'être un marathonien qui s'effondre à genoux après avoir franchi la ligne d'arrivée. Je respire difficilement et la douleur à l'abdomen me fait l'effet d'une flèche sioux empoisonnée.

J'ouvre la fenêtre. Dehors le parc est silencieux. Un soleil timide est venu me saluer.

Derrière moi, Ralph Malph se présente avec mon petit-déjeuner sur un plateau. Deux biscottes déprimées, un peu de confiture dans une barquette en plastique, un café tiède, un sachet de sucre et un jus d'orange discount dans un verre en plastique. Au fond pourquoi servir des aliments de qualité à quelqu'un qui s'est déjà effondré avant la ligne d'arrivée ?

— Merci, mais je préfère rester à jeun.

— Très bien. Le rendez-vous est fixé à midi, m'avertit la diligente infirmière.

— C'est noté.

— Vous voulez que je vienne vous chercher ou on se retrouve directement au troisième étage ?

— Je vais me débrouiller, merci. Je peux aller faire un tour dans le parc ?

— Bien sûr. Appelez-moi si vous avez besoin de quelque chose.

Elle s'en va et je reste seul avec mes pensées. À cette heure-ci, Paola doit être dans la cuisine en train de préparer le petit-déjeuner des enfants. Un petit-déjeuner bien différent du mien.

Le parc est pas mal. C'est peut-être la seule chose décente dans ce camp helvétique.

Mon envie de promenade est rapidement contrariée par de petites douleurs. Je n'arrive même pas à faire un tour, je vais sur la pelouse près du lac et me couche dans l'herbe sur le dos. Le ciel semble coloré à l'ordinateur, un bleu dense de bande dessinée.

Une fourmi fait un bout de chemin sur moi.

J'ai l'impression d'être Gulliver quand il arrive à Lilliput.

Je ferme les yeux. J'ai atteint mon but. Fin. Générique.

La sensation est celle que nous éprouvons tous lorsque nous partons en vacances : l'ouverture des valises pour ranger nos vêtements à l'hôtel et l'action inverse sont toujours très proches, plus que nous l'imaginions initialement.

Il paraît qu'avant de mourir on revoit sa vie se dérouler comme un film. J'espère que cela ne sera pas le cas pour moi. Je ne regarde jamais deux fois le même film, à l'exception des chefs-d'œuvre de Kubrick, d'Hitchcock ou de Spielberg. Et aucun des trois n'aurait écrit un scénario sur un joueur de water-polo de troisième zone. Quel genre de film ferait ma vie ? Un péplum dramatique ? Une comédie romantique ? Oui, ce serait sûrement une

comédie romantique. Et ce finale qui techniquement n'a rien d'un happy end, continue d'y ressembler.

Je m'endors. Je rêve.

Je suis dans un restaurant au bord de la mer à Ladispoli, avec mes grands-parents. J'ai huit ans. Mes concierges préférés plaisantent avec le serveur qu'ils connaissent évidemment depuis des années. Moi, je mange des calamars frits et en jette quelques-uns à un félin rachitique de passage. J'ai l'air heureux. Est-ce un épisode réel ou inventé par ma psyché affaiblie ? Je n'arrive pas à faire la distinction. Je ne m'en souviens pas. Je termine mes calamars et commande une coupe de glace avec des fruits et de la crème Chantilly. Grand-père demande au serveur d'ajouter des amandes et du chocolat fondu. Je lui souris. Je rectifie, je n'ai pas l'air heureux, je suis heureux.

— Monsieur Battistini ?

Quelqu'un m'appelle. On m'appelle toujours quand je suis en train de rêver.

— Monsieur Battistini ? Réveillez-vous.

J'ouvre les yeux et je reconnais le visage sympathique de Ralph Malph au-dessus de moi.

Il est midi vingt. J'ai dormi longtemps et fait mauvaise impression aux Suisses, confirmant ce qu'ils disent des Italiens.

Je me lève en m'appuyant sur son bras.

— Je suis prêt.

Je connais bien la procédure. Je l'ai étudiée. En pratique, il s'agit d'une double injection et c'est vous qui poussez les pistons des seringues. La première contient un anesthésique puissant. La seconde une potion létale. Logique, facile, indolore. Vous vous endormez et plus rien ne peut vous réveiller. En revanche, la préparation est très longue. On m'installe sur un petit lit et on me connecte à un électrocardiographe. On m'explique qu'après la première injection, je n'ai qu'une minute pour effectuer la suivante avant que l'anesthésique ne fasse effet. Si je souhaite revenir sur ma décision c'est le

moment ou jamais, m'explique le docteur Zurbriggen, très professionnel. Cela s'est déjà produit. Dans ce cas je me réveille dans le même lit, règle ma note et rentre chez moi. Ensuite il tente de dédramatiser la situation avec un humour suisse que je ne comprends pas.

— Vous avez une dernière volonté ?

Qu'est-ce que c'est que cette question stupide ? Je suis censé rire ?

— Oui, j'en ai une. Ne pas être ici. C'est possible ?

Cinq minutes plus tard on introduit les deux aiguilles dans mon bras.

Je ne me donne pas le temps de réfléchir et pousse le premier piston.

Comme pour tirer un penalty, mieux vaut ne pas réfléchir. Si on réfléchit trop, on ne sait plus quel tir effectuer et on le rate.

Mon choix est le bon. Inévitable.

L'anesthésiant passe dans ma veine et j'éprouve une sensation de froid.

Une minute.

Ralph Malph me sourit et m'indique l'autre seringue.

— Tu es pressée ? lui dis-je. Tu as fini ta journée ?

Au seuil de la mort je deviens provocateur. Voyez-vous ça.

Cinquante secondes.

Pendant un instant, je pense à ne pas le faire.

L'idée m'effleure à peine.

Quarante secondes.

— Quel dommage…

Ralph Malph ne comprend pas.

— Pardon ?

— Non, je disais quel dommage… en général… quel dommage…

Trente secondes.

Je n'ai jamais aimé tirer les penaltys. Trop de stress. Je ne suis qu'un gardien après tout. Un planqué. Si un attaquant rate son penalty c'est un perdant, si le gardien

ne parvient pas à l'arrêter c'est normal. Je suis un gardien par nature.

Vingt secondes.

À côté de moi Ralph Malph a disparu. Maintenant c'est grand-mère qui est là et qui me sourit. Je savais qu'elle viendrait. Elle a toujours été là dans les moments difficiles. Grand-mère a toujours été là. Elle me prend la main droite. Elle la serre.

— C'est tellement bien que tu sois là...

Elle a les yeux qui brillent, mais elle continue à sourire.

Il n'y a pas plus beau sourire que celui d'une grand-mère.

Dix secondes.

— J'arrive, grand-mère...

Elle me fait un signe de tête. Elle le savait déjà. Les grands-mères savent tout.

Elle lâche ma main. C'est le moment.

Je pose mon pouce sur le piston de la deuxième seringue.

Je n'ai plus peur.

J'appuie jusqu'au bout. Et ma veine naïve et accueillante se laisse envahir par un liquide jaune d'or.

À cet instant Paola, à mille kilomètres de distance, prépare le déjeuner et sent un souffle d'air froid dans son cou. Elle regarde autour d'elle. Les fenêtres sont fermées et on est en plein été. Les enfants jouent dans leur chambre et se disputent un peu. Elle reste perplexe quelques secondes. Puis elle comprend.

Elle sort sur la terrasse et lève les yeux vers le ciel, sans pouvoir retenir ses larmes.

Ne pleure pas, mon amour. Je t'en prie, ne pleure pas.

J'ai sommeil. Très sommeil.

La dernière chose que j'entends est la berceuse que me chante grand-mère. Elle chante tout doucement pour ne pas me réveiller. Elle continue même après que je me suis endormi. Elle me berce lentement, une main sur mon ventre. Elle ne s'arrête que quand elle est sûre que mon sommeil est profond. Quelle tristesse que personne

ne meure jamais avec une grand-mère à ses côtés. Cela devrait être obligatoire.

— Dodo… l'enfant do…

Sa voix s'éloigne…

— Dodo… l'enfant do…

Je dors.

J'ai fait tout ce que je devais faire. Tout ce que j'ai pu faire. Je n'ai pas été le meilleur, mais j'y ai mis tout mon cœur.

Je suis serein.

Je sais qu'en me réveillant, je retrouverai mes grands-parents et serai à nouveau un enfant.

Cent jours qui ont filé comme l'éclair.

Et aujourd'hui je peux le dire avec certitude : ils ont été les plus heureux de ma vie.

# Après

Après.

Un mot que nous prononçons des milliers de fois dans notre vie, en général pour repousser un problème. « Je te rappelle après », par exemple, combien de fois avons-nous prononcé cette phrase ?

Mais « y a-t-il un après ? » est aussi la question fondamentale que nous nous posons sans pouvoir y répondre ou, dans mon cas, par exemple, la question que nous ne nous posons jamais.

Y a-t-il un après ?

La réponse est oui.

Il y a toujours un après.

Sur l'après je sais tout désormais, c'est la seule vraie satisfaction qu'on a en mourant avant les autres. C'est comme de lire en cachette les solutions dans les dernières pages d'un *Télé 7 Jeux*.

L'après est pas mal. Mais voici le maintenant, qui est encore mieux.

Je ne peux pas vous révéler trop de choses parce que le règlement intérieur l'interdit. À votre arrivée les surveillants (oui, vous avez bien compris) vous demandent de choisir quel âge vous souhaitez avoir dans l'éternité. Sacrée question, en général il y a une queue très longue à cause des indécis ou de ceux qui changent d'avis et font des réclamations.

Quelle a été la plus belle année de votre vie ?

Celle que vous aimeriez revivre éternellement.

Je réponds sans aucune hésitation :

« Je voudrais avoir huit ans, s'il vous plaît. »

Huit ans pour toujours, l'âge des rêves joyeux coloriés à la craie grasse. L'âge où on s'évade par la fenêtre de sa chambre rien qu'en ouvrant un roman de Stevenson ou de Barrie.

L'âge où le passé n'existe pas et où le futur est à des années-lumière.

Hier j'ai retrouvé mes grands-parents. Eux aussi ont demandé à avoir huit ans. Merveilleuse coïncidence. Je les ai tout de suite reconnus grâce aux photos que j'avais récupérées chez eux. Nous nous sommes étreints longuement puis nous avons joué ensemble toute la journée, c'est-à-dire une semaine parce que nos journées ici équivalent à vos semaines. Grand-père est très fort au béret et moi je suis imbattable à cache-cache. Je ne pouvais pas rêver mieux : j'ai retrouvé mes grands-parents et je suis à nouveau un enfant.

Mes attentifs parents fantômes, en revanche, ne semblent pas être arrivés. J'ai vérifié dans la base de données officielle de l'au-delà. Soyez vigilants, ils sévissent encore sur Terre.

Dans la liste des personnes que j'aimerais rencontrer, outre mes proches, il y a naturellement un éclectique toscan qui m'a toujours fasciné.

Léonard de Vinci est un garçon de treize ans pédant et antipathique qui tient un petit atelier de réparation comme Horace, le cheval mécanicien ami de Mickey Mouse. J'ai essayé de lui exposer ma singulière théorie mais, en bon garnement de treize ans, il n'a aucune estime ou considération pour un minus de huit ans. Il m'a chassé comme un insecte nuisible. Par chance, j'ai l'éternité pour m'en faire un ami.

Aujourd'hui, l'Armée Brancaleone dispute le match le plus important de sa brève histoire : la super-finale des

play-off pour accéder au niveau départemental. Je suis de tout cœur avec eux.

Les tribunes de notre piscine sont bondées. Une centaine de spectateurs, parents et sympathisants. Derrière le banc, sur lequel Giacomo s'époumone, sont assis Paola, Lorenzo, Eva, Umberto et, pour la deuxième fois de sa vie, Corrado. Ce doit être un effet collatéral de mon enterrement qui a eu lieu avant-hier.

Nos adversaires sont les terribles nageurs du Santos Montesacro, dirigés par une armoire à glace qui se vante d'avoir joué trois matchs en équipe nationale dans les années soixante-dix. J'ai quelques doutes là-dessus, toujours est-il que cette armoire à glace entraîne son équipe comme un bataillon de marines. Pendant la saison ils nous ont battus à l'aller et au retour : 17 à 3 en score cumulé. On est cuits.

Ils ont quatre ou cinq quintaux de muscles en plus. Savonnette et Martino ressemblent à deux hobbits rachitiques à côté.

On résiste héroïquement durant le premier quart-temps : 2-2. Grâce à un doublé de Martino, magistral. Les Santos n'ont vraiment pas de chance, ils font un poteau et une tranversale, mais c'est le jeu.

Au deuxième quart-temps, on s'effondre brutalement : 7-5 au score cumulé. Le match est palpitant, riche en buts et en émotions, mais on semble découragés et fatigués.

Courage les gars, courage.

On se réveille au troisième quart-temps qu'on remporte 2 à 1, portant le score total à 8-7. Un but nous sépare de nos adversaires.

Je vois Giacomo qui parle à mes valeureux guerriers, rassemblés devant le banc de touche. Je comprends, à la manière dont ils s'agrippent au bord du bassin, qu'ils sont morts de fatigue.

N'abandonnez pas maintenant, je vous en prie.

Le dernier quart-temps commence bien. Un lob audacieux de Martino se glisse doucement sous la transversale ennemie. 8 partout !

On peut le faire.

L'illusion ne dure que quelques minutes. Un doublé de leur attaquant, un mammouth de soixante-dix kilos, nous gâche la fête. 10-8. On est à nouveau menés de deux buts.

Dans la piscine on ne s'entend plus, le public hurle et tape des mains. Mon petit groupe de supporteurs est en transe ; déchaînés, ils scandent le prénom de notre meilleur attaquant :

— Mar-ti-no ! Mar-ti-no !

À une minute de la fin justement, Martino intercepte un ballon en défense, part en contre-attaque et marque un but, humiliant le gardien adverse. On est menés d'un but seulement à cinquante secondes de la fin. On peut encore espérer atteindre les prolongations.

Cinquante secondes en apnée.

Nos adversaires attaquent, on intercepte une balle et on inverse la vapeur, on tente un tir rapide, arrêté. Contre-attaque, le mammouth fend l'eau tel un hors-bord et vise la cage défendue par Savonnette. Notre gardien de confiance s'élance à sa rencontre, comme une bicyclette face à un camion. Le proboscidien est surpris, il hésite, tire de toutes ses forces en faisant rebondir la balle sur l'eau, mais Savonnette pare. Il cherche le ballon et le saisit fermement. Plus que quinze petites secondes. Mes joueurs qui étaient en train de revenir en défense font demi-tour. Savonnette hurle comme un chef de bataillon :

— À l'attaque !

C'est lui qui part devant avec le ballon. Ses coéquipiers le suivent à bout de forces pour l'abordage final. On se fait des passes jusqu'à trouver le bon angle. C'est Martino qui prend les choses en main. À cinq mètres des buts il tire un boulet de canon qui rase la surface de l'eau. Imparable. Pour le gardien mais pas pour le poteau. Nos supporteurs poussent un « Non ! » de déception, les autres applaudissent et s'étreignent comme s'ils avaient gagné une finale de Coupe du monde.

L'arbitre siffle la fin du match.

On s'est battus et on a perdu. Ce n'est pas grave. Je suis fier d'eux. Mes gars ont tout tenté jusqu'à la dernière seconde, sans jamais s'avouer vaincus.

Le public se lève. Tout le monde se dirige vers la sortie, y compris Paola qui enlace les enfants. Avant de passer la porte, elle s'arrête et se retourne.

Elle s'aperçoit seulement maintenant qu'un enfant de huit ans l'observe, assis à l'autre bout des gradins.

Nos regards se croisent un long instant.

Elle m'a reconnu, je le sais.

Je lui souris.

« Ciao, mon amour. Et merci. »

Elle me sourit à son tour, troublée. Puis elle me lance un dernier regard avant de rejoindre Umberto qui l'appelle. Je le vois qui lui prend la main pour sortir de la piscine.

Moi, je reste là, à fixer l'ombre de Paola qui sort deux pas derrière elle.

Quand il n'y a plus personne et que les lumières s'éteignent l'une après l'autre avec un bourdonnement, je me déshabille et me laisse glisser dans l'eau.

Je maîtrise encore parfaitement le dauphin.

Et je nage nage nage nage nage.

Léger, enfin.

## Remerciements

Merci à grand-père Michele et à grand-mère Concetta d'être toujours présents, même s'ils ne sont plus de ce monde.

À maman et papa de ne pas m'avoir mis à la DDASS quand j'écrivais dans mes rédactions : « Je voudrais être écrivain. »

À ma sœur Sonia, source d'inspiration comique inépuisable.

À Marco Martani, éternel compagnon d'écriture.

À mon agent Kylee Doust qui est désormais mon *life coach* attitré.

À Anna Chiatto qui a lu la première l'idée de ce roman et qui m'a obligé à l'écrire. S'il ne vous a pas plu, débrouillez-vous avec elle.

À Paolo Repetti et au staff Einaudi qui ont tout de suite cru en cette histoire.

À Severino Cesari qui m'a encouragé quand le livre était au berceau.

À Francesco Colombo et Laura Ceccacci pour leurs très précieux conseils.

À Flavio Isinna qui est Lucio tel que je l'imagine. Si vous avez imaginé Brad Pitt, recommencez le livre en pensant à Flavio.

À Neri Parenti qui m'a enseigné l'art de faire sourire.

À Giorgio Faletti, l'homme le plus talentueux que je connaisse.

À Chiara Della Longa pour l'idée du *Petit Prince*.

À Elena Bucaccio qui m'a raconté qu'elle faisait le chat quand elle voulait mettre fin à une dispute.

À Mauro Uzzeo et Michele Astori pour leurs suggestions fondamentales.

À Robert Louis Stevenson et Carlo Collodi pour leur imagination.

Et à tous ceux qui m'ont supporté durant ces mois d'écriture. Désolé.

# Table

Composition et mise en pages
Nord Compo à Villeneuve-d'Ascq

Imprimé en France par

CPI
FIRMIN-DIDOT

à Mesnil-sur-l'Estrée en avril 2015
N° d'impression : 127328

Fleuve Éditions
12, avenue d'Italie
75627 Paris Cedex 13

Dépôt légal : mai 2015
R09867/01

P/31.70/15.10.15
A
Privé
1.—
9.9.21
REPL